NIKETCHE

PAULINA CHIZIANE

Niketche

Uma história de poligamia

2ª edição
2ª reimpressão

COMPANHIA DAS LETRAS

A editora optou por manter a grafia vigente em Moçambique, observando as regras do Acordo Ortográfico da Língua Portuguesa de 1990.

Instituto Português do Livro e das Bibliotecas

Portugal em Acção

Ministério da Cultura

Edição apoiada pelo Instituto Português do Livro e das Bibliotecas

Capa e imagem
Angelo Abu

Preparação
Márcia Copola

Revisão
Ana Maria Barbosa
Adriana Bairrada

Dados Internacionais de Catalogação na Publicação (cip)
(Câmara Brasileira do Livro, sp, Brasil)

Chiziane, Paulina
Niketche : Uma história de poligamia / Paulina Chiziane. — 2ª ed. — São Paulo : Companhia das Letras, 2022.

isbn 978-65-5921-181-4

1. Ficção moçambicana (Português) i. Título.

22-109266 cdd-M869.3

Índice para catálogo sistemático:
1. Ficção : Literatura moçambicana em português M869.3

Eliete Marques da Silva – Bibliotecária – crb-8/9380

editora schwarcz s.a.
Rua Bandeira Paulista, 702, cj. 32
04532-002 — São Paulo — sp
Telefone: (11) 3707-3500
www.companhiadasletras.com.br
www.blogdacompanhia.com.br
facebook.com/companhiadasletras
instagram.com/companhiadasletras
twitter.com/cialetras

Com a Leontina dos Muchangos,
navego pelo universo da mulher,
essa alma desconhecida
onde descobri poderes adormecidos

e

Com a Alcinda de Abreu, passeio até o sol se pôr
e o dia clarear,
nas paisagens mais extraordinárias
do mundo de uma mulher

Mulher é terra. Sem semear, sem regar, nada produz
(Provérbio zambeziano)

1.

Um estrondo ouve-se do lado de lá. Uma bomba. Mina antipessoal. Deve ser a guerra a regressar outra vez.

Penso em esconder-me. Em fugir. O estrondo espanta os pássaros que voam para a segurança das alturas. Não. Não deve ser o projétil de uma bala. Talvez sejam dois carros em colisão pela estrada fora. Lanço os olhos curiosos para a estrada. Não vejo nada. Apenas silêncio. Sinto um tremor ligeiro dentro do peito e fico imóvel por uns instantes. Um bando de vizinhas caminham na minha direção.

— Rami!

— O que foi?

— O carro.

Os seus braços movem-se como ondas mansas, prontas para abrandar o tumulto. Há emoção em cada gesto. Há um tom de piedade, leve e dissimulado, em cada olhar, que faz crescer em mim o sobressalto.

— Carro?

— Sim. O vidro.

— Vidro?

— Sim. Vidro do carro.

— Ah! Quem foi?

— O Betinho.

— Ah?

Do alto do céu desliza um punhal invisível contra o meu peito. Ganho a mudez das pedras, estou aterrada. Consigo apenas suspirar: ah, Betinho, meu caçulinha! Aquele carro é de homem rico. O que será de mim?

Entro num delírio silencioso, profundo. Rajadas de ansiedade varrem-me os nervos como lâminas de vento. Este acidente enche-me de dor e de saudade. Meu Tony, onde andas tu? Por que me deixas só a resolver os problemas de cada dia como mulher e como homem, quando tu andas por aí?

Há momentos na vida em que uma mulher se sente mais solta e desprotegida como um grão de poeira. Onde andas, meu Tony, que não te vejo nunca? Onde andas, meu marido, para me protegeres, onde? Sou uma mulher de bem, uma mulher casada. Uma revolta interior envenena todos os caminhos. Sinto vertigens. Muito fel na boca. Náuseas. Revolta. Impotência e desespero.

O Betinho vem correndo como uma bala, esconde-se no quarto e aguarda o castigo. Persigo-o. Já tenho o fim de semana estragado, o meu domingo foi invadido pela desgraça. Preciso de gritar para vomitar este fel. Preciso de ralhar para afastar esta dor. Preciso de castigar alguém para sentir que vivo.

— Betinho!

Não consigo gritar. No rosto do Betinho, as lágrimas brilham como luar. A tristeza do Betinho é a inocência a transbordar. O choro do Betinho é tão doce como um passarinho a piar. O seu tremor abana o corpo todo como um arbusto baloiçando as flores na leveza do vento. Sinto um cheiro de urina.

— Betinho, um homem não se mija de medo.

— Foi a manga, mãe.

— Manga?

— Sim, aquela madura, lá no alto.

Levanto os olhos para a mangueira. A manga baloiça serena na brisa. É uma manga apetecível, sim senhor. Redonda. Jovem. E o Betinho queria interromper-lhe o voo na flor da vida, muito verde, ainda.

— Ah, Betinho, o que fizeste de mim?

— Castiga-me, mãe.

A voz do Betinho baloiça nos meus ouvidos como o sibilar doce dos pinheiros e dilui a minha raiva em piedade. Lindo filho, este meu. No lugar de perdão pede um castigo. Homem justo tenho eu aqui. Fico enternecida. Encantada. A zanga se desfaz. Sinto orgulho de mãe.

Da janela do quarto, oiço comentários na rua. As palavras que escuto lançam-me no desespero. Sinto as línguas de fogo caindo no interior dos meus ossos. Eu fervo. Os meus olhos ficam húmidos de lágrimas. Se o meu Tony estivesse por perto, repreenderia o filho como pai e como homem. Se ele estivesse aqui, agora, resolveria o problema do vidro quebrado com o proprietário do carro, homem com homem se entendem, ah, se o Tony estivesse perto!

Mas onde anda o meu Tony que não vejo desde sexta-feira? Onde anda esse homem que me deixa os filhos e a casa e não dá um sinal de vida? Um marido em casa é segurança, é proteção. Na presença de um marido, os ladrões se afastam. Os homens respeitam. As vizinhas não entram de qualquer maneira para pedir sal, açúcar, muito menos para cortar na casaca da outra vizinha. Na presença de um marido, um lar é mais lar, tem conforto e prestígio.

Deixo o Betinho e vou à rua. O proprietário do carro está

bravo como uma fera. Esperava que ele me esganasse, mas nem piou. É daqueles que falam fino e não agridem as mulheres. Aproximo-me e peço perdão em nome do meu filho. Digo-lhe que o meu marido, o Dr. Tony, comandante da polícia, irá resolver o problema. Ele diz que sim, mas sinto que não acredita em mim. Qual é o homem de bem que acredita nas palavras de uma mulher desesperada?

Um desfile de mulheres vem ao meu encontro. Consolam-me. Dona Rami, as crianças são assim. Elas falam das crianças e do vidro partido. E falam também dos maridos ausentes que nem cuidam dos filhos.

— Esta falta de ordem é falta de homem nesta casa — desabafo. — O Tony é o culpado de tudo isto. Sempre ausente. Primeiro foi uma noite de ausência, depois outra e mais outra. Tornou-se hábito. Ele diz-me que faz turnos à noite. Que supervisa o trabalho de todos os polícias pois é quando a noite cai que os ladrões atacam. Faço de contas que acredito nele. Mas os passos dos homens são rasto de caracol, não se escondem. Sei muito bem por onde anda.

— Não és a única, Rami. O meu marido, por exemplo — diz uma vizinha —, largou-me faz anos e correu atrás de uma menininha de catorze anos, para começar tudo de novo. Um velho que se tornou criança.

— O meu tem aquelas concubinas que conheces, com filhos e tudo — diz outra. — Pensas que me ralo?

Olho para todas elas. Mulheres cansadas, usadas. Mulheres belas, mulheres feias. Mulheres novas, mulheres velhas. Mulheres vencidas na batalha do amor. Vivas por fora e mortas por dentro, eternas habitantes das trevas. Mas por que se foram embora os nossos maridos, por que nos abandonam depois de muitos anos de convivência? Por que nos largam como trouxas, como fardos, para perseguir novas primaveras e novas paixões? Por que é que, já na velhice, criam novos apetites? Quem disse aos homens velhos que as mulheres maduras não precisam de carinho? Oh, meu Tony! Queria tanto que estivesses presente. Traz-me de novo a primavera. Onde andas tu, que não me ouves?

As minhas vizinhas consolam-me com histórias de espantar. Elas são mães. Para me embalar a dor, elas contam-me histórias das suas próprias dores e espinhos.

Deliramos em murmúrios de nostalgia. Nos olhos de todas nós, miragens do marido que foi e não volta mais. Calar as nossas angústias tornou-se a nossa batalha de cada dia. Nesta minha rua a maior parte das mulheres ficou só, os maridos decidiram abalar quase ao mesmo tempo. Eu sou a única que ainda vê rosto de homem de vez em quando — só para vir comer e mudar de roupa. Não há homens neste bairro, as mulheres é que governam as famílias, mas quando a noite cai, veem-se muitos homens a entrar e a sair de algumas casas como ladrões, sorrateiramente. São homens casados, com certeza, e dessas relações nascerão filhos, muitos dos quais morrerão sem conhecer o pai.

Amor. Tão pequena esta palavra. Palavra bela, preciosa. Sentimento forte e inacessível. Quatro letras apenas, gerando todos os sentimentos do mundo. As mulheres falam de amor. Os homens falam de amor. Amor que vai, amor que vem, que foge, que se esconde, que se procura, que se encontra, que se preza, que se despreza, que causa ódios e acende guerras sem fim. No amor, as mulheres são um exército derrotado, é preciso chorar. Depor as armas e aceitar a solidão. Escrever poemas e cantar ao vento para espantar as mágoas. O amor é fugaz como a gota de água na palma da mão.

No coração da noite residem os sonhos. Umas vezes são coloridos como as flores. Outras, pássaros negros dançando nas trevas como fantasmas. Anoitece, meu Deus, eu tenho pavor de uma cama fria. Encosto a cabeça no travesseiro e conto o número de vezes que morri. Resisto. Não consigo aceitar a ideia de ser rejeitada. Eu, Rami, mulher bela. Eu, mulher inteligente. Fui amada. Disputada por vários jovens do meu tempo. Causei paixões incendiárias. De todos os que me pretenderam escolhi o Tony, o pior de todos, que na altura julgava ser o melhor. Vivi apenas dois anos de felicidade completa num total de vinte e tantos anos de casamento.

Fecho os olhos e escalo o monte para dentro de mim. Procuro-me. Não me encontro. Em cada canto do meu ser encontro apenas a imagem dele. Solto um suspiro e só me sai o nome dele. Desço até ao âmago do meu coração e o que é que eu encontro? Só ele. Tenho por ele um amor puro e perfeito, será que ele não vê?

Ninguém pode entender os homens. Como é que o Tony me despreza assim, se não tenho nada de errado em mim? Obedecer, sempre obedeci. As suas vontades sempre fiz. Dele sempre cuidei. Até as suas loucuras suportei. Vinte anos de casamento é um recorde nos tempos que correm. Modéstia à parte, sou a mulher mais perfeita do mundo. Fiz dele o homem que é. Dei-lhe amor, dei-lhe filhos com que ele se afirmou nesta vida. Sacrifiquei os meus sonhos pelos sonhos dele. Dei-lhe a minha juventude, a minha vida. Por isso afirmo e reafirmo, mulher como eu, na sua vida, não há nenhuma! Mesmo assim, sou a mulher mais infeliz do mundo. Desde que ele subiu de posto para comandante da polícia e o dinheiro começou a encher as algibeiras, a infelicidade entrou nesta casa. Os seus antigos namoricos eram como chuva miúda caindo sobre os guarda-chuvas, não me atingiam. Agora danço a solo num palco deserto. Estou a perdê-lo. Ele passa a vida a fazer companhia às mulheres mais lindas da cidade de Maputo, que lhe chovem aos pés como diamantes.

Vou ao espelho tentar descobrir o que há de errado em mim. Vejo olheiras negras no meu rosto, meu Deus, grandes olheiras! Tendo andado a chorar muito por estes dias, choro até de mais. Olho bem para a minha imagem. Com esta máscara de tristeza, pareço um fantasma, essa aí não sou eu. Titubeio uma canção antiga daquelas que arrastam as lágrimas à superfície. Nessa coisa de cantar, tenho as minhas raízes. Sou de um povo cantador. Nesta terra canta-se na alegria e na dor. A vida é um grande canto. Canto e choro. Delicio-me com as lágrimas que correm com sabor a sal, com o maior prazer do mundo. Ah, mas como me liberta este choro!

Paro de chorar e volto ao espelho. Os olhos que se refletem brilham como diamantes. É o rosto de uma mulher feliz. Os lábios que se refletem traduzem uma mensagem de felicidade, não, não podem ser os meus, eu não sorrio, eu choro. Meu Deus, o meu espelho foi invadido por uma intrusa, que se ri da minha desgraça. Será que essa intrusa está dentro de mim? Esfrego os olhos, acho que enlouqueci. Penso em fugir daquela imagem para o conforto dos lençóis. Dou dois passos em retaguarda. A imagem me imita. Dou outros dois em frente e ficamos a olhar-nos. Aquela imagem é uma fonte de luz e eu sou um fosso de tristeza. Sou gorda, pesada, e ela magra e bem cuidada. Mas os olhos dela têm a cor dos meus. A cor da pele é semelhante à minha. De quem será esta imagem que me hipnotiza e me encanta?

— Quem és tu? — pergunto eu.

— Não me reconheces? Olha bem para mim.

— Estou a olhar, sim. Mas quem és tu?

— Estás cega, gémea de mim.

— Gémea? Não sou gémea de ninguém. Dos cinco filhos da minha mãe, não há gémeo nenhum. Estou diante do meu espelho. Que fazes tu aí?

— Estás cega, gémea minha. Por que choras tu?

Solto da boca uma enxurrada de lamentos. Conto toda a tristeza e digo que as mulheres deste mundo me roubam o marido.

— Pode-se roubar uma pessoa viva, ainda por cima um comandante da polícia?

— Um marido rouba-se, nesta terra.

— Não sejas criança, gémea minha. Ele cansou-se de ti e partiu.

— Mentes!

Entro em pânico. Enquanto eu soluço a imagem dança. Paro de soluçar e fico em silêncio para escutar a canção mágica desta dança. É o meu silêncio que escuto. E o meu silêncio dança, fazendo dançar o meu ciúme, a minha solidão, a minha mágoa. A minha cabeça também entra na dança, sinto vertigens. Estarei eu a enlouquecer?

— Por que danças tu, espelho meu?

— Celebro o amor e a vida. Danço sobre a vida e a morte. Danço sobre a tristeza e a solidão. Piso para o fundo da terra todos os males que me torturam. A dança liberta a mente das preocupações do momento. A dança é uma prece. Na dança celebro a vida enquanto aguardo a morte. Por que é que não danças?

Dançar. Dançar a derrota do meu adversário. Dançar na festa do meu aniversário. Dançar sobre a coragem do inimigo. Dançar no funeral do ente querido. Dançar à volta da fogueira na véspera do grande combate. Dançar é orar. Eu também quero dançar. A vida é uma grande dança.

Tento, com a minha mão, segurar a mão da minha companheira, para ir com ela na dança. Ela também me oferece a mão, mas não me consegue levar. Entre nós há uma barreira fria, gelada, vidrada. Fico angustiada e olho bem para ela. Aqueles olhos alegres têm os meus traços. As linhas do corpo fazem lembrar as minhas. Aquela força interior me faz lembrar a força que tive e perdi. Esta imagem não sou eu, mas aquilo que fui e queria voltar a ser. Esta imagem sou eu, sim, numa outra dimensão.

Tento beijar-lhe o rosto. Não a alcanço. Beijo-lhe então a boca, e o beijo sabe a gelo e vidro. Ah, meu espelho confidente. Ah, meu espelho estranho. Espelho revelador. Vivemos juntos desde que me casei. Por que só hoje me revelas o teu poder?

2.

Desperto na vã esperança de receber uma mão cheia de carinho, mas o sol deixou-me e partiu. O meu amor é fugidio como a sombra do sol. Sou uma mulher derrotada, tenho as asas quebradas. Derrotada? Não. Nunca combati. Depus as armas muito antes de as empunhar. Sempre me entreguei nas mãos da vida. Do destino. Nunca mexi nenhum dedo para que as coisas corressem de acordo com os meus desejos. Mas será que algum dia tive desejos?

A minha vida é um rio morto. No meu rio as águas pararam no tempo e aguardam que o destino traga a força do vento. No meu rio, os antepassados não dançam batuques nas noites de lua. Sou um rio sem alma, não sei se a perdi e nem sei se alguma vez tive uma. Sou um ser perdido, encerrado na solidão mortal.

Meu Deus, ajuda-me a descobrir a alma e a força do meu rio. Para fazer as águas correr, os moinhos girar, a natureza vibrar. Para trazer ao meu leito a luz de todas as estrelas do firmamento e deixar o arco-íris mergulhar-me em toda a sua imensidão.

Sou um rio. Os rios contornam todos os obstáculos. Quero

libertar a raiva de todos os anos de silêncio. Quero explodir com o vento e trazer de volta o fogo para o meu leito, hoje quero existir.

Desperto inspirada. Hoje quero mudar o meu mundo. Hoje quero fazer o que fazem todas as mulheres desta terra. Não é verdade que pelo amor se luta? Pois hoje quero lutar pelo meu. Vou empunhar todas as armas e defrontar o inimigo para defender o meu amor. Quero tocar na alma de todas as pedras do meu caminho. Quero beijar grão a grão a areia que tece o solo fecundo onde me aleito. Fecho os ouvidos ao mundo e apenas escuto o silêncio do meu percurso. Escuto o som intermitente da chuva miúda caindo na vidraça.

Penso muito nessa tal Julieta ou Juliana. Mulher bonita, ouvi dizer. Tem com o meu Tony muitos filhos, não sei quantos. É um segundo lar, sólido e fixo. Na minha mente correm ideias macabras. De repente apetece-me ferver um pote de óleo e derramar na cara dessa Julieta ou Juliana, para eliminá-la do meu caminho. Apetece-me andar à pancadaria como uma peixeira. Rezo. Rezo com todo o fervor para que essa mulher morra e vá para o inferno. Mas ela não morre e nem o romance acaba. Enquanto ela viver, nunca terei o meu marido por completo e eu não o quero dividir com ela. Marido não é pão que se corta com faca de pão, uma fatia por cada mulher. Só o corpo de Cristo é que se espreme em gotas do tamanho do mundo para saciar o universo de crentes na comunhão de sangue.

Tomo o banho sem pressa. Alimento-me bem para ganhar energia. Saio de casa e vou andando, chapinhando em liberdade pelas estradas chuvosas. Chego à rua 15 e paro diante da porta 20. Faço as primeiras comparações. A minha casa é dos lugares mais agradáveis deste mundo. Cheia de espaços abertos. Relva farta, fresca. Flores em todas as épocas do ano. Mas esta casa é melhor ainda. Foi construída com o dinheiro do meu marido, por isso é minha. Esta mulher imita-me e tenta ser mais perfeita do que eu. Fico com raiva e toco a campainha.

No curto momento de espera eu penso: o que venho fazer aqui? A Julieta ou Juliana aparece à minha frente. Esforça-se desesperadamente por manter a calma. Olha-me e treme com um pavor enorme como se tivesse visto o rosto de uma serpente. Sente-se invadida no seu domicílio mas não tem como fugir daquele encontro. Sabia que era um ajuste de contas, que um dia tinha que enfrentar. Convida-me a entrar, o que faço sem grandes cerimónias. Ela é gordinha, meu Deus — enervo-me —, a cabra está bem alimentada à custa do dinheiro do meu marido. Enquanto a sua respiração gela, eu invento uma desculpa atrapalhada para aquela visita.

— Senhora Julieta ou Juliana?

— Julieta. Por favor, em que a posso ajudar?

— Venho buscar o meu marido.

Invado a casa quarto a quarto, vasculho, sem pedir licença, a casa é do meu marido, por isso é minha, sou a esposa legítima, com contrato assinado no cartório. Olho em todos os lados, vejo brilho e elegância. Esta casa tem janelas mais largas, vitrais mais belos, por onde circula toda a frescura. Reconheço que esta casa é de longe melhor que a minha, meu Deus, esta casa me deixa louca. Em que é que o Tony pensava quando construiu esta casa? O que pensavam eles de mim, quando projetavam esta casa? E de onde veio o dinheiro para construir e rechear esta casa? Aos meus olhos floresce o poder do amor proibido. Todo este fausto me cheira a falso, tão falso como o amor que construiu este lar. Num relance da vista faço o peso e a medida. Quero descobrir nesta Julieta o que ela tem e eu não tenho. O que faz o Tony afastar-se de mim e apaixonar-se por ela. Ela é mesmo bonita, confirmo, mas, Deus meu, por mais bonita que seja não tem o direito de tirar-me o marido que é meu.

Olho para a parede. Um retrato pendurado aumenta a minha raiva. Ela e o meu Tony abraçados, sorrindo para o mundo. Os olhos de ambos parecem estar fixos em mim, gozando-me. Em minha casa o Tony não quer retratos pendurados. Retrato na parede é coisa de morto, diz ele, mas deixa esta mulher fazer aquilo o que me proíbe a mim.

— Minha senhora, já encontrou o seu marido?

Ela fala-me do alto da catedral por ser mais amada do que eu. Eu sofro, quase que morro, como se ela estivesse a meter-me uma tesoura de aço na raiz do meu coração. Vocês sabem o que dói ser tratada com altivez por quem vos rouba o marido? Eu não vou deixar-me rastejar diante de uma ladra sentimental, não posso. Ela é uma mulher, eu também sou. Tenho fogo no corpo, vou libertá-lo, tenham a santa paciência. Vou fazer a prova dos nove e saldar esta conta, olho por olho, dente por dente.

— E aquele retrato ali? — pergunto.

— O que tem?

— Por que é que está ali?

— Com que direito a senhora me faz essa pergunta?

Olho bem para a minha rival. Na imagem desta mulher a morte do meu amor, a causa da minha dor. Por causa dela sofro esta solidão. Ela enfeitiçou o meu homem para tirá-lo de mim. Mas eu não vou deixá-lo nos braços dela, não. Sinto uma carga de fel subindo pelas minhas entranhas. Vomito. A festa começa.

Primeiro round: Explosões de raiva correm como tempestades. Lanço sobre ela todas as palavras injuriosas deste mundo. Com a minha língua de sabre ninguém aguenta. Surpreendo-me a gritar palavrões que nunca antes gritei. Da minha boca correm obscenidades que nunca julguei saber. Ela responde e o jogo aquece. *Segundo round*: Lanço uma bofetada à minha rival. Salto para cima dela, puxo-lhe o nariz e ela fica transtornada pela surpresa. Ela reage e defende-se com uma força mágica vinda não se sabe de onde. Esmero-me na luta e dou golpes tão valentes como os dos filmes de kung-fu. O meu corpo é pesado e os gestos lentos. A minha rival é mais leve e mais ágil. Arranha-me, despe-me, rasga-me, morde-me, esmurra-me. *Terceiro round*: Defendo-me bem, tiro-lhe a peruca e arranho-lhe a cara. *Quarto round*: Sinto que estou a perder o combate. Dou passos em retaguarda e alcanço a rua. A minha adversária persegue-me, derruba-me, e rebolamos nas poças de água no meio da chuva. Ela crava as unhas no meu pescoço, quase que me estrangula. Os filhos dela, assustados, soltam gritos ensurdecedores. Entro em pânico, sinto que vou morrer, começo também a gritar, a rogar que ela me solte. Liberto-me. *Quinto round*: Socorro, esta mulher me mata! Na altura em que tento fugir, levo uma garrafada na nuca. Vejo estrelas no céu nublado. *Sexto round*: Fui à guerra e perdi o combate. Desmaio.

Um grupo de mulheres deixa as casas e vem em socorro. Veio o administrador do bairro e separou-nos. Eu tento explicar-me. Gaguejo. Um enorme galo cresce-me na testa. Nos ombros, chagas abertas vazando sangue. No corpo inteiro, camadas de lama. Nos lábios a pergunta teimosa:

— Onde está o meu marido?

— Se ele é teu, devias saber por onde anda.

O meu estado era tão deplorável que não podia andar naquelas condições. A Julieta levou-me para dentro de casa. Deu-me banho morno. Fez-me os pensos para estancar as feridas. Escolheu as suas melhores roupas e me vestiu como uma princesa. Lavou-me a cabeça e me penteou o cabelo. Tem um grande coração, esta mulher.

Levou-me à sala e ficámos frente a frente. Avalio-a. Tem unhas pintadas e bem tratadas. Cabelos desfrisados e bem cuidados, coisas que comigo nunca acontecem. O meu Tony proíbe-me de usar adornos e artifícios. Quer-me pura tal como Deus me pôs no mundo. A roupa que ela usa foi feita por uma costureira selecionada enquanto eu só uso roupas de fábrica e roupas de segunda mão. Vasculho fardos de roupa usada no mercado da esquina para vestir decentemente toda a família e poupar dinheiro. Ela veste um decote atrevido, com os sovacos à mostra, mas a mim o Tony quer-me vestida e abotoada como uma freira. O que para mim é proibido, à outra é permitido. Essa contradição me ofende.

Começamos a falar. Friamente. Delicadamente. A minha rival abre-se e conta-me a sua longa história. A sua cama é fria como a minha. Vive numa solidão pior do que a minha. Tem cinco filhos como eu e agora espera o sexto.

— Como é que tudo aconteceu? — pergunto eu.

— Ele namorou-me de pequenina — ela responde sem rodeios, de lágrimas nos olhos. — Dizia-me que era solteiro. Só quando engravidei é que me falou da existência de uma esposa e um filho. Mas tratou logo de dizer que fora obrigado a casar e aguardava uma oportunidade para divorciar-se. Fazia promessas maravilhosas. Os anos passavam. Vi os filhos a nascer um a um e em cada nascimento ele renovava as promessas de casamento.

Fico emocionada. Arrependida. Sinto pena desta mulher que tudo fez para me derrubar e acabou abandonada. Que lutou por um amor e acabou em dor. Que apontou o dedo no ar e disse que era seu o pássaro em pleno voo.

— Há quanto tempo não o vês?

— Sete meses.

— ?!...

— Desde que engravidei, faz sete meses.

— Significa que...

— Sim, ele só vem aqui cumprir a voz do divino criador. Semear-me o ventre, para encher a terra no ato da multiplicação.

— Ah!...

Deus moldou o homem e a mulher num só gesto, mas a gestação humana não se completa no mesmo ato. Na primeira etapa o homem coloca na mulher o molde da cabeça. Nos momentos seguintes coloca o molde do coração, da raça, dos braços, dos pés e ao longo dos meses vai completando o corpo bloco a bloco. Pobre Julieta! Ela tem uma cabeça no ventre e já não tem quem lhe ponha as orelhas, a boca e o nariz. Pobre filho, nascerá monstro, sem olhos, nem mãos, nem pés.

— Por que faz isso contigo?

— Ele vem só para deixar dinheiro e comida. Toma banho, muda de roupa e parte.

A minha rival desce da catedral, fecha os olhos e baixa a cabeça. Do fundo do ser brotam lágrimas em cascata que correm como chuva ácida. Pobre Julieta, o que esperava ela? Ser melhor do que eu? Infelizmente muitas de nós, mulheres, agimos assim. Subimos ao alto do monte e só quando estamos no ar compreendemos que não temos asas para voar. Atiramo-nos do alto do céu para um poço sem luz nem fundo e quebramos o coração como um vaso de porcelana. Tenho pena da Julieta, que treme em violentas convulsões ao ritmo do choro. Abraço-a. Conheço a amargura deste choro e o calor deste fogo. Emociono-me. Solidarizo-me.

O choro é milagroso e varre da alma espinhos e escolhos. Fico silenciosa e deixo que o choro furioso exerça o seu efeito milagroso. Depois embalo-a. Sofro com ela. Coitada, ela é mais uma vítima do que uma rival. Foi caçada e traída como eu.

— Estamos juntas nesta tragédia. Eu, tu, todas as mulheres. Só quero que compreendas a minha raiva. Sei que te agredi sem razão. Transferi sobre ti as minhas dores e mágoas, mesmo sabendo que a culpada não eras tu.

— Eu entendo — diz-me ela de cabeça baixa.

— Mas — pergunto —, se não está aqui, onde está, então?

— Nos braços de uma terceira, talvez.

— Terceira?

— Sim, terceira.

— Será?

— Mais nova que nós as duas. Mais bela, dizem. Mais fresca que uma alface.

— Conheces?

— Conheço. Já andámos à pancadaria umas tantas vezes.

— Mas... Julieta, como podes andar à pancadaria por um marido que nem sequer é teu?

— E o que significa a palavra teu, quando se trata de um homem?

Gera-se um momento de pausa, grave, profundo. Desafiamo-nos, olho por olho. A Julieta revela-me uma verdade mais cáustica que uma taça de veneno. Ter é uma das muitas ilusões da existência, porque o ser humano nasce e morre de mãos vazias. Tudo o que julgamos ter é-nos emprestado pela vida durante pouco tempo. Teu é o filho no ventre. Teu é o filho nos braços na hora da mamada. Mesmo o dinheiro que temos no banco, só o tocamos por pouco tempo. O beijo é um simples toque e o abraço dura apenas um minuto. O sol é teu, lá do alto. O mar é teu. A noite. As estrelas. Cada ser nasce só, no seu dia, na sua hora, e vem ao mundo de mãos vazias. Penso naquilo que tenho. Nada, absolutamente nada. Tenho um amor não correspondido. Tenho a dor e a saudade de um marido sempre ausente. A ansiedade. Ter é efemeridade, eterna ilusão de possuir o intangível. Teu é o que nasceu contigo. Teu é o marido quando está dentro de ti.

— Lutamos porque temos coisas em comum, sabes? — diz ela.

— Não, não temos — digo eu —, tenho que reconhecer que és mais nova e mais bonita. Mais sofrida. Para o Tony deixar-me a mim e amar-te a ti, deves ser mesmo melhor do que eu.

Fico emocionada. Esta mulher tem uma angústia bem pior que a minha. Eu, pelo menos, conheci o sonho e o altar. Tive um marido sempre ao lado em cada um dos cinco filhos que pari. Ainda tive o prazer de insultá-lo e culpá-lo de todas as minhas dores na hora do parto. A Julieta foi enganada desde a primeira hora. Nada pior que uma eterna frustração.

— Aí é que te enganas. As mulheres são diferentes no nome e na cara. No resto, somos iguais. Vejamos. Ele enganou-te e enganou-me. Quando não está aqui, penso que está contigo e vice-versa. Disse-te que te amava. Disse-me que me amava. Estamos aqui como duas prisioneiras lutando pelo mesmo homem. Oh, meu Deus, como eram maravilhosas as coisas que ele me dizia. E qual foi o resultado? Encher-me de filhos e partir.

A minha consciência ganha peso de chumbo. Sinto um sentimento doce a brotar do meu silêncio. Da janela aberta vejo o céu cinzento e sinto vertigens. Tremo de piedade, de tristeza, de vergonha. Todas as mulheres são gémeas, solitárias, sem auroras nem primaveras. Buscamos o tesouro em minas já exploradas, esgotadas, e acabamos por ser fantasmas nas ruínas dos nossos sonhos.

— Julieta, peço perdão, mil vezes perdão.

Abandono a rua 15 num táxi cheia de ligaduras e inchaços, vestida com a roupa da minha rival. Entrei na minha casa sorrateiramente, como uma ladra. A cabeça doía-me terrivelmente. O que houve?, perguntam os meus filhos, digo que caí na lama e apresso-me a entrar no meu quarto e mudar de roupa. Corro para o espelho e vejo o meu estado deplorável. Esta sova calou-me todas as angústias. Já não sinto saudades do Tony. Que ele fique onde quiser até que as minhas feridas se curem. Quanto mais longe, melhor. A imagem do espelho surge outra vez e ri-se.

— Espelho, espelho meu, veja o que fizeram de mim!

— Fizeram-te o que mereceste, amiga minha.

— Achas que fiz mal?

— Agrediste a vítima e deixaste o vilão. Não resolveste nada.

— Ah!

Tomo uma aspirina e coloco um saco de gelo na testa para baixar o inchaço. Sento-me na cadeira em segurança e respiro fundo. Uf, mas que sova tão valente eu levei! Toda esta revolução começou com a história do Betinho. Vidro quebrado é mau agoiro, confirma-se a sabedoria popular.

Canto a minha canção preferida para espantar a solidão. Dentro de mim cresce a vontade de deixar tudo. Divorciar-me. Estoirar este lar pelo ar. Procurar um novo amor, talvez. Mas não. Não, não largo o Tony. Se o deixo, nesta cama dormirão outras mulheres, não vou sair daqui. Se eu me divorcio o meu marido vai casar com a Julieta ou com tantas outras, não vale a pena sair daqui. Se eu vou, os meus filhos serão criados por outras, comerão o pão amassado pelas mãos do diabo, não posso sair daqui.

3.

O Tony está a roncar como um sapo, não sei o que é que lhe deu hoje para vir dormir aqui. Está ao meu lado, mas mais distante do que as nuvens do horizonte. Dormiu sem falar comigo. Quando pergunto alguma coisa ele rosna-me um sim ou não e não diz mais nada. É impenetrável como uma pedra maciça, inviolável como uma muralha. Para mim ele não tem alma nem sopro, não dialoga, não suspira nem sopra. Quando o desperto para dialogarmos ele abre um olho, lança um grunhido, vira-se para o outro lado e ronca. Parece um cadáver na minha cama. Uma massa de carne. Uma medusa, uma holotúria, um monstro. Parece mais uma geleia, movendo-se viscoso sobre o meu leito. Arrepia-me.

Dentro de mim há uma voz grave que fala, uma voz misteriosa. Traz-me uma mensagem soturna, diabólica: vinga-te, ele está nas tuas mãos estático como um morto, vinga-te. Dá-lhe uma panelada na cabeça. Uma pedrada. Uma bofetada. Uma facada no...! Estou desesperada e rezo. Vai embora, pensamento mau, vai! Vai para o inferno onde toda a maldade mora, vai, não quero manchar as minhas mãos na tua violência.

Os maus pensamentos são mais fortes, não resisto, desperto-o imediatamente antes que a desgraça aconteça.

— Tony. Responde-me. Por que te ausentas?

— Acordaste-me só para fazer essa pergunta?

— Tony, andas a trair-me, não é?

— Trair?

— Sim.

— Ah!

Ganho toda a coragem e digo tudo o que sinto: falo da saudade, da minha ansiedade. Das suas ausências constantes que tornam a casa desgovernada por falta de punho de homem. Ele rosna como um canino e faz cara de zangado. Enervo-me e acuso-o. Conto-lhe as cenas de pancadaria em que andei envolvida, as feridas, os curativos na clínica. Esperava uma reação furiosa, um grito, uma bronca, uma sova. Mas ele vira-se para o lado, cobre-se e tenta dormir outra vez. Incomodo.

— Traição é crime, Tony!

— Traição? Não me faça rir, ah, ah, ah, ah! A pureza é masculina, e o pecado é feminino. Só as mulheres podem trair, os homens são livres, Rami.

— O quê?

— Por favor, deixa-me dormir.

— Mas Tony — sacudo-o furiosamente. — Tony, acorda, Tony, Tony, Tony...!

Ele não me escuta, ronca. Consegue dormir feliz e deixar-me neste dilema. Sacana! Desgraçado! Insensível! Tirano! Saio da cama e me sento no sofá, só para observá-lo. Sorri. Sonha. Por onde divaga a sua alma em sonhos? Parece estar no subterrâneo do mar. Nos interstícios dos corais. No paraíso marinho cheio de paixões, num mundo mais azul, muito mais puro do que este. Estará nos braços da Julieta ou de um amor por mim desconhecido? Revolto-me. Meu Tony, por onde andas tu, quando o sono chega? Pelo além ou por uma outra dimensão? Viajas sozinho e em silêncio. Por que não me levas contigo? Um suspiro do Tony me tira das divagações. Fico mais atenta. Ele suspira como quem ama. Depois guincha e grita, está a invocar o nome de alguém. Fico mais atenta. Ele está a sonhar com uma mulher. Está a suspirar por uma mulher. Olho para o relógio. É meia-noite e tal. Desperta desvairado e fala como se estivesse a responder ao chamamento de outro mundo. Veste-se à pressa como um sonâmbulo.

— Tony, onde vais? Tony!...

Fico desesperada, com este sonho que se repete. Consultei adivinhos que me contaram histórias extraordinárias de feitiços de amor feitos por outras mulheres. Falaram-me de outros romances e outras tragédias. Não acreditei em nenhuma. As minhas vizinhas falam-me de *mudjiwas*,* esposas e esposos de outro mundo, que, nas vidas anteriores ou na outra encarnação, foram nossos cônjuges e reclamam os seus direitos nesta vida. A minha mãe falou-me disso uma vez apenas, o meu pai nunca disse uma só palavra. Entro no desespero. Meu Tony, meu marido, meu homem belo, será que tens uma *mudjiwa*? Ou eu é que tenho *mudjiwa* e por isso não me queres? Meu Tony, há uma mulher que te rapta quando dormes. Eu sou uma mulher fiel, acredita em mim. Sou virgem, sou inocente, homem da minha vida, és apenas tu.

— Tony, o que se passa?

— Vou para onde posso dormir em paz.

Queria rogar para ficar. Pedir perdão por lhe despertar. Queria mostrar o meu arrependimento por lhe ter ofendido na sua liberdade. Consegui abrir a boca e soltar um sopro de pato. Não fui a tempo. Sai de casa em corrida, entra no carro e desaparece na noite.

* Ver glossário na página 329.

4.

Deus meu, socorre-me. Aconselha-me. Protege-me. Diz-me o que é o amor segundo a tua doutrina. Deus meu, o amor deste mundo não é matemática. Não tem fórmulas estáticas, nem mágicas. O amor é caprichoso como o tempo. Num dia frio. Noutro quente, noutro ainda, chuva e vento. No amor, a solução de um dia não serve para outro dia. Os conselhos dos amigos de nada servem, para o meu caso. A urgência de transformar este amor atrai-me perigosamente para caminhos nunca dantes pisados. Eu, mulher casada há vinte anos, mãe de cinco filhos, experiente, andei de boca em boca, de ouvido em ouvido, auscultando de toda a gente a forma mais certa de segurar marido. A minha mãe faz discursos de lamentos. As minhas tias velhotas repetem ladainhas antigas. Algumas amigas falam-me de feitiços de natureza vegetal. De origem animal. Outras ainda me falam de correntes espirituais, com batuques, velas e rezas. Outras ainda me falam de terapias de amor feitas em igrejas milagrosas. Outras me recomendam consultas em psicólogas formadas em universidades que dão consultas sobre o amor. Outras ainda me falam de truques.

Tenho a cabeça cheia de conselhos, revelações e segredos fornecidos por mulheres de todas as idades. A minha vizinha do lado insiste em levar-me para o curandeiro dela, mas eu preferi matricular-me num curso promovido por uma famosíssima conselheira amorosa que mora num lugar escondido no centro da cidade. Hoje vou ter a minha primeira lição.

Tomo um banho e preparo-me para sair. Tento usar uma saia e esta não segura, cai. Vou ao guarda-roupa e experimento todas as roupas e descubro. Emagreci. Não escaparei às línguas do mundo que dirão que estou a emagrecer por causa dos ciúmes, tudo por causa de um homem que não me liga nenhuma. Vou ao espelho e desabafo.

— Diz-me, espelho meu: serei eu feia? Serei eu mais azeda que a laranja-lima? Por que é que o meu marido procura outras e me deixa aqui? O que é que as outras têm que eu não tenho?

O espelho dá uma resposta muda e sorri.

— Vamos, responde-me, espelho meu.

O meu espelho responde com malícia:

— Ah, sua gorda!

— Não! Não achas que emagreci um pouco?

— Emagreceste, sim.

— Graças a Deus não precisei de chás nem dietas.

— Vês como o teu marido é bom? Deu-te um desgosto benéfico, que emagrece. Tomara que esse desgosto te consuma mais um mês. Ficarás mais elegante que as estrelas de cinema. Tomara que todas as mulheres gordas tivessem maridos que lhes dessem desgostos.

Quem se ri agora sou eu. Espelho louco. Eu já ando louca da minha vida e aparece agora este espelho a enlouquecer-me mais ainda.

— Oh, espelho meu, o que achas de mim? Devo renovar-me?

— Renova-te, sim. Mas antes, procura uma vassoura e varre

o lixo que tens dentro do peito. Varre as loucuras que tens dentro da mente, varre, varre tudo. Liberta-te. Só assim viverás a felicidade que mereces.

— Diz-me, espelho meu: onde foi que eu errei? Serei feliz algum dia, com essas mulheres à volta do meu marido?

— Pensa bem, amiga minha: serão as outras mulheres as culpadas desta situação? Serão os homens inocentes?

Abandono o espelho que distrai a minha atenção com reflexões inúteis.

— Hoje vou à primeira aula de amor de toda a minha vida.

Chego à aula, com uma pontualidade religiosa. A minha conselheira de amor espera-me, sentada num grande sofá de veludo. Saúda-me com uma voz altiva, segura, dengosa, lá do seu altar de rainha. Ela diz: pons tias. Poas vintas. Acrateço a sua breferencia bor esda escola. Troca o b por p. Troca o d por t, ela é do norte, é macua esta minha conselheira de amor. Não rio, sorrio e retribuo a saudação. Bom dia, e obrigada por me aceitar como sua aluna.

Ela oferece-me um assento, diante dela. Olhamo-nos. Avaliamo-nos. É da minha idade, quase. Alta. Robusta. Gorda, até. Mais gorda que eu. Preenche o sofá todo com as carnes do seu traseiro, que transbordam como tesouro. Estende os braços e os coloca sobre as costas do sofá, para arejar os sovacos, com o maior à-vontade deste mundo. Tomara. Ela está acima dos problemas das mulheres deste mundo. Em matéria de amor ela está no alto. Invejo-a. Sabe tudo sobre o amor. Deve ter vivido tudo, provado tudo e sabe de tudo. Ela distingue uma mulher feliz e uma mulher insatisfeita com um simples relance da vista. Veste uma enorme túnica, de amarelo-dourado. Na cabeça pende um turbante colocado com arte como uma coroa de rainha. Ela usa ouro, muito ouro. Tem a imagem da Rainha de Sabá — os livros apresentam uma Sabá magra e sem curvas, corpo europeizado, mas as rainhas africanas são gordas, pois são bem abastecidas tanto no amor como na comida.

Começamos a aula com banalidades: falamos do tempo, dos filhos, do natal que se aproxima. Esta mulher tem uma áurea magnética, sinto-me atraída por ela. Ela é um monumento de triunfo sobre o amor. Deve ser daquelas que atraem o amor e matam de desejo todos os homens que dela se aproximam. E fala como quem canta. Move-se como quem dança. Respira como quem suspira, meu Deus, toda ela é amor. Sou mais bonita do que ela, mas ela tem um quê, que atrai, que eu não tenho.

Entramos na primeira questão séria. Pergunta-me sobre os meus problemas. Baixo os olhos e não respondo. Falar da intimidade a uma estranha é humilhante. É o mesmo que me entregar a um padre no confessionário, para abençoar os meus pecados como se ele não tivesse nenhum. Esta mulher quer consolar todas as mágoas dos outros como se ela pudesse consolar todas as suas.

— Minha amiga — convence-me ela —, se o amor tivesse preço, garanto-te que cada um de nós comprava em quantidade, para usar e para guardar no celeiro. No amor não existe vergonha. Gente rica, gente pobre, procura-me em cada dia. E os mais ricos são os que mais me procuram. Ricos de dinheiro, mas pobres de amor. O amor não tem preço.

Mesmo assim, não respondo. E continuamos na conversa banal. Falamos de tradições e de culturas. E conta-me histórias de amor à macua. De namoros na sua aldeia. Dos ritos de passagem.

— Como foi a preparação do teu casamento?

— Comecei a fazer enxoval aos quinze anos — explico. — Bordar *naperons*. Fiz colchas e toalhas em croché. Toalhas bordadas, com o ponto pé de flor, ponto pé de galo, ponto de cruz, ponto jugoslavo, ponto grilhão. Fiz curso de cozinha e tricô.

— Cresci no campo e não conheci nada dessas coisas de bordados e enxovais. Diz-me, como foi a preparação nas vésperas do casamento?

— Tinha aulas na igreja, com os padres e as freiras. Acendi muitas velas e fiz muitas rezas.

— E o que te ensinava a tua família?

— Falava-me da obediência, da maternidade.

— E do amor sexual?

— Nunca ninguém me disse nada.

— Então não és mulher — diz-me com desdém —, és ainda criança. Como queres tu ser feliz no casamento, se a vida a dois é feita de amor e sexo e nada te ensinaram sobre a matéria?

Olhei-a com surpresa. De repente lembro-me de uma frase famosa — *ninguém nasce mulher, torna-se mulher*. Onde terei eu ouvido esta frase?

— Eu tive os primeiros ritos de passagem da adolescência para a juventude. Tive os segundos de noiva para esposa. Nos ritos de adolescência, trataram-me a pele com *musiro*. Nos ritos de noivado trataram-me a pele com mel.

— Mel na pele?

— Sim, mel puro, sem misturas. Torna a pele mais lisa que a casca de um ovo. Besuntavam-me o corpo todo, dias antes do casamento.

Dedicámos um tempo à comparação dos hábitos culturais de norte a sul. Falámos dos tabus da menstruação que impedem a mulher de aproximar-se da vida pública de norte a sul. Dos tabus do ovo, que não pode ser comido por mulheres, para não terem filhos carecas e não se comportarem como galinhas poedeiras na hora do parto. Dos mitos que aproximam as meninas do trabalho doméstico e afastam os homens do pilão, do fogo e da cozinha para não apanharem doenças sexuais, como esterilidade e impotência. Dos hábitos alimentares que obrigam as mulheres a servir aos maridos os melhores nacos de carne, ficando para elas os ossos, as patas, as asas e o pescoço. Que culpam as mulheres de todos os infortúnios da natureza. Quando não chove, a culpa é delas. Quando há cheias, a culpa é delas. Quando há pragas e doenças, a culpa é delas que sentaram no pilão, que abortaram às escondidas, que comeram o ovo e as moelas, que entraram nos campos nos momentos de impureza.

As mulheres do sul acham que as do norte são umas frescas, umas falsas. As do norte acham que as do sul são umas frouxas, umas frias. Em algumas regiões do norte, o homem diz: querido amigo, em honra da nossa amizade e para estreitar os laços da nossa fraternidade, dorme com a minha mulher esta noite. No sul, o homem diz: a mulher é meu gado, minha fortuna. Deve ser pastada e conduzida com vara curta. No norte, as mulheres enfeitam-se como flores, embelezam-se, cuidam-se. No norte a mulher é luz e deve dar luz ao mundo. No norte as mulheres são leves e voam. Dos acordes soltam sons mais doces e mais suaves que o canto dos pássaros. No sul as mulheres vestem cores tristes, pesadas. Têm o rosto sempre zangado, cansado, e falam aos gritos como quem briga, imitando os estrondos da trovoada. Usam o lenço na cabeça sem arte nem beleza, como quem amarra um feixe de lenha. Vestem-se porque não podem andar nuas. Sem gosto. Sem jeito. Sem arte. O corpo delas é reprodução apenas.

Homem do sul quando vê mulher do norte perde a cabeça. Porque ela é linda, *muthiana orera*. Porque sabe amar, sabe sorrir e sabe agradar. Mulher do norte quando vê homem do sul perde a cabeça porque tem muita garra e tem dinheiro. O homem do norte também se encanta com a mulher do sul, porque é servil. A mulher do sul encanta-se com o homem do norte, porque é mais suave, mais sensível, não agride. A mulher do sul é económica, não gasta nada, compra um vestido novo por ano. A nortenha gasta muito com rendas, com panos, com ouro, com cremes, porque tem que estar sempre bela. É a história da eterna inveja. O norte admirando o sul, o sul admirando o norte. Lógico. A voz popular diz que a mulher do vizinho é sempre melhor que a minha.

— Frequentaste os ritos de iniciação? — pergunta a conselheira.

— Não — explico —, o meu pai é um cristão ferrenho, de resto a pressão do regime colonial foi muito mais forte no sul do que no norte.

— Significa que até essa idade ninguém te falou de nada?

— Frequentei outras escolas — expliquei.

— Refiro-me às escolas de amor e vida.

— Nunca frequentei nenhuma.

— És mesmo criança, ainda não és mulher.

— O que aprendem então nesses ritos, que vos faz sentir mais mulheres do que nós?

— Muitas coisas: de amor, de sedução, de maternidade, de sociedade. Ensinamos filosofias básicas de boa convivência. Como queres ser feliz no lar se não recebeste as lições básicas de amor e sexo? Na iniciação aprendes a conhecer o tesouro que tens dentro de ti. A flor púrpura que se multiplica em pétalas intermináveis, produzindo todas as correntes benéficas do universo. Nos ritos de iniciação habilitam-te a viver e a sorrir. Aprendes a conhecer a anatomia e todos os astros que gravitam dentro de ti. Aprendes o ritmo dos corações que palpitam dentro de ti.

— Coração é apenas um.

— A mulher tem dois. Um superior e outro inferior. Por vezes, tem três, quando tem um filho no ventre.

— São assim tão importantes esses ritos?

— Sem eles, és mais leve que o vento. És aquele que viaja para longe, sem viajar antes para dentro de si próprio. Não te podes casar, ninguém te aceita. Se te aceita, logo depois te abandona. Não podes participar num funeral, muito menos aproximar-te de um cadáver porque não tens maturidade. Nem podes assistir a um parto. Não podes tratar dos assuntos de um casamento. Porque és impura. Porque não és nada, eterna criança.

Fico um pouco desconcertada. Esta mulher diz que não sou mulher. O que é que ela sabe e eu não sei? Escondo a minha revolta e falo. Conto uma parte da história do Tony, as traições, as concubinas, as noites frias, enfim.

Fico furiosa com aquela conversa toda e começo a falar de tudo o que me dói para que ela entenda. Digo que sempre cumpri o meu papel de esposa: lavar cuecas, coser peúgas, pregar botões das camisas dele. Quando sai de casa bonito, aparece alguém e o carrega todo, todinho, e deixa-me apenas as cuecas por lavar. Por que não o levam todo de uma vez?

— Não culpes as outras pelo teu insucesso. Como tu foram conquistadas e responderam aos apelos do corpo. Os desejos de um homem são desejos de Deus. Não se devem negar.

Olho bem para esta mulher. Ela é uma louca. Aldrabona pura. Ela é um gancho pescando fortuna de pessoas desesperadas como eu.

— Não entendo.

— A solução é fazer com que ele pense só em ti e não olhe para as outras.

— Como? Quer que lhe tire a vista?

— Por que não? A vida é feita de partilhas. Partilhamos a manta num dia de frio. Partilhamos o sangue com o moribundo na hora do perigo. Por que não podemos partilhar um marido? Emprestamos dinheiro, comida e roupa. Por vezes damos a nossa vida para salvar alguém. Não acha mais fácil emprestar um marido ou esposa do que dar a vida?

As culturas são fronteiras invisíveis construindo a fortaleza do mundo. Em algumas regiões do norte de Moçambique, o amor é feito de partilhas. Partilha-se mulher com o amigo, com o visitante nobre, com o irmão de circuncisão. Esposa é água que se serve ao caminhante, ao visitante. A relação de amor é uma pegada na areia do mar que as ondas apagam. Mas deixa marcas. Uma só família pode ser um mosaico de cores e raças de acordo com o tipo de visitas que a família tem, porque mulher é fertilidade. É por isso que em muitas regiões os filhos recebem o apelido da mãe. Na reprodução humana, só a mãe é certa. No sul, a situação é bem outra. Só se entrega a mulher ao irmão de sangue ou de circuncisão quando o homem é estéril.

Nas práticas primitivas, solidariedade é partilhar pão, manta e sémen. Sou do tempo moderno. Prefiro dar a minha vida e o meu sangue a quem deles precisa. Posso dar tudo, mas o meu homem não. Ele não é pão nem pastel. Não o partilho, sou egoísta.

Navego numa viagem ao tempo. Haréns com duas mil esposas. Régulos com quarenta mulheres. Esposas prometidas antes do nascimento. Contratos sociais. Alianças. Prostíbulos. Casamentos de conveniência. Venda das filhas para aumentar a fortuna dos pais e pagar dívidas de jogo. Escravatura sexual. Casamentos aos doze anos. Corro a memória para o princípio dos princípios. No paraíso dos *bantu*, Deus criou um Adão. Várias Evas e um harém. Quem escreveu a bíblia omitiu alguns factos sobre a génese da poligamia. Os bantu deviam reescrever a sua Bíblia.

Falamos da iniciação masculina. Digo que o meu Tony também não frequentou nenhuma escola de iniciação, ao que ela afirma:

— O teu marido também não é homem, é apenas criança.

— Criança, o meu Tony? Não pode ser! Como ousa desqualificar o meu marido?

Ela explica-me a primeira lição da iniciação masculina:

— A primeira filosofia é: trata a mulher como a tua própria mãe. No momento em que fechares os olhos e mergulhares no seu voo, ela se transforma na tua criadora, a verdadeira mãe de todo o universo. Toda a mulher é a personificação da mãe, quer seja a esposa, a concubina, até mesmo uma mulher de programa. O homem deve agradecer a Deus toda a cor e luz que a mulher dá, porque sem ela a vida não existiria. Um homem de verdade não bate na sua mãe, na sua deusa, na sua criadora.

— Mas isso é no norte — recordo —, eu sou daqui, do sul.

De tudo o que hoje aprendi, gostei mais desta lição. Porque o casamento deve ser uma relação sem guerra. Porque levei muita sova nesta vida. Porque um lar de harmonia se constrói sem violência. Porque quem bate na sua mulher destrói o seu próprio amor. Ponho a mão na consciência e um fio de remorso me sacode: por que agredi eu a Julieta?

Agora falamos das cores. Ela diz que todo o homem é bicho. Borboleta. Inseto. É seduzido pela brisa, pelo arco-íris, por tudo o que emana cor e luz.

"O vermelho atrai os búfalos, os touros. A fruta madura atrai a fome e a cobiça de todos os pássaros. As flores atraem todos os olhos humanos. O segredo da sedução reside na cor. Imita a natureza e veste-te de flor, para atrair todos os olhos e despertar desejos escondidos.

"Homem é bicho sonoro. No sibilar dos pinhais dorme, sonha. No farfalhar das palmeiras se extasia. No canto do pássaro se encanta. No soprar de uma flauta se enleva. No silvar de uma serpente se espanta. Faz a tua armadilha sonora. Tira dessa tua flauta a voz que embala, assim meiga, sussurrada, cantada, pausada. Tira desse pinhal o sibilar divino para repousar o seu cansaço. Se gritas como serpente espantas a caça.

"Homem é elefante. Grandioso. Mas o elefante atrai-se com formiga. O olho grande sempre se encanta com coisa pequena.

Não procura ser grande, mas pequena. Muito pequena, quase microscópica, mas astuta e atenta para atacar os pontos vitais. Sê a bactéria que faz o homem se requebrar na dança da sarna. Sê o vírus que faz o grande homem estremecer ao ritmo da gripe. Sê tu mesma. Natural. Um adulto se rende de encanto, perante o sorriso de uma criança.

"Homem é azagaia. Ponta de lança. Homem é uma linha reta sem fim. Homem é uma bala acesa ferindo o espaço na conquista do mundo. As retas unem o céu e o chão até ao fim do horizonte. Deixa que o homem seja o fim, porque tu és o princípio.

"Mulher é linha curva. Curvos são os movimentos do sol e da lua. Curvo é o movimento da colher de pau na panela de barro. Curva é a posição de repouso. Já reparaste que todos os animais se curvam ao dormir? Nós, mulheres, somos um rio de curvas superficiais e profundas em cada palmo do corpo. As curvas mexem as coisas em círculo. Homem e mulher se unem numa só curva no serpentear dos caminhos. Curvos são os lábios e os beijos. Curvo é o útero. Ovo. Abóbada celeste. As curvas encerram todos os segredos do mundo.

"Não ter amor não é sina, é desastre. Aprende bem esta minha lição. O amor é um investimento. Nasce, morre, renasce, como o ciclo do sol. Olha, não diz que não te ensinei. O amor é o pavio aceso, cabe a ti manter a chama. Tudo o resto são truques, minha linda. Técnicas. Artimanhas. Tudo na vida é mortal, tudo se apaga. Se a tua chama se apaga é em ti que está a falta. Faz o que te digo e magia nenhuma te derrubará nesta vida. Tu és feitiço por excelência e não deves procurar mais magia nenhuma. Corpo de mulher é magia. Força. Fraqueza. Salvação. Perdição. O universo inteiro cabe nas curvas de uma mulher."

O medo de perder o Tony afasta-se momentaneamente. Estas aulas encaixam na minha esperança como um manto de veludo. Sinto uma enorme venda a descolar-se dos meus olhos, enquanto pequenos segredos preenchem a minha alma como gotas de orvalho. Esta mulher é para mim a estrela de alva. Estou a renascer, a crescer, a rejuvenescer. A sua voz penetra-me como o gorjear da água das fontes. Ela é a brisa.

— A natureza está a nosso favor, é irmã, confidente. Veste as cores das flores, do céu, do vento e de todo o firmamento. Busca a alma da pedras e faz um pacto. Ouro, prata, pérola, diamante, rubis, esmeraldas, topázios. Aprenda os segredos dos contrastes. Um negro bem negro com dentes muito brancos é uma atração fatal. És uma negra bem escurinha. Usa muito ouro para fazer brilhar essa tez negra. Usa marfim.

Rendo-me. Ninguém domina tão bem os homens como estas sereias de cores garridas. O touro bravo caça-se com o vermelho. No amor não há coisas grandes nem pequenas. A polidez de uma unha pode prender o coração de um homem. Um cílio. Uma sombra contrastante no canto do olho. Uma pele macia. Uma voz mansinha. Os dedinhos dos pés.

Falamos das mãos suaves na carícia do repouso. Nas técnicas de amaciar a pele com a máscara branca do *musiro*. Detivemo-nos um instante na análise da contradição. Na cultura do sul, diz-se que uma pele lisa escorrega nas mãos como o peixe-barba, os homens não gostam. Não é por acaso que as mulheres da geração antiga têm tatuagens grossas nas ancas, no ventre, no peito, no rosto, para tornar a pele rugosa e gostosa. Chegamos a um consenso: o sensual é também cultural.

Fiquei a saber como no amor os olhos se expressam. Olhos de gata. Olhos de serpente. Olhos magnéticos. Olhos sensuais. Não há mulheres feias no mundo, disse a conselheira — o amor é cego. Existem, sim, mulheres diferentes.

Ela insiste no princípio de agradar ao homem.

— Se queres um homem prenda-o na cozinha e na cama — diz ela. — Há comidas masculinas e femininas. Na galinha, as mulheres comem as patas, as asas e o pescoço. Aos homens servem-se as coxas de frangos. A moela.

— A moela de galinha? No norte também? — pergunto eu, morta de curiosidade.

— No norte também.

— Engraçado. Nunca tinha imaginado.

— No norte, a história da moela por vezes gera conflitos conjugais, que terminam em violência e até divórcios.

— Não é possível! No sul também é assim. Essa tradição devia ser combatida.

— Desafiar? Mudar? Para quê? Cá por mim devia ser mantida, porque é uma boa isca. Um homem vence-se pela sua gula. Se queres fazer uma magia de amor, faça-a naquilo que eles mais gostam. A moela.

Sobe-me aos lábios um sorriso irónico. Em matéria de comida, não há norte nem sul. Todos os homens são gulosos e inventam mitos só nas carnes, peixes e ovos. Não há mitos de couves nem alfaces. Por vezes aparecem mitos de feijão e de arroz, culturas que produzem dinheiro. Os homens são todos iguais. Rimo-nos com gosto.

— Vendo bem — diz a professora —, o que é uma moela? A mulher pode muito bem passar sem ela, podendo, também, morrer por causa dela.

— Terá a moela algum poder afrodisíaco?

— Nada disso. É apenas um pedaço eleito. Que nem é gostoso. Pelo menos eu nem gosto.

Participei em muitas aulas, quinze, no total. Fui até às aulas mais secretas, sobre aqueles temas de que não se pode falar. Enquanto noutras partes de África se faz a famosa excisão feminina, aqui os genitais se alongam. Nesses lugares o prazer é reprimido, aqui é estimulado. A minha professora diz que a preparação para o amor não tem idade e eu acredito.

Estas aulas são os meus ritos de iniciação. A igreja e os sistemas gritaram heresias contra estas práticas, para destruir um saber que nem eles tinham. Analiso a minha vida. Fui atirada ao casamento sem preparação nenhuma. Revolto-me. Andei a aprender coisas que não servem para nada. Até a escola de ballet eu fiz — imaginem! Aprendi todas aquelas coisas das damas europeias, como cozinhar bolinhos de anjos, bordar, boas maneiras, tudo coisas da sala. Do quarto, nada! A famosa educação sexual resumia-se ao estudo do aparelho reprodutor, ciclo disto e daquilo. Sobre a vida a dois, nada! Os livros escritos por padres invocavam Deus em todas as posições. Sobre a posição a dois, nada! E na rua havia as revistas de pornografia. Entre a pornografia e a santidade, não havia nada! Nunca ninguém me explicou por que é que um homem troca uma mulher por outra. Nunca ninguém me disse a origem da poligamia. Por que é que a igreja proibiu estas práticas tão vitais para a harmonia de um lar? Por que é que os políticos da geração da liberdade levantaram o punho e disseram abaixo os ritos de iniciação? É algum crime ter uma escola de amor? Diziam eles que essa escolas tinham hábitos retrógrados. E têm. Dizem que são conservadoras. E são. A igreja também é. Também o são a universidade e todas as escolas formais. Em lugar de destruir as escolas de amor, por que não reformá-las? O colonizado é cego. Destrói o seu, assimila o alheio, sem enxergar o próprio umbigo. E agora? Na nossa terra há muito desgosto e muita dor, as mulheres perdem os seus maridos por não conhecerem os truques de amor. Fala-se de amor e aponta-se logo o coração e nada mais. Mas o amor é coração, corpo, alma, sonho e esperança. O amor é o universo inteiro e por isso nem a anatomia nem a cardiologia conseguiram ainda indicar o lado do coração onde fica o amor.

Nestes dias aprendi coisas interessantes. Muito interessantes. Coisas que nem se podem falar de mulher para mulher, mas só entre condiscípulos da academia de amor. Aprendi que os ritos de iniciação são uma instituição mais importante que todas as outras instituições formais e informais juntas, cujos segredos não se divulgam nunca. Aprendi segredos profundos. Muito profundos. Segredos de amor e de vida. Segredos de amor e de morte. As mulheres ostentam este ar de fraqueza, mas mordem como abelhas. Fazem o homem chorar de amor como uma criança, até esvaziar-se da alma. Têm a vida de um homem na palma da mão, e este humilha-se, rende-se até perder o fôlego, até se entregar de corpo e alma, e fazem dele um escravo. Compreendo agora aquele caminhar requebrado e seguro de algumas mulheres do norte. Compreendo agora aquele falar cantado, o olhar dormente, de crocodilo. Entendo mais do que nunca por que é que os homens de todos os quadrantes do mundo, que emigram para as terras do norte deste país, nunca mais regressam às terras de origem. Não sei como e quando irei aplicar todos esses conhecimentos. Vou confessar-vos um segredo: apetece-me procurar alguém, para experimentar tudo o que aprendi. Neste casamento velho e gasto, o Tony está farto de me conhecer. Notará logo uma mudança de comportamento. Mesmo assim, vou tentar. Mas que pena, ter aprendido isto só agora!

Acho que entendo melhor a submissão de alguns maridos do norte, que transformam as mulheres em rainhas, carregam-nas no riquexó, para não pisarem o chão e apanhar poeira. Aos domingos, no passeio da tarde, alguns maridos levam o bebé ao colo e o saco de fraldas, para as esposas não amarrotarem os vestidos. No final do mês os maridos gastam quase todo o salário na compra de panos e ouro, só para enfeitar as suas rainhas. Essas mulheres sabem muitas coisas. Conhecem a geografia do corpo. A morada do sol. Sabem acender as tochas e guiar os homens por grutas desconhecidas. Sabem embalar um homem, torná-lo pequeno, até o fazer sentir-se de novo a flutuar no ventre da mãe.

No norte, sem os ritos de iniciação não és gente, és mais leve que o vento. Não te podes casar, ninguém te aceita e, se te aceitar, logo depois te abandona. Não podes participar em nenhum funeral dos teus pais ou dos teus próprios filhos. Não podes aproximar-te de nenhum cadáver, porque não tens maturidade, és ainda criança. Todo o filho que, por acidente, nasce antes dos ritos dos pais, é considerado lixo, impureza, inexistente. Os ritos de iniciação são como o batismo cristão. Sem batismo todo o ser humano é pagão. Não tem direito ao céu. No sul, homem que não lobola a sua mulher perde o direito à paternidade, não pode realizar o funeral da esposa nem dos filhos. Porque é um ser inferior. Porque é menos homem. Filhos nascidos de um casamento sem lobolo não têm pátria. Não podem herdar a terra do pai, muito menos da mãe. Filhos ficam com o apelido materno. Há homens que lobolaram as suas esposas depois de mortas, só para lhes poderem dar um funeral condigno. Há homens que lobolaram os filhos e os netos já crescidos, só para lhes poder deixar herança. Mulher não lobolada não tem pátria. É de tal maneira rejeitada que não pode pisar o chão paterno nem mesmo depois de morta.

Lobolo no sul, ritos de iniciação no norte. Instituições fortes, incorruptíveis. Resistiram ao colonialismo. Ao cristianismo e ao islamismo. Resistiram à tirania revolucionária. Resistirão sempre. Porque são a essência do povo, a alma do povo. Através delas há um povo que se afirma perante o mundo e mostra que quer viver do seu jeito.

Mandei fazer umas roupas bem garridas, com amarelo, vermelho e laranja. Vesti-as e fui ao espelho. Estava magnífica. Toda eu era fruta madura. Cereja. Caju. Maçã. Estava simplesmente tentadora. O Tony vem, e os seus olhos ficam presos em mim. O meu coração bombeava, meu Deus, como a conselheira tinha razão! As lições estão a resultar. Daqui a pouco ele vai-se aproximar. Vai beijar-me. Vai passear a sua mão suave na minha pele de seda, amaciada pelo *musiro*. Vai levar-me ao quarto onde irei pôr em prática o segundo capítulo das minhas aulas especiais. Ele coloca a mão no meu ombro, meu Deus, como a conselheira tinha razão! De repente larga-me, dá dois passos à retaguarda e lança um sorriso de troça.

— Estás tão colorida que pareces uma borboleta. Pareces açafrão. Piripiri maduro. O que te inspira a esses gostos tão espampanantes?

Fiquei desgostosa. Estava quase a dar certo. Acho que exagerei no perfume, estava cheirosa de mais, eu penso. Cheiro de mais enjoa, mesmo que seja perfume bom. Mas não, não foi o perfume, não. Deve ter sido a imagem da outra — a terceira e não a segunda — que quebrou o encanto. Fico com raiva de tudo. Quero conhecer essa terceira mulher que enlouquece o meu marido.

Corro para o meu espelho e desabafo.

— Sonhei tanto com este momento, tudo se desmoronou, que faço agora, espelho meu?

— Onde está o espírito de luta, amiga minha? Se falhou hoje, podes tentar outra vez!

Obrigada, espelho meu. Perder a batalha não é perder a guerra. Amanhã será outro dia.

5.

Despertei com a cabeça na terceira mulher que enlouquece o meu marido. Que fez de mim uma mulher casada de leito vazio. Que fez da Julieta a segunda, uma solteirona repudiada, com um filho no ventre. Queria tanto conhecer essa terceira, que tem muito mel dentro dela, não para fazer a guerra, não, mas para aprender com ela. Queria conhecer as cores da roupa dela. O cheiro do perfume dela. A cor da pele dela. Queria saber da sua prodigiosa conselheira sentimental. A Julieta julgava-se melhor do que eu a ponto de roubar-me o lugar, de destronar-me, mas veio esta e zás! Essa terceira mulher foi fantástica, vingou o meu ciúme.

Saí de casa ao raiar da manhã inspirada pela curiosidade de conhecer essa mulher, essa artista maravilhosa. Eu não fui procurá-la por mal, como já disse, mas assim que entrei em sua casa ela sentiu-se invadida, ameaçada pela minha presença, e tratou logo de me agredir. Lutámos. Derrubámos tudo o que estava à nossa volta: vidros, pratos, vasos, plantas, e tudo ficou em cacos. Eu vim por bem, gritava apavorada. Sai da minha casa, dizia ela.

Tu não tens casa coisa nenhuma, respondia eu, furiosa. Tudo o que aqui está é minha propriedade, foi comprado com o dinheiro do marido que é meu por direito, somos casados pela lei civil e pela igreja, e com comunhão de bens, para tua informação, respondia eu enquanto levava a maior sova da minha vida. Aí é que te enganas, vais ver quem tem razão, gritava a minha adversária enquanto me enterrava as unhas na pele, riscando-me o corpo todo. A sova que eu levava era de mais. Decidi fugir, abri a porta e corri pela rua fora. Mas ela perseguiu-me e ferrou-me tantos golpes que quase me deixaram morta. A nossa gritaria atraiu a vizinhança e muitos mirones que comentavam: duas mulheres lutando em pleno dia? Há homem no meio! Os homens gritavam: Ferra-lhe, sova-lhe, pimba-lhe. Não percebia se a gritaria era para me incitar a mim ou a ela, mas ela sovava-me com uma fúria nunca vista.

A polícia apanhou-nos em flagrante e levou-nos à esquadra onde ficámos presas, acusadas de perturbar a ordem pública. Logo à entrada, um cheiro nauseabundo como mensagem de boas-vindas. A polícia lançou a rede na escória humana e fez pesca grossa, a cela está abarrotada de mulheres marginais de toda a espécie. É uma cela pequena. Quente. Apinhada de gente. Tocamos nos corpos umas das outras, quando queremos mover um braço ou uma perna. Umas roubaram. Outras violaram sexualmente outras mulheres. Outras venderam estupefacientes, enquanto outras, as consumidoras, navegam em sonhos extraordinários. Algumas criaram desordem pública como nós. Deitada num canto está uma rapariga que aparenta quinze anos. Geme de febre e de dores. Atirou um recém-nascido na lixeira. O calor fermenta os corpos, revelando quão pútrido é o ser humano. Aqui cheira a sangue, cheira a parto. Cheira a gente. Cheira a mulher. A calor. As menstruadas cheiram à distância como latrinas a céu aberto. Este lugar aquece, fede, enjoa. Apelo à força dos deuses para suportar aquela tortura.

Logo à entrada, seguro a mão da Luísa e tremo. Ela não me rejeita e também se segura a mim. Ficámos as duas coladas uma à outra, paralisadas, enquanto as outras nos olhavam, surpreendidas. A nossa luta era íntima e não era para nos conduzir até aqui. Ah, amor meu, por que caminhos me levas tu! O meu sonho de segurar marido acabou por lançar-me nas malhas da polícia. Eu, Rami, presa, mas quem diria! Eu, mulher casada. Boa dona de casa. Eu, mulher exemplar, meiga, carinhosa, nas grades de uma prisão. Hoje ainda nem cuidei da casa, os meus filhos nem sabem onde estou, não me despedi de ninguém. Só pensava em evadir-me e correr para o conforto da minha casa. Enquanto chorava, lançava à Luísa um olhar de remorsos.

O oficial de dia passeava no corredor, de ombros bem erguidos, com a leveza de polícia bem treinado. Aguardávamos desesperadamente o interrogatório que não vinha, enquanto o sol se punha. Gritei para o jovem polícia:

— Senhor polícia, vem cá. Por que me prenderam aqui? Sabe quem eu sou? Se o meu marido souber que me mantêm aqui prisioneira, vai haver problemas, senhor polícia. Sou uma mulher de bem, uma mulher casada.

O polícia olhou para mim e riu-se.

— Mulheres casadas não lutam na rua.

— Eu sou uma santa, pergunta a toda a gente que me conhece. Nunca matei uma mosca.

— Uma santa arruaceira.

O jovem polícia responde com desdém e continua a sua ronda. Dá mais duas voltas e eu grito, furiosa:

— O meu marido é seu superior e vai puni-lo, verá.

— Ai é? E quem é ele?

— O meu marido é um grande comandante da polícia e ele

manda em todos vocês. É o Comandante António Tomás. O meu nome é Rosa Maria.

— O quê?

A invocação do nome do seu superior hierárquico deixa-o perturbado. Ele fixa-me seriamente de alto a baixo, com um ar desconfiado; as prisioneiras mentem sempre para poder escapar à justiça.

— E o que é que fazia na rua?

— Compreende, meu jovem. Cansei-me de ser traída, humilhada, desprezada. Cansei-me de dormir sozinha. Cansei-me de ser abusada por mulheres mais jovens.

— Ai é?

— Elas roubam-me o homem e ficam com ele como se fosse delas.

O jovem olhou-me com atenção e parecia estar a pensar em alguma coisa séria. Talvez pensasse no seu emprego, caso eu fosse a pessoa que afirmava ser.

— Se o seu marido a deixa, a senhora deve ser azeda, fria. Homem é homem, tem todo o direito de procurar em qualquer lugar o que em casa não há.

— Ah, senhor polícia!

— E o que faz aqui? Um comandante da polícia com uma mulher assim?

— Acontece. São coisas da vida.

— Saia daí e vem contar-me essa história enquanto confiro a sua identidade. Se mente, vai pagar a dobrar por falsas declarações.

O polícia abre a cela e tira-me. Olho para a minha rival e sinto remorsos, pois fui a causadora da contenda. Digo ao polícia: essa senhora também é.

— É o quê?

— A outra mulher do meu marido.

Senti uma amargura imensa ao proferir estas palavras, mas

tinha que salvá-la, afinal de contas eu é que sou a causadora da sua desgraça.

Ele olha para nós, ri-se e diz:

— Agora entendi tudo! — retira a Luísa da cela. — Saiam imediatamente daí, mas não vão para casa já.

Leva-nos pelo corredor estreito e para numa porta.

— Vamos, entrem nesta sala e ajustem as vossas contas civilizadamente, enquanto confirmo a vossa identidade.

A sala era fresca, de tal forma que as cadeiras de metal gelavam o traseiro. Fiquei sentada diante da minha rival. Primeiro o silêncio para embalar a raiva. Depois um suspiro. Outro suspiro. Uma palavra. Duas palavras e timidamente o diálogo se restabelece. A tensão se liberta e ela lança-me um olhar de desafio. Digo as primeiras palavras de reconciliação.

— Perdoa-me pelo que aconteceu. Não era minha intenção...

— A senhora tratou-me como uma ladra, como se um homem daquele tamanho pudesse ser roubado.

Ela tem uma voz meiga, um sorriso de lua. Tem os cabelos desfrisados como todas as mulheres pretas de bom estatuto. Tem as unhas pintadas de vermelho-tomate. O vestido dela é de seda e tem cor de açafrão e de colorau, cores das mulheres nortenhas. Ela deve ser *xingondo*. A sua pele tem o perfume do caju ou do *jambalau*. No mover dos lábios a doçura do beijo. Voz de flauta, de brisa, canto de cotovia. Gestos suaves como passos de gato. Como ela é bela, meu Deus, como é elegante. O homem, sexo fraco nas coisas da carne, perde-se diante de tamanha formosura. O meu Tony não podia resistir, não.

— O Tony é meu marido — digo eu —, arranja um homem só para ti, mulher bonita. Deixa o meu marido que, para além de ter já duas, mostra sinais de cansaço. Está a ficar velhinho, o meu Tony. Eu não te quero agredir. Só quero defender o meu lar.

— Ele também é meu.

— Sabes o que significa ser mulher de um homem casado? É o mesmo que fazer filhos na sombra da outra mulher. É não ser socialmente reconhecida como esposa. É ser abandonada a qualquer momento, ser usada, ser trocada. Que futuro esperas tu?

— E a senhora, que presente tem? Lutar com rivais na rua, estar detida numa cela, era o futuro que esperava?

— Mas tu não fazes a instituição, eu sim. Tu és a concubina e eu a esposa. És secreta e eu reconhecida. Tenho segurança, direito a herança, e tu não tens direito a nada. Tenho certidão de casada e aliança no dedo.

— Mas eu é que tenho prazer, recebo amor e todo o salário do seu marido. Eu conheço a alegria de viver. Acha isso pouco?

A tensão ameaça subir outra vez. Ganho uma coragem de ferro e resisto, não respondo. Sinto que estou a engolir hóstias de veneno, agulhas, vidros quebrados. Faço todo o esforço do mundo para não perder a calma. Avalio-a. Uma mulher sem nome. Sem sombra. Sem casa, nem marido, nem emprego. Que tem um amante que a visita sempre que pode. Que não se importa de parasitar na sombra de outrem, nem de provocar a dor no meu coração.

— Não sabias que era casado?

— Sabia. Mas ele gosta de mim. Eu gosto dele. Visita-me sempre que pode. Temos dois filhos.

— Que espécie de lar esperas construir com um homem casado?

— Não tenho ilusões. Quer seja esposa ou amante, a mulher é uma camisa que o homem usa e despe. É um lenço de papel, que se rasga e não se emenda. É sapato que descola e acaba no lixo.

Choca-me a frontalidade desta mulher. Que aceita ser usada e ser jogada, como bagaço de cana doce. Que vive um instante do amor como eternidade. Que fala da amargura com doçura.

Diz tudo sem rodeios. Escuto-a. Esta mulher me espanta. Esta franqueza me encanta.

— A senhora foi usada e despida. Eu estou na onda, mas hei de cair em desuso como tantas outras. Por isso vou vivendo o meu momento enquanto a maré estiver a meu favor.

— Não precisava de me agredir, quando entrei em tua casa, Luísa.

— Esta é a minha semana de azar. Ontem a Julieta, a segunda, esteve lá e agrediu-me. Quando a senhora entrou, ataquei. Foi só para me defender. Não podia adivinhar as suas intenções.

— Eu só queria conhecer-te.

— Porquê? Para que serve conhecer uma rival? De resto, esse homem só me aparece de vez em quando!

— Procuro saber quem ela é, de onde vem.

— Eu venho de longe, minha senhora, sou da Zambézia — conta-me ela. — Venho de uma terra onde os homens novos emigram e não voltam mais. Na minha aldeia natal só há velhos e crianças. Tenho oito irmãos, cada um com o seu pai. A minha mãe nunca conseguiu um marido só para ela. Do meu pai apenas ouvi falar. Desde cedo aprendi que homem é pão, é hóstia, fogueira no meio de fêmeas morrendo de frio. Na minha aldeia, poligamia é o mesmo que partilhar recursos escassos, pois deixar outras mulheres sem cobertura é crime que nem Deus perdoa.

Este é o discurso típico das mulheres da minha terra, onde o homem é rei, senhor da vida e do mundo. Um mundo onde a mulher é couro. Couro de touro macio e muito bem curtido. Um mundo onde a mulher é gémea do tambor, pois ambas soltam acordes espirituais, quando aquecidas e matraqueadas por mãos vigorosas e rústicas.

Respiro fundo para arejar os pulmões e arrefecer a mágoa que sinto. Levanto os olhos à procura do azul do céu e estes esbarram com o teto alto, onde a lâmpada solitária está imóvel, presa por um fio. Tapo os ouvidos, a boca da minha rival é rica e farta, uma nascente de palavras ácidas. De repente ela perdeu a calma. Prime a alavanca das acusações e alveja-me:

— Vocês, mulheres do sul, é que roubam os nossos homens.

O meu coração solta um estrondo de surpresa, causando-me um tremor ligeiro. Esta mulher é louca. Ponho um olhar furioso sobre o seu rosto, disposta a qualquer combate. Cerro os punhos e preparo-me para a guerra.

— Eles abandonaram as aldeias e estão concentrados aqui na capital. Há também muitos estrangeiros aqui. Milhares de homens de negócios de todas as raças invadem as nossas fronteiras, em cada dia, vão e voltam. Isto aqui está cheio de homens por todo o lado, homens só para vocês, mulheres do sul. É por isso que nós, mulheres do norte, quando apanhamos um homem do sul não o largamos, vingamo-nos da solidão da falta de amor e ternura. Quando apanhamos um homem do sul não largamos nunca.

— Se aqui há tantos homens como dizes, por que não procuraste um só para ti?

— Muitos homens há, sim, o que falta são homens com dinheiro.

A conversa corre como uma estrada aberta. Abrimos os nossos peitos e varremos as nossas mágoas. Trocamos ódios, raivas, ciúmes. Porque somos rivais, inimigas. Duas leoas famintas disputando a mesma presa. Duas cadelas roendo o mesmo osso. A minha raiva passa e consigo perguntar:

— Luísa, sentes-te esposa legítima do Tony?

— Enquanto ele me der assistência, sim. Nós, lá do norte, somos práticas. Não perdemos muito tempo com esses rituais de lobolos, casamentos e confusões. Basta um homem estar comigo uma noite para ser meu marido. E quando essa relação gera um filho o casamento fica consolidado, eterno. Enquanto o Tony me der comida, cama, alimento, sou esposa legítima, sim.

— E quando deixar de te assistir?

— Esse é outro capítulo.

— O Tony tem-te assistido regularmente?

— Ultimamente falha, por causa dessa Saly.

— Qual Saly?

— Uma maconde nervosa, que vive no Bairro Central.

— E o que fazes quando a assistência não vem?

— Desenrasco. Faço qualquer negócio.

Esta mulher me excita. Ela me provoca, dá cabo do meu juízo. Rouba-me o marido e ainda por cima me bate, depois ofende-me, acusa-me não sei de quê. O meu Tony é do sul, é *machangana* e dos duros. Conheceu o norte apenas em missões militares e nunca viveu lá muito tempo.

Meu Deus, esta mulher tem razão em muitas coisas, tem. Deus, que é o pai do mundo, fez muitas mulheres e poucos homens. Deu grandeza a uns e humilhou outros. Entrei nesta guerra e nesta cela por falta de homem. Estou a ser enxovalhada por uma rival por causa de homem. A culpa toda é de Deus e não da Luísa. Procuro de novo identificar tudo o que ela tem e eu não tenho. Tem a pele lisa e a minha é rugosa. Tem o cabelo desfrisado, farto, e o meu couro cabeludo é encarapinhado, é ralo. Aprecio de novo a minha rival. Ela tem muito fogo em cada veia. Emana muita força em cada sopro. Tem uma estrela pendendo em cada fio de cabelo, meu Deus, como ela brilha! Os olhos dela são suaves como luar, deve ter muito mel naquela boca. Por que simpatizo eu com ela, porquê, porquê, porquê?

O rosto desta mulher me é familiar, muito familiar. Onde o teria visto antes? Na rua, no mercado, no autocarro? Nesta dimensão? Noutra? Neste mundo ou noutra encarnação? O que me atrai nela? O olhar meigo? O sorriso? As linhas do rosto?

Penso tanto que acabo descobrindo. Muita coisa nela reflete a imagem daquilo que fui e já não sou. Ela tem todos os encantos que eu perdi. A simpatia que sinto por ela vem da aparência. Esta mulher é parecida comigo. O Tony buscou um novo amor no corpo antigo e encontrou a minha imagem na imagem de outra mulher. Talvez ele tenha recuado à busca de si próprio para viver a ilusão da juventude perpétua, afinal os homens também envelhecem.

O jovem polícia regressa e liberta-nos. Repreende-nos e assevera:

— É uma vergonha, duas esposas de uma pessoa tão importante baixarem de nível até este ponto. Se isto volta a acontecer, quem vai resolver este assunto será o meu comandante, o Senhor António Tomás, pessoalmente. E parem de manchar a imagem de um homem tão culto, tão ilustre e tão cheio de classe. Comportem-se à altura do digníssimo marido que conseguiram caçar, minhas senhoras.

Entrei em vertiginosas buscas. Queria saber tudo sobre os amores do meu Tony. Fui ter com a Saly, a maconde. Ela indicou-me a Mauá. Mauá Sualé, uma macuazinha que é um encanto.

O coração do meu Tony é uma constelação de cinco pontos. Um pentágono. Eu, Rami, sou a primeira-dama, a rainha-mãe. Depois vem a Julieta, a enganada, ocupando o posto de segunda-dama. Segue-se a Luísa, a desejada, no lugar de terceira-dama. A Saly, a apetecida, é a quarta. Finalmente a Mauá Sualé, a amada, a caçulinha, recém-adquirida. O nosso lar é um polígono de seis pontos. É polígamo. Um hexágono amoroso.

6.

Sinto o corpo pesado, moído de tanta pancada das rivais em defensiva, invadidas no seu território. Dói-me tudo. Tenho o ombro inchado, não consigo mover o braço nem o pescoço. Apliquei um bálsamo milagroso e não passou. Não tenho outro remédio senão consultar um médico de urgência. Vou ao hospital e sento-me num banco a aguardar a minha vez. Do fundo do corredor, vem um casal de velhinhos. O marido está estendido numa maca que a mulher empurra, em passos de aflição. Todos os doentes em fila abrem alas para a idade que passa. O velho casal é colocado à porta do gabinete do médico, mesmo à minha frente. Na imagem dos velhos, marcas do ciclo vital transparecem como água. Descalços, magros e em andrajos. Peças de barro já quebradas. Na pele enrugada, mensagens secretas de uma vida que floriu e o tempo consumiu. Vêm buscar tratamento, para segurar a vida que escapa da palma da mão. O médico recebe-os com sorrisos e pergunta o que se passa. Ela diz tudo o que sabe, para ajudar o companheiro. De repente o velho ergue-se da maca rugindo furiosamente:

— Cala-te, mulher. Desde quando tens categoria para falar com um doutor? Nunca te autorizei a falar com homem nenhum. Estás a comportar-te como uma prostituta.

As palavras do velho despertam na mulher raivas sepultadas. Todas as mágoas afloram como um furacão, o sofrimento desta mulher foi uma constante, nas linhas do tempo. Ela reage e grita para o médico:

— Velho rabugento! Suportei-lhe a vida inteira. Se não quer que eu fale, então que morra!

A velha abandona o companheiro estendido na maca. Dá passos em retaguarda. Percorre o corredor num voo como se respondesse ao chamamento da liberdade. O velho marido grita de raiva chamando por ela, mas esta não volta atrás. Desmaia. O médico fica com o penoso trabalho de despertar aquela alma que dorme, sem conhecer as causas daquele sono.

Aquela cena me encanta, me choca e me espanta. O corpo do velho cai como fruta podre, mas a vaidade flutua no ar, como um balão a caminho das estrelas. Ele é apenas fogo de palha, na última chama. Ah, prepotência masculina!

7.

Durante dias e dias procuro ouvir a voz da minha consciência. Procurar uma solução para o meu problema que se complica a cada dia. Os conselhos sentimentais falharam. As guerras com as minhas rivais só me trouxeram problemas de saúde e aborrecimentos. Decidi explorar o campo da magia, não me restava outra alternativa.

Procurei um mercador de sortes. Falei do meu problema bem baixinho, para que o vento não escutasse os meus lamentos. Ele diagnostica o meu caso e prescreve a cura. Faz promessas. Diz que a minha vida vai conhecer momentos mais altos que o voo das nuvens. Que o meu marido vai me amar como a ninguém. Diz que segurar um marido e prendê-lo é ainda mais fácil que colher a água da fonte.

— Posso engarrafar o teu homem, se assim o desejares. Tenho poderes para transformar o mundo numa enorme garrafa.

Parece que este homem não percebe muito sobre os limites do corpo. O ser humano vive de ar e luz. Engarrafado, morre asfixiado. Este mago é dos que criam mitos que perturbam o mundo inteiro. Tem a virtude de distrair as atenções aos problemas de momento.

— Se o mundo se transforma numa enorme garrafa, eu também estarei lá dentro. Ele vai continuar a trair-me na mesma, nada resolve.

— Resolve, sim. A chave estará nas tuas mãos. — E ele continua: — Farei de ti o dragão com asas de fogo que voa nas alturas e incendeia todas as rivais. Serás poderosa. Confia em mim e verás.

— É verdade?

— Posso dar-te mais do que aquilo que pensas. Muitas mulheres que hoje são felizes passaram por aqui, por estas mãos.

Dá-me a receita de amor: preparar a sopa de que ele mais gosta, juntar teias de aranha que bastem, dois fios de cabelo meu, três fios da cueca dele, quatro gotas de suor meu e dele, duas sementes de rícino, quatro patas de lagartixa branca, banha de toupeira que baste, mexer bem e servir a ele, só a ele. A partir do momento em que ele tomar, todos os problemas ficarão resolvidos.

Fico enjoada. Arrepiada. Arrependida. Não me vou deixar cair nas garras de um louco. Infelizmente há muita gente que acredita nestas coisas. Banha de toupeira? Que cheiro há de ter essa sopa? A cidade está cheia destes mercadores de sortes cujas histórias balançam entre o real e o fantástico. Metem nas cabeças das pessoas crenças inacreditáveis que causam desentendimento entre amigos, famílias e até colegas de trabalho. Alguns desses indivíduos deixam as pessoas na pobreza. Querem dinheiro. Dinheiro logo à entrada para saudar os espíritos e ler o destino. Dinheiro para a galinha de sacrifício, dinheiro para panos sagrados e raízes. Dinheiro para pagar o serviço. Dinheiro novamente para perguntar ao espírito se o trabalho foi bem-feito e se será bem-sucedido. Dinheiro para cima, dinheiro para baixo, idas, voltas. Nos dias de hoje, até há cristãos que dão dinheiro aos padres como pagamento dos milagres divinos. De mim, este curandeiro não terá dinheiro algum.

Fecho os olhos. A imagem dos bons momentos se desenha. Escuto a voz do meu Tony cantando baladas de amor só para mim. Os seus braços semeando carinhos, os seus lábios humedecendo cada célula do meu corpo. Nós dois, de mãos dadas, passeando nas ravinas dos montes. Abro os olhos e a realidade desenha-se amarga. Silêncios. Memórias. Saudades de um corpo presente cuja alma partiu para outros universos. Vejo-me na calada da noite tateando paredes, lençóis, vazio, meus lábios húmidos de tanta lágrima beijando o ar que vagueia nas sombras da noite. Convulsões, cinzas de amor que se apagou e não acende mais.

Penso. Não tenho mais chances, não consigo mais segurar o meu marido com comidas, carinhos, fantasias. Ele é uma borboleta manhosa. Incapturável. O meu caso precisa de magia. Só ela pode salvar o meu casamento.

Há milagres no mundo, isso há. Uma vez assisti a um caso insólito. O ladrão entrou numa loja. Roubou. Quando ia a sair, engordou instantaneamente e não conseguiu transpor a porta. Quando se afastava da porta emagrecia, quando se aproximava engordava. Desesperado, quebrou o enorme vidro, aí com uns três metros, da montra. Tentou passar por ali e engordou ainda mais do que o tamanho da montra. Enlouqueceu repentinamente e chorou como uma criança, até que o dono da loja o veio libertar. Esta história é verdadeira, eu vi. O que não vi foi o homem a engordar. Vi o ladrão algemado, a montra partida, o saco com os produtos do saque.

Aceito a magia, mas a sopa de toupeira não. Se ele comer... virá beijar a minha boca com aquele cheiro maldito. Sem ter comido, acabarei comendo, no beijo. E se me obrigar a comer do seu prato? E se ele servir um pouquinho para as crianças? Ah, esse feitiço não, prefiro a tatuagem.

A mulher do mago aplica-me a tatuagem num lugar secreto, a bom preço. Rasga-me a pele com uma lâmina gilete novinha — para evitar a SIDA — e depois esfregou-me uma pomada, que ardia como pimenta, com o aspecto da bosta de vaca. Fiquei com medo: e se apanhar tétano?

Nos dias que se seguiram pedi a Deus para o Tony não me aparecer antes de a tatuagem cicatrizar. A maldita tatuagem provocou-me febres, infectou e sangrou. Entrei em pânico e regressei à casa do bruxo. Ele deu-me uma poção cicatrizante. Tomei-a e provocou-me uma hemorragia estranha que não passava.

Veio então o meu Tony. Como vinha bem-disposto, meu Deus! Disposto a ficar, inspirado no amor. Havia uma tensão em mim, por causa da tatuagem que não cicatrizou e da hemorragia que não passou. Enquanto o Tony falava amorosamente, a minha língua se transformava em espada e punhal. Dei por mim a gritar de forma histérica. Ele não teve outra alternativa senão ir ao quarto, pegar no casaco e no chapéu e desaparecer na noite.

Ah, meu bom Deus! Este bruxo estragou o meu momento. A sua tatuagem maligna espantou a minha caça. Que azarada eu sou! Que desastrada, malfadada, ah, que vontade tenho de morrer!

8.

Eu sou aquela que tem um espelho como companhia no quarto frio. Que sonha o que não há. Que tenta segurar o tempo e o vento. Só tenho o passado para sorrir e o presente para chorar. Não sirvo para nada. As pessoas olham para mim como uma mulher falhada. Que futuro espero eu? O marido torna-se turista dentro da própria casa. As mudanças correm rápidas neste lar. As mulheres aumentam. Os filhos nascem. A família monógama torna-se polígama. A unidade quebrou-se em mil, o Tony multiplicou-se. As amigas perguntam-me pelo Tony só para gozar comigo. As conformistas querem convencer-me de que o amor já fez o seu tempo.

Fui até ao final do horizonte em busca do amor perdido. Fiz de tudo. Andei dias, noites, passei insónias, desespero, e o meu amor cada vez mais distante. Comecei a frequentar em segredo uma seita milagrosa. Fiz-me batizar no rio Jordão — que era a praia da Costa do Sol. Nos milagres desta seita até o mar se transforma em rio. Fiz banhos de farinha de milho. De pipocas. De sangue de galinha mágica. Soltei pombos brancos para me trazerem de volta o amor perdido nos quatro cantos do mundo e nada! Entrei na congregação de John Malanga, profeta milagroso nascido em terras *shonas* de Moçambique ou do Zimbabwe, não sei bem, famoso em milagres de saúde, dinheiro e amor. Cumpri os mandamentos da seita, não comer pato, nem coelho, nem porco, nem qualquer outro animal palmípede. De novo fiz-me batizar no rio Jordão — desta vez era um rio de verdade, o rio Matola —, o meu corpo ficou mergulhado nas águas do rio, enquanto na cabeça me derramavam leite — leite de vaca (a que eles chamavam leite de cordeiro sagrado) — em nome do Pai, do Filho e do Espírito Santo. Vesti-me a rigor, de branco e vermelho — cores santas —, durante mais de seis meses. Vasculhei fantasmas. Persegui o rasto do meu homem, o que foi fácil, porque em cada passo ele caga um filho. Fui procurar a Julieta, a segunda, e encontrei uma fera que me deu uma sova mestra e colocou as suas garras no meu pescoço. Ela fez comigo o que uma fera faz às suas presas: fui pasto. Acalmei a sua histeria. Vingou sobre mim todas as suas insónias. Tem cinco filhos e espera o sexto. Deu ao meu Tony muito mais filho do que eu, que sou a dona do marido. Fui ver a Luísa. Ela defendeu-se com a valentia dos antigos gladiadores, e ficámos enjauladas como leoas numa esquadra da polícia. Construiu raízes sobre ela. São dois filhos a quem ele presta assistência apenas quando lhe dá na gana. Para alimentar os filhos, a pobre tem que arrancar cabelos e pentelhos, transformar em grão, para cozer o pão. Nem tem emprego, esta mulher. Fui ver a Saly, a quarta. Ela também me deu muita sova e disse-me: teu é o que transportas contigo, no teu ventre, no teu estômago. Teu é o que comeste. Este homem dá-me aquilo que é seu. Enquanto ele estiver comigo é meu, enquanto estiver contigo é teu. E disse-me: eu sou pobre. Sem pai, nem emprego, nem dinheiro, nem marido. Se não tivesse roubado o teu marido, não teria nem filhos, nem existência. A minha vida seria árida como um deserto. O amor que me dá é quase nada, mas é quanto basta para me fazer florir. Deu-me estes rebentos, são dois. Deu-me momentos de felicidade que guardo nos arquivos da minha memória. Digo a toda a gente que sou casada e tenho um marido um dia por mês. E sou feliz. Há mulheres que nem sequer têm um dia de amor em toda a sua vida. Fui ver a Mauá, a quinta. Uma criança ainda. Uma flor silvestre nascida nos jardins do norte do meu país. Ela é a mulher mais amada pelo Tony. Ciúmes dela? Não. Não posso ter ciúmes de uma flor, nem de uma borboleta ao vento. Aquela menina não deve ter mais de dezanove anos. Que ajuste de contas posso fazer com uma criatura que nem tem a idade da minha terceira filha? Andei em brigas, escândalos, feitiços, escolas de sedução. Do amor o que ganhei eu? Nada! Chatices, só chatices. Enquanto me chateio o meu marido não para de fazer das suas. Ele é como uma enguia nas águas revoltosas, nunca o conseguirei segurar.

O que querem as mulheres, à volta de um só homem? Todas tememos a solidão e por isso suportamos o insuportável. Dizem que as mulheres são muitas — as estatísticas e os próprios homens — e os homens poucos. Para dizer a verdade — parafraseando a Lu, a terceira —, há homens em quantidade suficiente. Homens com poder e dinheiro é que são poucos. Na história da nossa terra, mulher nenhuma morreu virgem por falta de homem. Para todas estas mulheres o Tony é emprego, fonte de rendimento.

O mundo acha que as mulheres são interesseiras. E os homens não são? Todo o homem exige da mulher um atributo fundamental: beleza. As mulheres exigem dos homens outro atributo: dinheiro. Qual é a diferença? Só os homens podem exigir e as mulheres não?

No campo, só consegue mulher bonita o homem que possuir um rádio portátil de quatro pilhas, para ter música suave a embalar as noites de amor. Aquele que comete a proeza de possuir uma bicicleta tem todas as mulheres do mundo. Deve ser romântico cavalgar o mundo numa bicicleta, príncipe e princesa na principesca montada, percorrendo o mundo em real cavalgadura.

Até na bíblia a mulher não presta. Os santos, nas suas pregações antigas, dizem que a mulher nada vale, a mulher é um animal nutridor de maldade, fonte de todas as discussões, querelas e injustiças. É verdade. Se podemos ser trocadas, vendidas, torturadas, mortas, escravizadas, encurraladas em haréns como gado, é porque não fazemos falta nenhuma. Mas se não fazemos falta nenhuma, por que é que Deus nos colocou no mundo? E esse Deus, se existe, por que nos deixa sofrer assim? O pior de tudo é que Deus parece não ter mulher nenhuma. Se ele fosse casado, a deusa — sua esposa — intercederia por nós. Através dela pediríamos a bênção de uma vida de harmonia. Mas a deusa deve existir, penso. Deve ser tão invisível como todas nós. O seu espaço é, de certeza, a cozinha celestial.

Se ela existisse teríamos a quem dirigir as nossas preces e diríamos: Madre nossa que estais no céu, santificado seja o vosso nome. Venha a nós o vosso reino — das mulheres, claro —, venha a nós a tua benevolência, não queremos mais a violência. Sejam ouvidos os nossos apelos, assim na terra como no céu. A paz nossa de cada dia nos dai hoje e perdoai as nossas ofensas — fofocas, má-língua, bisbilhotices, vaidade, inveja — assim como nós perdoamos a tirania, traição, imoralidades, bebedeiras, insultos, dos nossos maridos, amantes, namorados, companheiros e outras relações que nem sei nomear. Não nos deixeis cair na tentação de imitar as loucuras deles — beber, maltratar, roubar, expulsar, casar e divorciar, violar, escravizar, comprar, usar, abusar e nem nos deixes morrer nas mãos desses tiranos — mas livrai-nos do mal, Ámen. Uma mãe celestial nos dava muito jeito, sem dúvida alguma.

Acabei de aprender a lição da vida. História de um amor só, um amor imortal? Balelas! Uma canção de poetas. O amor solta-se do peito e corre perdido como uma pedra rolando no desfiladeiro. Amar uma vez na vida? Tretas. Só as mulheres, eternas palermas, engolem esta pastilha. Os homens amam todos os dias. Em cada sol partem à busca de novas paixões, novas emoções, enquanto nós ficamos a esperar eternamente por um amor já caduco. Todos os homens são polígamos. O homem é uma espécie humana com vários corações, um para cada mulher.

Eu não desisto desta luta. Ao meu Tony eu irei perseguir até aos confins da eternidade. Vou persegui-lo até à morada do tempo. Um dia hei de reencontrá-lo, eu juro. Hei de apanhá-lo nem que esse seja o último ato.

9.

Vou visitar a tia Maria, e ela conta-me histórias da poligamia. Casada pela primeira vez aos dez anos, o casamento foi encomendado antes do seu nascimento. O pai tinha uma dívida, não conseguia pagar impostos e disse ao cobrador de impostos: a minha mulher está grávida, se nascer uma menina entregá-la-ei como pagamento. E assim foi. Aos dez anos tornou-se vigésima quinta esposa de um rei. Teve um príncipe no ventre. Foi amada loucamente por um guarda real de quem teve dois filhos. Como se isso fosse pouco, tem agora dois maridos, ambos vivendo no mesmo teto.

— Como conseguiu viver num lar com vinte e cinco esposas, tia Maria?

A velha oferece-me um olhar de infinita ternura.

— Filha minha, a vida é uma eterna partilha. Partilhamos o ar e o sol, partilhamos a chuva e o vento. Partilhamos a enxada, a foice, a semente. Partilhamos a paz e o cachimbo. Partilhar um homem não é crime. Vezes há em que partilhar a mulher é necessário, quando o marido é estéril e precisa colher o sémen de um irmão.

— Foi feliz, tia Maria?

— Era ainda espiga, os meus olhos ainda refletiam sol e lua. Não conhecia ainda o significado da amargura. Éramos um grande rebanho de mulheres aguardando cobertura. Soltávamos crias que voavam sobre ervas como pirilampos, estrelas desprendidas iluminando a savana escura. Conheci o rei de facto quando tinha uns treze anos.

— Rainha dentro de um harém, tia Maria? — pergunto arrepiada imaginando os haréns das mil e uma noites, com restrições, eunucos e essas coisas.

— No nosso mundo não havia haréns — explica-me ela. — Eram famílias verdadeiras, onde havia democracia social. Cada mulher tinha a sua casa, seus filhos e suas propriedades. Tínhamos o nosso órgão — assembleia das esposas do rei — onde discutíamos a divisão de trabalho, decidíamos quem iria cozinhar as papas matinais do soberano, quem ia preparar os banhos e esfregar os pés, cortar as unhas, massajar a coluna, aparar a barba, pentear-lhe o cabelo e outros cuidados. Participávamos na feitura da escala matrimonial de Sua Majestade, que consistia numa noite para cada uma, mas tudo igual, igualzinho. E ele cumpria à risca. Ele tinha que dar um exemplo de Estado, um bom modelo de família. Se o rei cometesse a imprudência de dar primazia a uma mulher em especial, tinha que suportar as reuniões de crítica dos conselheiros e anciãos. A mim, o rei tinha-me quantas vezes queria, mas no meu caso ninguém tocava. O meu estatuto nem era questionado. As mulheres todas se rendiam ao meu encanto. Fui uma grande dama, sabes?

Noto muito orgulho e muita vaidade no tom da sua voz. Não consigo perceber a razão daquela felicidade, num lar com mais de vinte esposas, sem direitos nem liberdade nenhuma.

— Eram felizes lá?

— Havia liberdade, muita liberdade. As damas não passavam carências de espécie alguma. Nem afetivas. Naquela casa não se comia verdura: só carne. Não se bebia água: só leite. As mulheres engordavam como elefantes. A terra era mãe, não tão madrasta como hoje.

— Mesmo assim, para quê tanta mulher e tanto filho?

A tia Maria olha para mim e sorri.

— Cada tempo a sua história — diz ela. — A prosperidade mede-se pelo número de propriedades. A virilidade pelo número de mulheres e filhos. Um grande patriarca deve ter várias cabeças sob o seu comando. Quando se tem poder é preciso ter onde exercê-lo, não é assim? Abraão, Isac, Jacob, foram polígamos, não foram? Os nossos reis antigos também o foram e ainda são. Que mal é que há? Na bíblia, só Adão não foi polígamo. Em nossa casa as damas produziam filhos e davam ao reino a imagem de prosperidade. Se o rei tivesse dificuldades, recorria-se aos assistentes conjugais e reprodutores, recrutados entre os homens belos, robustos, inteligentes, do reino. Um rei tem que mostrar a imagem de virilidade, homem sobre todos os homens.

Rio-me com gosto. Um reino é um centro de reprodução humana, e o rei, o reprodutor-mor.

— Quantas vezes um rei se casava por ano?

— Quantas vezes fossem necessárias. Duas, três, quatro.

— Passava a vida em festas de matrimónio.

— Nada disso — explica ela —, o rei não tinha tempo para essas ninharias. Quem tratava de tudo eram os ministros, governadores, conselheiros, que escolhiam a noiva, negociavam o casamento, pagavam o lobolo e todas essas coisas. A recepção da nova esposa no palácio real era feita pelas damas anteriores. Eu fui recebida pela vigésima quarta porque era a vigésima quinta e a última. Nesse dia o rei estava sentado num canto a tomar a sua cerveja e a jogar com os seus amigos. Nem sequer olhou para a mim. Todos esses casamentos eram contratos, alianças políticas entre as diferentes etnias do reino, excetuando o meu caso, que fui entregue para pagar as dívidas do meu pai. Nunca me senti casada com aquele homem, que tinha a idade do meu avô.

— Pois então, tia! Os reis partilhavam as esposas com os assistentes.

— Não. Uma mulher que passava para as mãos do assistente nunca mais voltava ao leito real, o que era bom, porque ela recuperava a sua liberdade e podia vadiar. Podia até trazer para o reino filhos de qualquer um. Num lar polígamo não há filhos ilegítimos. Os que nascem dos assistentes não podem herdar o trono. A primeira-dama, a verdadeira *nkosikazi*, é que era sagrada. Nenhum homem podia tocar nela sob pena de morte. Essa era a única que garantia a linhagem real. Quando me casei, o rei já era um vovô.

— Como era a cama do rei?

— Cama? Ninguém entrava no quarto do rei exceto a primeira-dama. Como um médico, o rei fazia visitas domiciliárias.

— Tia, se nunca esteve na cama do rei, então nunca foi rainha.

— Eu fui rainha, minha filha, rainha! Quando eu caminhava todas as mulheres abriam alas. Há muitas mulheres no mundo que não se irão gabar de tal mérito.

— Tia, conta lá, como era o rei?

— O rei? – ela fala com paixão. — Um homem como ninguém. Alto. Magro. Barba branca. Inteligente. Tinha poder. Muito poder. Era venerado como um Deus. Comia verduras e leite. Era uma pessoa afável, mas também severo. Uma vez mandou matar uma das esposas que o tentou envenenar. A rainha, a primeira-dama, era uma espécie de comandante do mulherio. Era muito bonita e fina, a primeira-dama! Altiva e distante. Uma mulher amargurada e as más-línguas especulavam que ela era magra por causa do ciúme. Ela era assim, sem curva à frente, sem curva atrás, tábua rasa, o que a tornava desprezível aos olhos de qualquer bantu, que adora passear as mãos nos labirintos sinuosos de uma negra cheia. Parecia um passarinho numa gaiola, lembro-me disso. Parecia mais prisioneira do que primeira-dama. O marido respeitava-a muito. Hoje penso que a tristeza profunda vinha da falta de amor. É doloroso dormir sozinha sabendo que o marido anda por aí.

— Que sistema terrível!

— A poligamia tem vantagens.

— Vantagens?

— Vantagens, sim. Quando as mulheres se entendem, o homem não abusa.

— Agora a tia tem dois maridos. É para se vingar dos tempos da poligamia?

— Um é o pai dos meus filhos. Outro ajudou-me a criar os filhos.

— Os dois na mesma casa e na mesma cama?

— Nada disso.

— Não entendo.

— Abandonei a casa real com a morte do rei, casei-me com o Marcos, pai das meninas, que me deixou e partiu pelas estradas do mundo. Carregou sacos, dormiu no cais, foi escória, finalmente toupeira nos subterrâneos do ouro, na África do Sul. Ficou com os pulmões dourados de tanto pó, que transformou a saliva em sangue. Os médicos disseram: é silicose. Foi deportado. Não tinha lar nem pão. Só tinha estas minhas filhas que o Tomás, meu novo marido, me ajudou a criar. O Tomás recolheu o Marcos por caridade. Irmanaram-se como gémeos. Agora não há um sem outro.

— Mas, e depois? Como é a relação?

— Que relação, menina? De que estás tu a falar?

— Tia, ouvi por aí coisas estranhas.

— Quais?

— Ah, tia, sabe bem de que estou a falar.

— Também ouvi dizer. O Marcos, esse devasso, tem a fama de gostar de outros homens.

— Mas...!

— Filha, não falemos mais nesse assunto. Aos olhos do mundo eu é que sou a sem-vergonha, com dois maridos na mesma cama.

— E a tia não reage?

— Para quê? Deixa lá o mundo falar!

10.

Bebo um copo de vinho. Parabéns a você.

Vozes de crianças vogam no ar como papagaios ao vento, o filho da Luísa faz dois anos hoje. Os meus ouvidos enchem-se de sons suaves como flores caindo sobre a sepultura. Reunidas à volta de um bolo de creme, as crianças experimentam os acordes para ver até onde o timbre de voz pode chegar. Depois respiram fundo e inspiram ar puro. Os sons são mais fortes que o vento e tocam os pontos mais sensíveis do umbigo do céu. Para eles, a vida é uma bola de sabão navegando no dorso das ondas, tudo é leve. Eles não sabem que tudo o que nasce morre. Que tudo o que cresce amadurece. Não sabem ainda que a vida oferece mais espinhos que flores. Quem me dera voltar a ser criança.

Bebo outro copo de vinho.

Gosto deste aniversariante. Bonitinho como o Tony, meu marido. Faz-me lembrar o meu Betinho quando era bebé. Parece que os dois foram feitos com o mesmo molde. São iguais. Iguaizinhos.

Bebo mais um copo.

Poiso os olhos em tudo o que me rodeia. Os cortinados soltaram-se num canto. No corredor, uma lâmpada fundiu. O sofá onde me encontro sentada balança, assenta sobre uma pedra, tem uma perna partida. Falta a mão de um homem nesta casa. O meu Tony passa a maior parte da sua vida neste canto. Nestas quatro paredes ele produziu dois filhos com esta mulher. Por que não dá a sua força de homem no arranjo desta casa? As amigas e as vizinhas da Luísa entram em qualquer canto, falam alto e de qualquer maneira, mexem em tudo sem cerimónias. É uma casa sem ordem. Casa de mulher. Falta um homem aqui dentro para impor respeito nesta casa.

Mais um copo de vinho.

Esta Luísa é um bocado louca. Não é que ela me telefona e me convida para o aniversário do filho dela? Eu disse que não, mil vezes não. Ir a festa do filho de uma rival não faz sentido. Mas vim. Não sei que feitiço, que magia me arrastou até aqui. Passei por uma loja de brinquedos e comprei um carrinho de prenda para o rapazinho. Mas não me arrependo, estou a divertir-me. Conhecer nova gente e conversar. Mostrar a essas rivais que sou superior a elas e não guardo rancores nem mágoas. Foi uma boa ocasião para conhecer essa Luísa de perto, o mundo que lhe rodeia, as amigas com que se faz rodear, e até mesmo o feitiço com que enlouquece o meu marido.

Anoitece e a festinha acaba. As crianças desaparecem como um bando de pássaros recolhendo aos ninhos ao pôr do sol. Encho mais um copo de vinho. O último.

A campainha toca, e a porta abre-se para deixar entrar mais um convidado. Um homem. Mas quem é esse homem maravilhoso que segura um ramo de flores como uma noiva? Quem é ele, que seguiu os caminhos tortuosos até este canto escondido, sob o manto romântico da penumbra? Para quem serão aquelas flores tão belas se o aniversariante é um bebezinho que só quer um brinquedo, um chocolate, um bolo de creme? Deve ser um ladrão. Um belo ladrão. O beijo roubado se colhe na penumbra.

A presença do homem transmite-me a energia de que preciso para viver. Aquelas flores trazem ao meu olfato o aroma de que preciso para suspirar. O homem traz nos lábios o sorriso que me faz vibrar. Convido o homem para se sentar muito perto de mim. Ele se faz rogado e eu insisto. Obedece-me.

— Belo homem, quem és tu que nunca vi? O que fazes aqui?

A Luísa fica atrapalhada e diz qualquer coisa ao ouvido do visitante. Faz as apresentações. Gagueja.

— És amante da Luísa, não és? — acuso. — És sim. Saiba, meu senhor, que a Luísa é uma mulher comprometida. Ela roubou o meu marido e fizeram dois filhos. Mas qual é o homem que não se deixa roubar por esta bela ladrona, meu senhor?

O homem tenta disfarçar, mas atrapalha-se em cada passo e concluo: é mesmo amante dela. Fico com raiva. Esta Luísa, além de traidora, é uma fresca. Mal o marido se ausenta, logo salta a cerca. Adúltera! De repente fico com vontade de gritar e explodir tudo pelos ares. Penso mais um pouco: explodir tudo porquê? Estou aqui numa festinha de crianças para divertir-me e não para defender interesses conjugais de outro adúltero. De resto, esta mulher não tem carimbo de propriedade, não está registada em parte nenhuma, é livre. Bela como é, quente como deve ser, por que não aproveitar a vida?

Esvazio o meu copo de vinho.

— Conhece o meu marido, senhor? É o marido da Luísa. Um belo homem que se deixou roubar pelos encantos desta ladra. Mas não tenho raiva, não estou zangada. Apesar de rival, ela vingou o meu ciúme. Tirou o meu Tony dos braços da Julieta, vingou-me. Conhece a Julieta, meu senhor? Ela é bonita de cara, mas toda seca, assim, pele e osso. Osso sem tutano, que não faz nem caldeirada nem sopa. Eu sou uma mulher abandonada. Uma cadela sem dono, meu senhor. Por causa da Julieta e da Luísa. Mas a Luísa é bonita, não achas, meu senhor?

O homem não me responde, olha-me. Com piedade e ternura. Uma ternura que me faz voar. Ele sorri. Um sorriso que me banha de loucura. Experimento um milhão de sensações. Calor. Frio. Fome. Fogo. Sede.

Meu Deus, o meu corpo está a ser derrubado por uma corrente de sangue. Sinto pruridos no coração, movimento-me desesperada para todos os lados, a cadeira já não me sustenta. A saia produz calor nos meus interiores, apetece-me despi-la. Talvez seja do vinho. Eu bebi pouco vinho, mas bebo muito afrodisíaco que brota deste desconhecido com olhos de sol. Esqueço todas as regras de boas maneiras e me afundo. Sou um rio escorrendo, fluindo na cascata, estou a cair no precipício. Onde vou ancorar, meu Deus? Estou no abismo, eu me afundo. Vergonha, minha vergonha, não me deixes sozinha, perdida por esta vida. Onde vais, minha vergonha, que me deixas só? Não consigo controlar-me. A vergonha me abandona e me deixa desprotegida. Luto com toda a energia contra a loucura que me derruba. Em vão. Meu Deus, que mudança houve em mim? Antes deste, nenhum outro homem me seduziu. Só o Tony. O meu Tony. Onde anda o meu Tony que me deixa caminhar sozinha neste mundo de perigo?

A Luísa arrasta-me para o seu quarto. Despe-me. Deita-me. Hoje não voltarei para casa, sinto. O quarto é simples e a cama modesta. Cama de mulher. Falta aqui um toque de homem para dar a consistência do ninho de amor. Neste quarto, nesta cama, o Tony fez dois filhos. Por que não empresta o seu pulso de homem para tornar este quarto mais confortável?

Peço mais um copo de vinho. A Luísa recusa-se. Então levanto a minha voz chorosa numa prece e peço a Deus o último conforto; como uma condenada, estou pendurada numa cruz no alto do monte.

Este homem é Deus, responde à minha prece e vem. Os meus braços se abrem como flores desabrochando na carícia do sol. Todas as estrelas da via láctea se estendem no meu leito e eu danço ao som do meu silêncio. Fecho os olhos e voo. Este homem tem o poder infinito de me fazer viver. E morrer. E evadir-me para outros planetas com o corpo em terra. Adormeço na lua.

O sol nasceu. Descerro os olhos com dificuldade. Oiço zumbidos distantes, e na cabeça pancadas de martelo. Olho para tudo o que me rodeia. Este quarto não é o meu, nem a cama, nem a roupa que tinha no corpo. Será que estou na lua?

Recordo-me. A culpa foi toda minha. O meu corpo inteiro treme como um terramoto. De medo. De vergonha. Dormi com o amante da Lu! Aquela sedenta era eu, no meio do deserto, perseguindo um grão de chuva. Aquela depravada era eu, bebendo vinho, copo sobre copo, como uma prostituta. Entreguei-me a um desconhecido como uma vagabunda. Será que a Luísa me criou esta cilada? Quem é a Luísa? Quem é o estranho? Eu era uma pedra firme. Incorruptível. Sempre vivi acima das outras mulheres porque era a mulher de todas as virtudes. Feri a minha fidelidade, abri uma brecha, uma ferida que não cicatriza. Derrubei os pilares onde assentavam todos os valores, não resisti à tentação. Queria tanto um detergente para esfregar esta mancha. Uma caverna profunda para esconder a arma do crime, mas a arma do crime é o meu corpo, ah, meu corpo, meu inimigo! Como podia eu resistir aos teus apelos? Carne maldita, o que fizeste da minha alma? É difícil ser fiel, quando se tem o corpo em chamas. É difícil esta abstinência forçada, meu Deus, é difícil ser mulher.

A voz da sabedoria aconselha: nunca digas volto já, vou só até ali. Porque a viagem não tem metro. Dás um só passo e cais num acidente fatal. Encontras um salteador. Um espinho. Tristeza e dor. Dás outro passo e encontras uma flor. Um grande tesouro. Descobres o melhor amigo. O grande amor da tua vida. Uma viagem é tão misteriosa como os interstícios do destino. Por isso aconselham: mulher, leva sempre contigo a capulana, para ser a tua coberta em caso de sol. Para ser a tua mortalha, caso encontres a morte. Para cobrir o teu leito, caso encontres o amor. Para cobrir o rosto, em caso de vergonha. Para cobrir o nu, caso percas a tua roupa, e esconder a tua vergonha aos olhos do mundo. Vim para uma festinha de aniversário e acabei no leito do amor proibido. Não trouxe a minha capulana. Como irei enxugar estas lágrimas, esta vergonha?

Da soleira da porta surge a Luísa, sorridente. De bandeja na mão parecia servente. Trazia-me o café quente. Parecia uma mãe de *biberon* na mão, preocupada com o seu menino.

— Rami, dormiste bem, minha irmã?

Consegui erguer-me com dificuldade, os braços tremiam. Engoli o café num trago e me reanimei.

— Luísa, como é que isto foi acontecer, logo comigo?

— Oh, Rami. Aquele homem não é criança nenhuma. És uma mulher carente, malcuidada, abandonada, vê-se. Ele prestou-te um serviço. Não há nada de errado nisso.

— O que aconteceu foi estupro. Fui violada.

— Achas?

— Sim. Eu estava inconsciente, embriagada, o homem aproveitou-se da minha fraqueza.

— Será?

— Invadi o teu espaço.

— Não sou possessiva. Venho de uma terra onde a solidariedade não tem fronteiras. Venho de um lugar onde se empresta o marido à melhor amiga para fazer um filho, com a mesma facilidade com que se empresta uma colher de pau. Na minha comunidade o marido empresta uma esposa ao melhor amigo e ao ilustre visitante. Na minha aldeia, o amor é solenemente partilhado em comunhão como uma hóstia. O sexo é um copo de água para matar a sede, pão de cada dia, precioso e imprescindível como o ar que respiramos. Se já partilhamos um marido, partilhar um amante é mais fácil ainda. Assim as contas estão pagas, não é, Rami?

— Sinto tanta vergonha!

— Oh, Rami, não cometeste crime nenhum.

— Isto é adultério.

— Adultério? Há quanto tempo esperas por quem não vem? Vocês, mulheres do sul, perdem tempo com essas histórias e preconceitos. Renunciam à existência, pode-se saber porquê? Fidelidade a quê, se ele já te deixou? Mesmo as viúvas aliviam o luto em algum momento. E tu não és viúva, o Tony está vivo, está feliz e anda a fazer das suas por aí.

Eu queria dizer que não, que não pactuava com aquilo tudo, que era uma mulher às direitas e todo o cortejo de adjetivos que as mulheres gostam de colocar sobre si próprias. Não consegui. Os argumentos dela eram mais fortes que os meus.

— Sei que nunca serei a esposa real do Tony — dizia-me ela —, por isso vou vivendo cada dia que passa. Um amor aqui, um sorriso ali, como a galinha enchendo o papo, grão a grão. Na falta de uma boa chuva, um chuvisco serve. Faltando o chuvisco, um regador de mão, para molhar a terra. Já passaste fome, Rami? Na falta de hortaliça, comem-se cardos, cactos, raízes. Nunca ouviste dizer que, na falta de água, a urina faz sobreviver quem a consome? Essas mulheres que vendem o corpo são gente como nós, Rami.

— Não, eu não sou como elas, não posso ser como elas.

— És, sim. Sofres o mesmo que elas. Sofres mais do que

elas. És esposa apenas no papel, mas és a mais solteira das mulheres. Foi por isso que te emprestei o amante.

— Sou uma mulher casada, Lu. Mesmo tu não devias traí-lo. Tens um compromisso com ele, não tens?

— Oh, grande coisa! Esse Tony por quem nos batemos o que é que me dá, Rami? Acabei aceitando a humilhação de ser uma terceira mulher, sem registo nem estatuto, para receber migalhas, só migalhas. Homens há muitos, nesta capital. Mas que homens? Ir buscar um camponês, um condutor de *tchova* lá da minha aldeia? Quero uma casa com eletricidade, televisão e telefone. Quero filhos com bom nome e com oportunidades que eu não tive. Quero para os meus descendentes um destino diferente do meu.

Fiquei com inveja da Luísa. Mulher prática, muito terra a terra, cumprindo as leis da natureza. Nasceu num berço de palha, mas sonha e varre as pedras do caminho com punhos de ferro.

Tomo mais um café e a cabeça fica leve. Vou ao banho frio e me sinto mais reanimada. Volto para a cama e fecho os olhos para refletir. Sonho. Tento em vão desenhar a imagem daquele que me fez voar. Não me lembro sequer da forma do seu rosto. Nem do seu nome. Muito menos da sua origem. Recordo, sim, a voz, cantando-me ao ouvido uma canção de embalar. Desenho belas fantasias sobre a sua imagem e viajo até às estrelas. Escuto uma voz chamando pelo meu corpo e abro os olhos. Meu Deus, estarei a sofrer uma miragem acústica? Dizem que o álcool produz zumbidos, vozes, visões, devo estar embriagada ainda. Sinto dentro de mim aqueles sinais de loucura que os psiquiatras gostam de interpretar, meu Deus, será possível continuar embriagada depois de uma noite de repouso?

Lanço um olhar à volta e caio de novo no fundo do poço. O belo desconhecido está diante dos meus olhos. Fico volátil como uma folha seca, o fogo do corpo não me poupa, devora-me. Crepito, silvo, ardo. Tento de novo chamar a vergonha, mas não espero sinais do seu regresso. Sou eu a formiga prisioneira numa torre de mel, nada me faz recuar neste passo.

— Rami, bons-dias!

O desconhecido cumprimenta-me. Agrada-me aquela saudação. Agrada-me aquela cabeça jovem com alguns cabelos brancos. Agrada-me aquela voz bem masculina e aquele sorriso. Agrada-me ainda mais o calor do novo abraço. Fecho os olhos. Seguro nos meus pulmões este grão de ar, delicioso mistério do sopro. Viajo no espaço. Do céu inteiro caem gotas de chuva sobre o meu corpo e varrem todas as chamas que me devoram. Os sentimentos de solidão, de angústia, de rejeição, boiam como detritos na corrente de mel. Sou de novo um rio. Escuto em silêncio o marulhar suave das ondas do meu sangue. Viajo no alto, sou estrela, sou luz, eu brilho. Sou arco-íris, tenho todas as cores da sensualidade, estou no espaço, estou na lua. A minha voz solta acordes doces e leves como o sopro de mel. Olho para o mundo do alto. A terra é um planeta de espinhos, e o beijo roubado é a mais preciosa relíquia. Não há mulheres belas nem feias quando o amor se faz no escuro, nem mulheres frias quando o fogo existe.

Desperto com o corpo em cinzas. Penso em justificar a minha atitude. Para quê? Seria uma canção monótona, delírio de lamentos, ladainha de condolências sobre a minha pouca-vergonha. Ele puxa conversa. Anima-me.

— Gosto de ti — diz ele —, gosto da Lu também. Gosto de vocês duas. Tu és ótima, Rami. Como é que um homem pode desprezar alguém como tu? És bela, és nova. Estás no tempo de viver as emoções mais loucas desta vida, e ficas aí perdida chorando como uma viúva.

— O senhor diz isso só para me agradar.

— Tu és uma lady, uma mãe. Quem me dera ter uma mulher como tu.

Fico amuada, aborrecida. Os homens são todos sem-vergonha e este abusou da minha fragilidade.

— O senhor aproveitou-se da minha embriaguez!

— Choraste por mim, como uma criança. Chamaste por mim, e a Lu convenceu-me a vir.

— Mas!...

— Tu eras toda um sinal, vi logo pelo teu olhar. Eras a perfeita imagem de uma flor ressequida no deserto. A tua forma de sentar, o teu sorriso, os teus gestos eram a verdadeira imagem da carência de afeto. Não é justo o que o teu marido faz contigo.

Olhei para aquele homem com uma certa raiva. Por que me dizia ele tudo aquilo? Onde queria ele chegar? Os amantes aproveitam a fraqueza dos casais e destroem os lares das amantes. Será este o caso? Não sei porquê, mas sinto uma certa verdade nas suas palavras.

— Como pode dizer que me admira?

— Sei muitas coisas a teu respeito. Admiro a tua coragem. És um caso raro. Eu acho que todas as mulheres deviam unir-se contra a tirania dos homens. Eu, se fosse mulher, faria isso. É aí onde está o teu ponto forte. No lugar de fazer a guerra estás aqui ao lado da tua rival. Tu és brava, mulher.

— Mas não é fácil.

— Tu não substituis tirania por tirania, o que é bom. Não faças mal a estas mulheres. São como tu, desgraçadas à busca da vida. Merecem antes o teu apoio e o teu perdão. Ainda por cima são mais jovens e mais desgraçadas que tu. Ensina-lhes a amar e a perdoar.

— O que sente pela Lu? Amor?

— Não, claro que não. Simpatia apenas. Amizade. Ela é uma boa moça. Admiro-a.

— Não é casado, o senhor?

— Fui casado e perdi a minha mulher por loucuras. Ela partiu, nos braços do outro.

— E a Luísa, que lugar ocupa na tua vida?

Ele conta. Conheceu-a numa noite de chuva e frio.

— Vinha de uma discoteca quando vi uma mulher de roupa de dormir na madrugada fria — conta. — Afrouxei. Parei e olhei. A pobrezinha estava descalça, despenteada e tinha o ventre enorme, no final da gestação. Primeiro pensei que era uma das tantas doentes mentais que deambulam pelas ruas. Abri a porta da viatura e convidei-a a entrar. Vi então que ela tinha escoriações nos braços, no rosto e sangrava. Perguntei-lhe por que ela estava assim. Nem respondeu. Chorou. Vi que tinha sido espancada e expulsa de casa pelo marido, àquela hora e naquele estado. Perguntei-lhe onde ela queria ir. Disse que não tinha onde ir. Levei-a a uma pensão e paguei o quarto onde ela passou a noite. No dia seguinte lá fui para ver como é que estava. Disseram-me que tinha ido para a maternidade. Teve um parto prematuro, por causa da pancada, do choque, do desgosto. Eu assisti ao parto desta criança, Rami. A criança chama-se Vítor. A Lu fez questão de dar o meu nome a esta criança como forma de me agradecer. Se não a tivesse amparado naquele momento, a criança nasceria em plena estrada na madrugada fria.

— Não pode ser. O meu Tony, não, não é capaz disso.

— Pergunta a Lu. Ela vai contar-te como esse brutamontes do vosso marido se embebedava, a espancava, durante a gravidez, a fechava num quarto e nem lhe dava comida. E ela nada fazia para inverter as coisas porque dependia dele para comer, para existir.

— Comigo nunca fez nada disso! Não posso acreditar.

— Tu és a rainha, a primeira! Há coisas que um homem faz com as amantes e nunca com a esposa. Desculpa lá, Rami, mas esse vosso marido não passa de um grande filho da... Tem aquelas patentes de grande polícia mas não passa de um criminoso. Um homem que não respeita o próprio filho no ventre da mãe não merece outro nome. Vocês deviam dar-lhe um pontapé no traseiro para sentir o que é bom. No lugar de corrigi-lo vocês submetem-se, aceitam tudo, e ainda por cima se matam por ele.

— Por que ajudou a Lu?

— É a força do remorso. Também fui tirano a vida inteira. Espanquei a minha mulher no último mês de gravidez. Foi de urgência para a maternidade e perdeu o filho, o único filho homem que ela me ia dar. Tínhamos já duas meninas. Eu ambicionava um rapaz e perdi-o. Matei-o. Por estupidez. Como estou arrependido, Deus meu! Mal saiu da maternidade, foi para a casa dos pais e não voltou mais para mim, tinha toda a razão. Casou-se com outro e é feliz, para meu castigo. Estou só, ainda não me fixei, mas um dia hei de casar-me outra vez. Quero tanto esta Lu, gosto tanto dela, mas prefere esse Tony, que faz dela simples concubina de terceira categoria.

— O quê? Como pode ela desprezar um homem como o senhor? Esperava ouvir tudo, menos isso.

— Ajuda-me. Tu podes ajudar-me, ela ouve-te. Convença-a a ficar comigo. De rivais, terás menos uma, Rami. E ela terá um homem só para ela, que cuidará dela.

— Qual a justificação que ela dá, para rejeitá-lo?

— Ela não quer dar um padrasto aos filhos. Diz que nós, homens do sul, temos muitos preconceitos, para nós mulher com filhos é sucata, esposa em segunda mão. Sinto que ela me quer, mas foge, prefere ser amante de polígamo do que sofrer a humilhação de ser chamada esposa em segunda mão.

— O que sente por mim?

— Não sei dizer. De repente senti que és uma aliada com que posso contar. Mas casar com a Lu é tudo o que quero.

— Mas esta Lu. Se eu tivesse a sorte dela, não olharia para trás duas vezes, dizia logo que sim. Se é verdade o que dizes, farei alguma coisa por ti, por vós. Pobre Lu. Que felicidade ela espera alcançar nas mãos do Tony?

Despedi-me deste amigo. Trocamos um beijo leve para selar o pacto. Desperto para a realidade. O que aconteceu não foi produto do álcool. Nem acidente. Foi uma atração fatal, amor à primeira vista. Ele lança-me um olhar firme e eu baixo os olhos a esconder um sentimento louco que me invade, que nem eu mesma sei interpretar.

A Lu acompanha-me até a casa. Caminho serpenteando com a fluidez da água, hoje o sol veste um azul novo. A minha alma voa alto, elevada por asas invisíveis. A brisa matinal sopra-me aos ouvidos cantigas de amor. Chego a casa. Logo à entrada sinto o perfume maravilhoso de todas as flores. As roseiras do meu quintal deram novos rebentos. Apetece-me rebolar como uma criança, a relva da minha casa tem um verde-lustro. Entro. Os meus filhos saltam-me aos braços como crianças. Celebraram.

— Finalmente, mãe — gritaram eles —, abandonaste o teu casulo de viúva, foste à rua viver a vida, arejar, oxigenar-te, revigorar. Vivias sempre fechada como uma prisioneira, porquê, mãe?

Fico feliz. Fico triste. Eles nem imaginam que a mãe que partiu para a festa de aniversário não é a mesma que regressa. Ah, mas como esta viagem me transformou!

Comecei a frequentar a casa da Lu. A partilhar segredos. O Vito passou a ser a sombra misteriosa perseguindo a sombra do meu ser. A lua que brilha na fresta da minha janela. Excelente amante polígamo, distribuindo-nos amor roubado, numa escala justa, tudo por igual. A situação embaraçava-me, por vezes enjoava-me. A minha consciência censurava-me, mas o meu corpo estava lá à hora combinada, absolutamente dependente daqueles encontros secretos como uma viciada em heroína. Por vezes me assalta o medo de ser descoberta. Quando o Tony der por mim, o manto da fidelidade estará roído até ao último fio. A moral é uma moeda. De um lado o pecado, de outro lado a virtude. Silêncio e segredo unidos, no equilíbrio do mundo.

11.

Preciso de um espaço para repousar o meu ser. Preciso de um pedaço de terra. Mas onde está minha terra? Na terra do meu marido? Não, não sou de lá. Ele diz-me que não sou de lá, e se os espíritos da sua família não me quiserem lá, pode expulsar-me de lá. O meu cordão umbilical foi enterrado na terra onde nasci, mas a tradição também diz que não sou de lá. Na terra do meu marido sou estrangeira. Na terra dos meus pais sou passageira. Não sou de lugar nenhum. Não tenho registo, no mapa da vida não tenho nome. Uso este nome de casada que me pode ser retirado a qualquer momento. Por empréstimo. Usei o nome paterno, que me foi retirado. Era empréstimo. A minha alma é a minha morada. Mas onde vive a minha alma? Uma mulher sozinha é um grão de poeira no espaço, que o vento varre para cá e para lá, na purificação do mundo. Uma sombra sem sol, nem solo, nem nome.

Não, não sou nada. Não existo em parte nenhuma.

Acham que eu devo abraçar a poligamia, e pôr-me aos gritos de urras e vivas e salves, só para preservar o nome emprestado?

Acham que devo dizer sim à poligamia só para preservar este pedaço de chão onde repousam os meus pés? Não, não vou fazer isso, tenho os braços presos para aplaudir e a garganta seca para gritar. Não, não posso. Não sei. Não tenho vontade nenhuma.

Poligamia é uma rede de pesca lançada ao mar. Para pescar mulheres de todos os tipos. Já fui pescada. As minhas rivais, minhas irmãs, todas, já fomos pescadas. Afiar os dentes, roer a rede e fugir, ou retirar a rede e pescar o pescador? Qual a melhor solução?

Poligamia é um uivo solitário à lua cheia. Viver a madrugada na ansiedade ou no esquecimento. Abrir o peito com as mãos, amputar o coração. Drená-lo até se tornar sólido e seco como uma pedra, para matar o amor e extirpar a dor quando o teu homem dorme com outra, mesmo ao teu lado. Poligamia é uma procissão de esposas, cada uma com o seu petisco para alimentar o senhor. Enquanto prova cada prato ele vai dizendo: este tem muito sal, este tem muita água, este não presta, este é azedo, este não me agrada, porque há uma que sabe cozinhar o que agrada. É chamarem-te feia, quando és bela, pois há sempre uma mais bela do que tu. É seres espancada em cada dia pelo mal que fizeste, por aquele que não fizeste, por aquele que pensaste fazer, ou por aquele que um dia vais pensar cometer.

Poligamia é um exército de crianças, muitos meios-irmãos crescendo felizes, inocentes, futuros reprodutores dos ideais de poligamia. Embora não aceite, a minha realidade é esta. Já vivo na poligamia.

Poligamia é ser mulher e sofrer até reproduzir o ciclo da violência. Envelhecer e ser sogra, maltratar as noras, esconder na casa materna as amantes e os filhos bastardos dos filhos polígamos, para vingar-se de todos os maus-tratos que sofreu com a sua própria sogra.

Viver na poligamia é ser enfeitiçada por mulheres gananciоsas, que querem ficar com o marido só para elas. No lar polígamo há muitas rivalidades, feitiços, mexericos, envenenamentos até. Viver na poligamia é usar artimanhas, técnicas de sedução, bruxedos, intrigas, competir a vida inteira com outras mais belas, desgastar-se a vida inteira por um pedaço de amor.

Poligamia é o destino de tantas mulheres neste mundo desde os tempos sem memória. Conheço um povo sem poligamia: o povo macua. Este povo deixou as suas raízes e apoligamou-se por influência da religião. Islamizou-se. Os homens deste povo aproveitaram a ocasião e converteram-se de imediato. Porque poligamia é poder, porque é bom ser patriarca e dominar. Conheço um povo com tradição poligâmica: o meu, do sul do meu país. Inspirado no papa, nos padres e nos santos, disse não à poligamia. Cristianizou-se. Jurou deixar os costumes bárbaros de casar com muitas mulheres para tornar-se monógamo ou celibatário. Tinha o poder e renunciou. A prática mostrou que com uma só esposa não se faz um grande patriarca. Por isso os homens deste povo hoje reclamam o estatuto perdido e querem regressar às raízes. Praticam uma poligamia tipo ilegal, informal sem cumprir os devidos mandamentos. Um dia dizem não aos costumes, sim ao cristianismo e à lei. No momento seguinte, dizem não onde disseram sim, ou sim onde disseram não. Contradizem-se, mas é fácil de entender. A poligamia dá privilégios. Ter mordomia é coisa boa: uma mulher para cozinhar, outra para lavar os pés, uma para passear, outra para passar a noite. Ter reprodutoras de mão de obra, para as pastagens e gado, para os campos de cereais, para tudo, sem o menor esforço, pelos simples facto de ter nascido homem.

No comício do partido aplaudimos o discurso político: abaixo a poligamia! Abaixo! Abaixo os ritos de iniciação! Abaixo! Abaixo a cultura retrógrada! Abaixo! Viva a revolução e a criação do mundo novo! Viva! Depois do comício, o líder que incitava o povo aos gritos de vivas e abaixos ia almoçar e descansar em casa de uma segunda esposa.

Todo o problema parte da fraqueza dos nossos antepassados. Deixaram os invasores implantar os seus modelos de pureza e santidades. Onde não havia poligamia, introduziram-na. Onde havia, baniram-na. Baralharam tudo, os desgraçados!

Os homens repetem sempre: sou homem, hei de casar com quantas quiser. E forçam as mulheres a aceitar este capricho. Tudo certo. Vendo bem, a quem cabe a culpa desta situação? Os homens é que defendem a terra e a cultura. As mulheres apenas preservam. No passado os homens deixaram-se vencer pelos invasores que impuseram culturas, religiões e sistemas a seu bel-prazer. Agora querem obrigar as mulheres a retificar a fraqueza dos homens. No regime cristão, as mulheres são educadas para respeitar um só rei, um deus, um amor, uma família, por que é que vão exigir que aceitemos o que nem eles conseguem negar? Negar não é gritar: é olhar a lei, mudar a lei, desafiar a religião e introduzir mudanças, dizer não à filosofia dos outros, repor a ordem e reeducar a sociedade para o regresso ao tempo que passou. Estou a falar de mais. A pretender dizer que as mulheres são órfãs. Têm pai mas não têm mãe. Têm Deus mas não têm Deusa. Estão sozinhas no mundo no meio do fogo. Ah, se nós tivéssemos uma deusa celestial!

Se a poligamia é natureza e destino, por favor, meu Deus, manda um novo Moisés escrever a nova bíblia com um Adão e tantas Evas como as estrelas do céu. Manda pôr umas Evas que pilam, esfregam, cozinham, massajam e lavam os pés de Adão, assim em turnos. Não vale a pena escrever nada sobre o amor e o pecado. Neste mundo da poligamia, as mulheres são proibidas de ter ciúmes. Se o ciúme é amor, então elas estão proibidas de amar. O pecado original, quando o cometem, não é para ter prazer, é só para a reprodução. Pode falar dos castigos, das dores, do sofrimento, que essa linguagem as mulheres conhecem bem. Não fale da maçã, que cá não existe. Fale antes da banana, que faz mais sentido nesta história. Ou então do caju, se a banana não dá. Serpentes há muitas, só que as nossas não falam, neste éden tropical. E tu, meu Deus, nós te pedimos: Liberta a deusa — se é que existe — para mostrar o rosto só por um segundo. Ela deve estar cansada de preparar tanto vinho, tanta hóstia aí na cozinha celestial, desde o princípio do mundo. Se não existe nenhuma deusa — meu Deus, perdoa-me —, com tantas mulheres que o mundo tem por que não fica com umas tantas dúzias?

Que sistema agradável é a poligamia! Para o homem casar de novo, a esposa anterior tem que consentir e ajudar a escolher. Que pena o Tony ter agido sozinho e informalmente, sem seguir a normas, senão eu teria só consentido em casamentos com mulheres mais feias e mais desastrosas do que eu. Poligamia não é substituir mulher nenhuma, é ter mais uma. Não é esperar que uma envelheça para trocá-la por outra. Não é esperar que uma produza riqueza para depois a passar para a outra. Poligamia não depende da riqueza ou da pobreza. É um sistema, um programa. É uma só família com várias mulheres e um homem, uma unidade, portanto. No caso do Tony são várias famílias dispersas com um só homem. Não é poligamia coisa nenhuma, mas uma imitação grotesca de um sistema que mal domina. Poligamia é dar amor por igual, de uma igualdade matematicamente exata. É substituir o macho por um assistente em caso de incapacidade: um irmão de sangue, um amigo, um irmão de circuncisão. Circuncidado, o Tony foi. Irmão de circuncisão, terá algum? Não sei, nunca ouvi falar.

A vida é a eterna metamorfose. Vejam só o meu caso. O meu lar cristão que se tornou polígamo. Era uma esposa fiel que tornei-me adúltera — adúltera não, recorri apenas a um tipo de assistência conjugal, informal, tal como a poligamia desta casa é informal.

Mulheres já somos cinco. Filhos são dezasseis, contando com os que ainda estão nas barrigas das mães. Faltam quatro para completar vinte. Apesar dos meus quarenta anos, vou fazer mais um filho, por vingança. As concubinas não podem ter mais filhos do que eu, que sou a primeira e sou a dona. Concubina nenhuma deste mundo vai tirar o meu estatuto, eu juro. Não tenho muita certeza desta última afirmação. O Tony respira fertilidade e germina como sementes de abóbora, multiplicando-se às dúzias como ninhadas de ratos. Por este andar, o Tony chegará aos cinquenta filhos, com tantas mulheres novas e belas que nascem em cada dia.

12.

Decido preparar uma conspiraçãozinha contra o Tony, com o apoio da minha família. Quero que ele saiba que lá de onde eu venho tenho alguém que me defende. Primeiro falarei com o meu pai para convocar os meus irmãos, as minhas tias gordas. Os meus tios de cabelos brancos têm de estar presentes para dar um ar de majestade e sabedoria à reunião que vai discutir o meu caso. O meu tio padre há de lá estar com a sua batina, o meu imão médico e a minha irmã diretora, o meu padrinho ministro também terão que estar presentes. Quero que o Tony sinta o peso da minha importância, pelo menos uma vez na vida. Ele vai me conhecer, tem de me conhecer. Tem de se convencer que não sou uma qualquer. Todos juntos vamos encostá-lo à parede. Ele vai ser obrigado a abandonar as suas concubinas ou perde-me. E se me perder eu garanto: não vai encontrar neste mundo ninguém melhor do que eu. Eu sou a esposa verdadeira, perante Deus e perante os homens.

Vou visitar os meus pais. A imagem de meu pai é uma assombração triste. Vive no seu mundo de solidão e silêncio. Olho-o e vejo nos seus ombros o peso da vida. Vive de olhos fechados como se não mais quisesse olhar para o mundo. Dentro daquela alma deve estar muito escuro. Dentro do coração deve haver muitas feridas. Cicatrizes. Cancros. Deve haver deceções e frustrações do tamanho do mundo. Deve haver uma paixão ardente pela morte que não vem. Cumprimento-o. Responde-me com aquela voz lenta, moribunda, desinteressada. Tudo nele é o prenúncio da morte. Começo por falar-lhe de coisas pequenas e depois das questões mais profundas. Falo das crianças e do meu marido. Conto-lhe tudo o que se passa. Queixo-me. Ele alarga os olhos mortiços e acusa-me:

— Se o teu marido não te responde, é em ti que está a falta.

— Que falta, pai?

A voz dele é áspera e corrosiva como veneno espalhado ao vento. Fala com desprezo, como quem diz: ó menina, não me traz mais problemas, que já tive tantos nesta vida. E continua o seu discurso:

— As mulheres de hoje falam muito por causa dessa coisa de emancipação. Falas de mais, filha. No meu tempo, as mulheres não eram assim.

Foi difícil aceitar o que estava a ouvir. A minha esperança morreu, sou um caso perdido. Que vergonha eu sinto. Estou desesperadamente a pedir socorro e respondem-me com histórias de macho. Os problemas de uma mulher são classificados no arquivo das insignificâncias, caprichos, incapacidades. São assim os pais. Sempre educando os filhos para serem tiranos e as filhas para aceitarem a tirania segundo a ordem do universo. Um pai é segurança, diz-se. Que segurança? Meu pai não quer que disturbe a sua meditação perpétua. Sou o fel que se pretende afastado do peito. Um espinho a remover, a afastar, a aparar. Os sentimentos das filhas não passam de grãos de areia. Simples poeira. Insignificantes. Olha, pai, vou-me embora, digo-lhe. Deus me livre de ficar mais um minuto diante deste velho. Procuro a minha mãe para lhe transmitir os segredos do meu coração. Aproximo-me dela.

— Estás uma flor, minha filha.

— Sim, uma flor — resmungo eu. — Uma flor dos cactos. Uma flor arrasada pela tempestade. Uma flor arrancada à bruta por mãos malditas.

— Que tristeza é essa, menina?

Entro num desvairo e conto tudo.

— Eu estou a sofrer, o Tony já não me quer, não me liga. Não dorme em casa, tem outras mulheres, mãe. Diz-me, mãe, eu não sou feia, pois não? Tenho um traseiro que é um encanto para qualquer bantu, eu sei. A Julieta, a outra mulher, tem uma pele mais clara que a minha, o Tony deve desprezar-me por ser escura. Até as macondes ele procurou. Tem essa Saly que não sei que mel ela tem, porque é de longe mais feia do que eu. Tem uma macuazinha, mãe, bonitinha, tão levezinha que parece um passarinho. É a Mauá. Mauá Sualé. A voz dela é um canto, os passos dela elegantíssima dança. Tem essa sena, essa Luísa, que dá cabo do meu sono. Os seios dela são maiores que os meus, mãe, por que me fizeste com estes seios tão pequenininhos? Essa Luísa tem cabelos de seda e eu só tenho este couro de palha, mas isso não é grave. Hei de colocar uns cabelos postiços, lá no instituto de beleza, mãe, isso é fácil, resolve-se. O que acha do meu peso, mãe? Devo emagrecer como essa Julieta? Isso também é fácil, posso corrigir o corpo com massagens e ginástica aeróbica. Mas tenho medo de emagrecer. Os homens pretos gostam de mulheres rechonchudas, com almofadas para a frente, almofadas para trás, assim como eu. É verdade, mãe, essas mulheres todas prendem o Tony com encantos mágicos que não tenho. Por que não me fizeste mais bonita do que elas, mãe? Por que não me deste lições de amor, para viver sem dor, minha mãe? Essas *xin-*

gondos já deram filhos ao meu Tony. Qualquer dia serão brancas a trazer mulatos para a minha família, mãe.

A minha mãe responde-me com um sorriso de vitória que me tranquiliza. Estende a mão e coloca no meu rosto uma suave carícia.

— Esse teu marido bonito está apenas a pastar noutras searas, mas há de voltar. Há por aí muita mulher procurando ser ruminada por aqueles dentes de bode. Segura esse marido com as duas mãos. Um homem segura-se, minha filha.

Ela reproduz a ladainha antiga e entoa-me o hino da castidade.

— Um marido é como um bode. Gosta de pastar longe mas sempre volta à toca. Não tenha medo, segura-o pelos chifres.

— Mas como?

— Entendeste bem o que disse. Segura-o.

Todos falam em segurar. Segurar sempre. Segurar é defender. Defender-se. Segurar a bola no jogo e seguir o trilho. Segurar a vida. Segurar as arestas do amor. Segurar a rosa e os espinhos da rosa até as mãos sangrarem de dor. Que bom seria segurar o amor num punho fechado. Mas o amor é um punhado de água escapando nos interstícios da mão. Qualquer dia me pedem para segurar as rédeas do mundo. Segurar os raios do sol. Segurar uma rajada de vento. Para as mulheres o eterno conselho é: segura, fecha, cobre, esconde. Para os homens é: larga, voa, abre, mostra — pode alguém compreender as contradições deste mundo?

Olho para a minha mãe. Meu Deus, como ela chora. Será que o meu caso inspira tanta tristeza?

— O que foi, mãe?

— A tua voz faz-me recordar a minha irmã, a falecida.

— Qual delas, mãe?

— A mais velha. Não a conheceste. Morreu antes do teu nascimento.

— Já me falaste dela. De que morreu ela?

— Por causa de uma moela de galinha.

— Ah?!

— A moela é para os maridos, para os genros, sabes disso.

Ela conta-me a história toda.

— Era domingo e a minha irmã preparou o jantar. Era galinha. Preparou a moela cuidadosamente e guardou numa tigela. Veio o gato e comeu. O marido regressou e perguntou: a moela? Ela explicou. Foi inútil. O homem sentiu-se desrespeitado e espancou-a selvaticamente. Volta para a casa da tua mãe para ser reeducada, disse ele. Já! Ela estava tão agoniada que perdeu a noção do perigo e meteu-se em marcha na calada da noite. Eram cerca de dez quilómetros até ao lar paterno. Caiu nas garras do leopardo nas savanas distantes. Morreu na flor da idade por causa de uma imbecilidade. Morreu ela e ficou o gato.

As lágrimas da minha mãe brilham ao sol como cristais e refletem as cores do arco-íris. No peito da minha mãe há um punhal de prata com manchas de sangue. Um vulcão eterno. Tudo por causa de uma moela de galinha, simples coletor de grãos de areia. Insignificante musculatura dentro de uma ave. Que não enche a palma da mão. Que não mata a fome de um gato. A história penetra-me como se fosse a minha própria história, que Deus me acuda, também sou mulher! Recordo a minha professora de amor e compreendo a fantástica mensagem de tirania escondida dentro da moela de galinha. Mulher nenhuma tem lar nesta terra. Mulher é passageira, não merece terra. Mulher é palha de coco atirada na lixeira. Mulher é sua própria inimiga, inventa problemas que lhe dão a morte. Mulher é culpada, põe o universo de avesso, por isso pode morrer por causa de uma moela de galinha.

— Mãe, por que não me contaste antes essa história?

— Era para colorir o teu mundo. Para não teres pesadelos nos teus sonhos.

A história tem sobre mim um efeito terapêutico, a minha dor torna-se insignificante. Uma amargura a apagar outra amargura. Um amor curando a dor de outro amor. Ai, mãe, obrigada por me contares esta história! Agora consigo ver que não sou a única que sofre e que no mundo há problemas muito mais graves que o meu.

— Mãe, como reagiram as mulheres perante este caso?

— Obedecer à risca, a todos os caprichos dos homens, era a única estratégia da nossa existência.

— E como era o pai?

— Não o conheces? Não ouviste a resposta que deu aos teus problemas?

Mães, mulheres. Invisíveis, mas presentes. Sopro de silêncio que dá a luz ao mundo. Estrelas brilhando no céu, ofuscadas por nuvens malditas. Almas sofrendo na sombra do céu. O baú lacrado, escondido neste velho coração, hoje abriu-se um pouco, para revelar o canto das gerações. Mulheres de ontem, de hoje e de amanhã, cantando a mesma sinfonia, sem esperança de mudanças.

13.

Andei de casa em casa, de boca em boca. Fiz uma sondagem de opinião à volta da minha história. Perguntei às mulheres: o que acham da poligamia? Elas reagiram como gasolina na presença de um pavio aceso. Explosão, chamas, lágrimas, feridas, cicatrizes. A poligamia é uma cruz. Um calvário. Um inferno. Um braseiro. E cada uma conta a sua história, trágica, fantástica, comovente. Pergunto aos homens: o que acham da poligamia? Escuto risos cadenciados como o gorjear das fontes. Vejo sorrisos que esticam os lábios de orelha a orelha. As glândulas salivares entram em ação como se estivesse a servir um manjar de agradável paladar. Há aplausos. Poligamia é natureza, é destino, é nossa cultura, dizem. No país há dez mulheres por cada homem, a poligamia tem que continuar. A poligamia é necessária, as mulheres são muitas.

Volto a sondar a opinião das mulheres sobre o meu caso. Umas dizem: que horror! No teu lugar mataria as concubinas todas. Ferveria um pote de óleo e metê-las-ia lá uma a uma como na história de Ali Babá e os quarenta ladrões. Outras dizem: ignora essas mulheres e os filhos delas, faz de conta que nada sabes. Preserva o teu estatuto de casada, garante apenas que o homem não fuja para teres sempre em dia a tua quota de amor, nem que seja uma vez por mês. Outras dizem: seja amiga delas e só assim vais derrubá-las, sem socos nem palavrões. Elas não tiveram culpa, os homens é que são malandros, não prestam. Os homens dizem: a tua obrigação é aceitar tudo o que o teu marido decide. Essas mulheres são tuas irmãs, e os seus filhos são também teus.

É difícil para mim tomar uma atitude nesta floresta de opiniões. Este assunto supera a minha inteligência. Para quê afundar-me em guerras e querelas? Para quê arruinar a minha saúde já precária? Para quê tentar erguer muralhas de palha, quando o homem empunha as suas lanças em riste e se espalha como rizoma de bambu por onde passa? Mesmo que grite, que barafuste, não apagarei as linhas que foram traçadas. Por isso vou usar a fórmula antiga: atrair a aboboreira pelas suas abóboras. A tia Maria diz que quando as mulheres se entendem, os homens não abusam.

Investiguei a vida do Tony. Ele não é tão amoroso como elas dizem. Ele não dava assistência como devia. Chegava lá, mergulhava e saía. Passava a maior parte do tempo com a Mauá. Tenho pena dessas mulheres vendendo amor para produzir pão e sabão. Quando os encantos à venda acabarem, a miséria baterá à porta. Que futuro lhes espera, sem emprego nem segurança? E o que serão estes filhos, sem nome nem sombra? Espera-lhes com certeza o manto da rua. Espera-lhes a fome, a sarna, a sarjeta da vida.

Juntei as mulheres do Tony, num encontro secreto. Foi difícil, mas consegui. Neste grupo faltava a Mauá. Ela andava apaixonada e a viver o seu momento de amor. Era a eleita, a rainha do coração do nosso homem. De resto, a reunião era para as mulheres rejeitadas e não para as amadas. Além disso, poderia trair o nosso plano, essa macuazinha. Comecei a reunião perguntando a todas o que pensam da vida, do futuro e se eram felizes.

— Ah, o Tony, boca de mel, coração de fel — diz a Julieta. — Ele é o responsável pelo meu desespero. Enganou-me e deixou-me nesta desgraça.

— Cá por mim — diz a Luísa —, nem tudo é mau. Deu-me filhos maravilhosos. Presta-me atenção, sempre que pode.

De repente senti-me feliz. Realizada. Era bom, dirigir aquele encontro, para mim que nunca tinha dirigido nada na vida. Sentia-me primeira esposa, esposa grande, a mulher antiga, a rainha de todas as outras mulheres, verdadeira primeira-dama. Mas este termo, primeira-dama, não esconde vestígios de poligamia antiga? Não há primeira sem segunda. Os reis tinham uma rainha só para inglês ver e afogavam-se de prazer nas belas cortesãs, favoritas, nos haréns, concubinas e todas essas coisas. Quem inventou este termo e quem o usou primeiro?

— Família? — pergunta a Saly, furibunda. — Ninhos de pássaros, isso sim. Feitos a correr sem a menor estrutura. Ovos desprotegidos. Ovos caídos. Ovos podres, marginais. Que futuro esperamos para estes nossos filhos? Não conhecem nem tias, nem avôs, vivendo escondidos como toupeiras, sem pai presente, sem referências. Apenas gente que cresce para encher o mundo.

Coloquei o dedo nas feridas da alma e espremi lamentos. Desencantos. Desabafos. Estas mulheres simbolizam a dor do mundo. Bebo as suas dores, os seus sentimentos. Elas tinham no peito uma flor e se deram por amor. Abriram o corpo, esse mágico labirinto, e deixaram germinar outras flores sem rega, nem pão, nem esperança. Sofro por essas crianças. A situação destas concubinas é de longe pior que a minha. Sem proteção legal, nem familiar. As casas onde moram são propriedade do senhor, é ele quem paga as rendas no fim de cada mês. Pode expulsá-las quando entender, arremessá-las à pobreza total. Se ele morre, não terão direito a nada, porque não constituem família de coisa nenhuma, são apenas satélites da família principal. É preciso inverter a ordem das coisas. Mas como? Reúno todos os sentimentos recolhidos em cada boca e faço a radiografia do amor.

— Julieta, minha Ju, foste enganada. Arrancada da adolescência para a velhice, sem meio-termo. A tua vida é um verão eterno. E tu, Luísa, minha Lu, serás desejada enquanto tiveres fogo nesse belo corpo. A vida é uma eterna mudança, um dia quente, outro dia frio. O que será de ti, quando o inverno chegar? Saly, tu és a usada nos momentos de pausa, és um petisco, uma refeição ligeira, intermédia, para quebrar a monotonia na ementa de amor. A Mauá é a mais amada, apenas de momento. Os amores do Tony são efémeros, sabemos disso.

Esta conclusão revolve uma torrente de sentimentos escondidos. Vejo lágrimas correndo, frustrações avolumando-se em cachos, incertezas espelhando-se no silêncio, a esperança ténue tremelicando nos horizontes do mundo.

— Somos éguas perdidas galopando a vida, recebendo migalhas, suportando intempéries, guerreando-nos umas às outras. O tempo passa, e um dia todas seremos esquecidas. Cada uma de nós é um ramo solto, uma folha morta, ao sabor do vento — explico. — Somos cinco. Unamo-nos num feixe e formemos uma mão. Cada uma de nós será um dedo, e as grandes linhas da mão a vida, o coração, a sorte, o destino e o amor. Não estaremos tão desprotegidas e poderemos segurar o leme da vida e traçar o destino.

Todas me olham com surpresa, como se não tivessem entendido as minhas palavras. Mas entenderam. Os dados estão lançados. Reunir as mulheres e os filhos num só feixe para a construção da família do grande patriarca. Recolher os cacos e esculpir um monumento amassado de lágrimas e polir com lustro para que reflita os raios de todos os sóis do universo.

14.

O Tony vai completar cinquenta anos de vida. Preparei tudo para a grande festa, tinha que ser uma festa de arromba.

Chegou o grande dia. Estava já reunida a grande família. Havia ministros nossos padrinhos e ministros amigos do Tony. O nosso tio padre estava lá para abençoar a festa. Muitas famílias, grandes famílias, gente católica, conservadora. Bisbilhoteiras que vão à festa para caçar escândalos que irão alimentar a fofoca da semana seguinte. A grande nata estava ali reunida. Naquela sala, era só perfume e seda. Bom vinho, boa comida, tudo nata, da melhor que há. O meu Tony estava radiante, nunca o vi tão feliz assim. Abraçava-me. Beijava-me. Mostrava ao mundo inteiro como é grande o nosso amor.

A mestre da cerimónia era eu. Entrei com um discurso leve, doce, hipnotizante. Falei tão fino que emocionei. Tirei umas lágrimas, até. Pensava no meu plano e o coração batia sem medida. Tremo e já não consigo esconder o mal-estar. É da emoção, desculpam-me todos, cinquenta anos de vida do companheiro é motivo para muita emoção!

Há uma convidada entrando. A Ju, muito tímida, entra com o cortejo das cinco crianças e o bebé no colo. Estava vestida exatamente como a instruí. Vou saudá-la e recebo o bebé como uma prenda. Ofereço-lhe um lugar mesmo ao meu lado e procuro um espaço para as crianças dela. Nesse instante chega a Lu com os seus meninos e entrego-a aos cuidados da Ju. A Saly entra em passos de furacão, amazona, guerreira, disposta a vencer qualquer batalha. Finalmente entra a Mauá Sualé, suave como sol de inverno, uma estrela que ilumina o mundo. Estávamos todas vestidas de igual, como se devem apresentar as mulheres de um polígamo. As crianças também se vestiram de igual, ovelhas do mesmo rebanho. E nós conversávamos animadamente umas com as outras, como irmãs. Eu cuidava delas e dos filhos delas para que nada lhes faltasse. Fiz as devidas apresentações e cumpri com muita classe o meu papel de primeira-dama.

Obrigado, meu Deus, o meu plano deu certo. Todas entraram traiçoeiras como serpentes. Suaves como a música da alma. Elegantes como verdadeiras damas. Reivindicam o seu espaço com sorrisos. Fazem a guerra com perfume e flores. Elas são a chuva regando a terra para que dela brote uma vida nova. Estas mulheres juntas venceram os preconceitos e avançaram com firmeza e derrubaram a farsa.

No rosto de Tony surpresa, vergonha, lágrimas e raiva. Despimos-lhe o manto de cordeiro diante dos verdugos e crivámos o corpo esfolado com rajadas de chumbo. Respirou fundo e ergueu-se em passos trôpegos. Tentou fazer um discurso.

— Espero que compreendam... somos africanos... nossa cultura... sabem... elas...

Os convidados cochicham aos pares, o caso não era para menos. O velho tio ficou intrigado. Permanece instantes em silêncio e reclama:

— Somos bantu de coração e alma. Homens ardentes. Em

matéria de virilidade, até os brancos nos respeitam. Mas, filho, não achas que estás a exagerar um bocado?

Ofereço ao Tony a minha mão de pedra. Sou a primeira-dama, alicerce de todos os momentos.

— Neste dia, não quis que esta grande família permanecesse invisível. Neste dia queria que todos testemunhassem que o coração deste homem é fértil como o húmus. O Tony é um homem que ama a vida e por isso a multiplica. Ele não se acobarda mas empunha a sua espada e afirma-se através de cinco mulheres e dezasseis filhos.

No fim do meu discurso, o tio padre fez o pelo sinal da santa cruz, suspirou, fez a oração, deu a bênção e escapuliu-se daquela gruta de pecado. O Tony, seu sobrinho, é um cristão extraviado, uma ovelha perdida. O Tony toma um uísque duplo com gelo. O padrinho ministro faz o seu discurso de diplomacia. Fala de cultura, aculturação, inculturação, miscigenação, idiossincrasia, cosmogonia, concomitância, renascença negra, e um monte de palavrões que ninguém entende. Segura a esposa pela mão, faz as despedidas e parte. O Tony toma outro uísque. Os amigos doutores, polícias e ministros dizem parabéns e desejam longa vida, tomam uma bebidinha, arrastam as mulheres para casa, dizendo que têm outros compromissos, para não as expor ao meio nefasto, preservando-as de modelos de vingança que as podem inspirar, porque eles também fazem o mesmo. O Tony toma outro uísque com gelo. Ficam as vizinhas, as linguareiras, as minhas cunhadas para controlar a explosão, caso surja alguma. Fazem fofocas. Falam nos ouvidos umas das outras e mandam risinhos de troça. Comem, bebem e dançam. Querem assistir ao último ato, e ver o pano a cair, no palco do teatro. O Tony toma outra dose de uísque com gelo.

Convidei o Tony para uma conversa privada com todas as suas damas. Ele vem e resmunga qualquer coisa que ninguém entende, e sentou-se do nosso lado, cheio de medo. Nunca pensei que um homem se acobardasse tanto diante das suas mulheres. Entrei com um novo discurso.

— Querido Tony, feliz aniversário. Hoje, nós, tuas mulheres, decidimos fazer-te esta surpresa. Como prova do amor que temos por ti, decidimos juntar-nos, para que sintas o palpitar dos nossos corações. Decidimos unir as cinco mulheres numa só. Sabemos o que sofres por nos amares: um dia cá e outro lá. Decidimos todas, em uníssono, homenagear-te com a nossa presença neste teu grande dia.

Eu estava disposta a continuar o meu discurso mas ele interrompeu e disse:

— Volto já. Tenho que entregar os documentos que o senhor ministro esqueceu cá.

Abriu a porta, entrou no carro e partiu. Esperámos horas a fio e ele não regressou mais. Fugiu.

— Meninas! Convençam-se de uma vez. Este passo dado não volta atrás. Destruímos o manto da invisibilidade, celebremos. Obrigámos o Tony a reconhecer publicamente o que fazia secretamente. Meninas, estão cheias de medo? Para quê esses receios? Alguma vez estiveram no aniversário do Tony? Alguma vez os vossos filhos se sentaram no colo dos tios, das tias, rodeados de carinho, como membros da família inteira? Não se assustem com o Tony. A ausência do rei não é o fim da vida. Comamos à grande e bebamos à francesa!

Divertimo-nos como nunca. A Lu e a Saly contavam anedotas e gargalhávamos. A Ju e a Mauá ouviam, sorriam. As crianças jogavam, gritavam e corriam pelos cantos da casa. A festa prolongou-se até aos confins da madrugada.

Recolho-me ao meu quarto. Vou ao espelho olhar para a minha cara e o espelho acusa: sua embriagada, sua escandalosa, desmancha-prazeres! Tento adormecer, mas o sono não vem. Volto e bebo uma boa dose para esquecer. O meu caso é estranho. Quanto mais bebo, mais lúcida fico, mais recordo. De olhos fechados vejo uma multidão de rostos espantados, vaiando o pobre Tony desesperado, de rabo entre as pernas, como um cão vadio.

Faço o balanço do dia. Trazer estas mulheres para aqui foi uma autêntica dança, um ato de coragem, um triunfo instantâneo no jogo de amor. O Tony agrediu-me e retribuí o golpe, usando a sua própria arma. O mundo irá compreender-me ou condenar-me? Quem venceu esta guerra? Quem perdeu? Talvez tenhamos ganhado todos. Talvez ambos tenhamos perdido. Que futuro abri eu hoje com estas minhas loucuras? Nem eu sei, doida eu sou, doida me chamam. Agora percebo que fui longe de mais. Onde estará o meu pobre marido a esta hora? Em casa da Mauá? Fico com uma crise de remorso e choro, desconsolada. Não era isto que eu queria para mim nem para o meu lar. Não era isto que eu queria para o meu marido.

Por que fugiu de nós o Tony? Pode um marido acobardar-se diante das suas mulheres? Nós as cinco decidimos formar uma, como bem explicámos. Os homens gostam de conquistar. Depois não conseguem aguentar. Finalmente arranjam artimanhas, intrigas para depois escapar. Amor turbulento, este meu. Amor falhado desde o começo. Se o tempo de vida é dividido entre trabalho, repouso, convívio, um bom polígamo é uma máquina de amor, que não trabalha, não convive, ficando apenas a produzir toneladas de amor, para distribuir na medida certa por todas as esposas, amantes e concubinas.

As minhas rivais entraram todas no paraíso, sim, entraram. De marginais passaram a gravitar dentro do cerco da família. De ignoradas e invisíveis passaram a conhecidas e visíveis. Podem a partir de hoje saudar os tios, os avôs dos filhos, sem nenhum receio. E eu, o que ganhei com esta farsa?

15.

A minha sogra mandou-me chamar às seis da manhã, de urgência. Fui ao seu encontro em corrida. Pensei que estivesse doente. O que ela tinha não era uma doença física, mas uma depressão profunda. Os olhos estavam vermelhos de insónia e choro, talvez tivesse sonhado com o marido morto. Mal me viu, começou a gritar comigo. Disse que eu era assassina, que lhe tentara matar o filho, que era má, estúpida, sem responsabilidade e não conhecia o valor do homem que tinha. Falou até à exaustão. Surpreendeu-me. A minha velha sogra é severa, mas bondosa. Ela sempre falava por falar e eu não ligava nenhuma. A nora, diante da sogra, é uma eterna criança, que deve saber ouvir, suportar e calar, sempre se comunicando nessa linguagem de maldade, herdada na tradição, somente para marcar a diferença. Perguntei-lhe o que se passava e ela contou-me. O Tony passou a noite ali. Chegou triste, cabisbaixo, como se carregasse nas costas o peso do mundo. E chorava como uma criança. Pediu algo para comer e a mãe serviu-lhe o pouco que tinha. Comida sem sal. Ardia de febre e delirava: envenenaram-me, mãe, envenenaram-me.

Senti-me a desfalecer e fiquei com a garganta seca. Contei-lhe a minha versão dos factos. Falei-lhe da guerra do amor e ciúmes, uma guerra sem vencedores, que fez o Tony cair ao primeiro golpe. Uma guerra de traição, que pode saldar-se em mortes. Expliquei-lhe que fiz das rivais minhas aliadas, minhas lanças envenenadas na batalha do amor. Falo do homem derrotado que foge das mulheres e dos filhos para se esconder em casa da mãe. Do homem que abandona manjares e delícias para comer a dieta sem sal da mãe doente.

— Houve, sim, um momento de vergonha. Vergonha coletiva. Vergonha é veneno. Aniquila — explico à minha sogra.

A velha escuta-me com atenção e desfalece em soluços. Fui violenta, condeno-me. Contei tudo com frieza, sem o mínimo de delicadeza. Dei-lhe a imagem bizarra daquele filho a quem ela julgava um santo. Entra num silêncio ausente, distante. Um silêncio gelado que fere, que martiriza. A senhora deve estar magoada. Como eu, deve sentir-se traída, pois ela também é contra a poligamia que fere a família cristã. De repente vejo muita luz no velho rosto.

— É verdade que reuniste todas as mulheres, à vista de toda a gente?

— Sim.

— Graças a Deus! Não foi só a tua vontade, minha vontade, Rami. Os antepassados guiaram os teus passos para a reunião da grande família, no grande dia. És uma grande mulher.

— Acha que sim? — caio de surpresa.

A voz da velhota perde a violência, e o ritmo sobe gradual, doce, melodioso. Fica com os ombros eretos. Assisto ao renascer da vida e ao triunfo sobre a morte. A família alargada é um banco vivo, em movimento. É segurança social e a certeza de alimento na hora do aperto.

— Louvado seja Deus. Não sabia que tinha uma família tão grande. Isso é bom. Destes dezassete netos, alguns me darão alegrias e outros, tristezas. Uns me darão o último copo de água, a última mortalha. Ter uma grande família é bom, Rami.

— Mas todos esses filhos são ilegítimos, não são?

— Ilegítimos para ti, que estás presa a leis e mandamentos. Ilegítimos porque são filhos das tuas rivais. Para mim, são simplesmente netos, a continuidade da linhagem.

Ela delira de felicidade, trouxe-lhe um bálsamo para a sua tristeza. Ela agora condena o filho. Diz que é um malvado, um mal-educado, egoísta, que lhe transtornou a noite inteira e inventou fantasmas inexistentes, por ter medo de viver uma vida limpa, aberta, digna, transparente e sem esconderijos. Diz que a grandeza de um homem se afirma pelo número de filhos que tem. Que a poligamia é a natureza do homem: embora se condene, não é crime, não faz mal a ninguém. Que um homem que se preze tem que ter pelo menos três mulheres. Que o marido nunca fora polígamo porque era pobre e operário, mas o Tony era doutor e rico, por isso precisava de ter com quem consumir a fortuna. Agora quer saber da vida das quatro noras. Eu conto-lhe maravilhas. Invento histórias de embalar e ela se encanta.

— Ah, Rami, por que nunca me contaste isso? Por que andaram vocês a adiar a minha felicidade? Tenho este quintal grande, as crianças podem vir correr e brincar. Tenho estas árvores com tanta fruta, que apodrece e cai, porque ninguém a come, e afinal tenho tantos netos! Onde é que eles moram? Quando me virão visitar?

Ela tem pressa de abraçar todos esses netos escondidos.

— Isso não depende de mim.

— Por favor, fala com o Tony. Diz que preciso de falar-lhe com urgência, temos que trazer essas crianças para esta casa.

A velha pensa no calor humano. No fim da solidão. Na alegria de ter a casa cheia de crianças para colorir o seu mundo de tristeza. Nesta guerra ganhou a minha sogra e as minhas rivais, porque eu, Rami, perdi a batalha.

A Mauazinha vivia coladinha ao nosso Tony. Mas ele não andava feliz, informavam-nos os nossos detetives pessoais. Ele parecia um fantasma. Se alguém sabia o que ele pensava? Ninguém. Vivia silencioso, subia, descia, comia, saía. Se alguém perguntava algo? Não, ninguém. Não tínhamos coragem. Nós andávamos perdidas de susto, ele também. Tornara-se nervoso, chato, gritava com os subordinados. E emagrecia. Fumava muito e bebia mais do que a conta. O caso do Tony merece uma terapia. Terapia de amor polígamo e não de clínica hospitalar. Mas por que é que um polígamo é feliz quando as mulheres se batem e é infeliz quando elas se entendem?

16.

Um dia disse às minhas rivais: venham, venham todas exigir o pão quando vos falta, despertar o Tony à noite se por acaso aqui estiver quando as crianças têm febre, e quando, na escola, os professores exigem a presença do encarregado de educação. Venham todas em desfile, ele costuma estar em casa só à hora do almoço. Vocês são as suas mulheres e os vossos filhos são irmãos dos meus filhos.

Começou a procissão das mães e das crianças. O Tony já não aguentava, fugia deles. Rami, aguenta tu com essa gentalha. Aguentei com elas até onde pude, até que lhes disse: Isto acontece porque não trabalham. Em cada sol têm que mendigar uma migalha. Se cada uma de nós tivesse uma fonte de rendimento, um emprego, estaríamos livres dessa situação. É humilhante para uma mulher adulta pedir dinheiro para sal e carvão. A Saly diz que já teve negócios que faliram, porque usou todo o dinheiro que tinha na cura do filho que andou doente. A Lu diz que gostaria de ter uma loja de modas, que fora sempre esse o seu sonho. A Ju diz que gosta de crianças. Diz que, no dia que procurar um emprego, vai ser para lidar com crianças. A Mauá diz que não tem jeito para nada. Foi educada para ser esposa e dar carinho. Que não se imagina a trabalhar e nem se quer envolver em tal situação.

— Temos que trabalhar — diz a Lu —, ainda temos um pedaço de pão porque o Tony ainda está vivo. E quando ele morrer? Do luto até encontrar um novo parceiro vai um longo período de fome. É preciso prevenir o futuro.

— O que vamos nós fazer? — diz a Mauá. — Eu nem tenho estudos e não sei fazer nada!

— Ah, Mauá — diz a Saly —, todas as pessoas vendendo na esquina são mulheres como nós. Se alguém me emprestasse um dinheirinho iria começar já o meu negócio.

— Mesmo eu — diz a Lu. — Venderia roupa, mesmo que fosse roupa usada. Sempre sonhei ter uma loja de modas.

Peguei num dinheiro que tinha guardado e emprestei a Saly. Comprava cereais em sacos e vendia em copos nos mercados suburbanos. Dois meses depois, ela devolvia-me o dinheiro com juros e uma prenda. Uma capulana, um lenço de seda, e uma rosa vermelha comprada na esquina. A Lu disse-me: estou inspirada. Se a Saly conseguiu fazer o seu negócio render, também posso. Rami, emprestas-me algum dinheiro? Passei os fundos devolvidos pela Saly para as mãos dela. E começou a vender roupa em segunda mão. E começou a engordar, a sua voz a adoçar, o seu sorriso a crescer, o dinheiro nas mãos a correr. Três semanas depois devolvia-me o dinheiro com mais juros, um carinho e um bouquet de rosas. A Ju e a Mauá revoltaram-se.

— Rami, por que não nos tratas de forma igual? — perguntou a Mauá. — Somos também mulheres pobres como a Lu e a Saly. Ajudaste-as. Por que não nos ajudas a nós também?

Transferi o dinheiro das mãos da Lu para a Mauá e dei a Ju um dinheiro que o Tony me dera um dia para guardar. A Mauá começou a tratar dos cabelos, a desfrisar cabelos, coisa que ela entende muito bem. Começou na varanda da sua casa. Conseguiu angariar clientes. Aumentou o volume de trabalho e contratou duas ajudantes. A varanda era pequena e passou a usar a garagem da sua casa. Agora tem uma multidão de clientes, a Mauá.

A Ju vai aos armazéns, compra bebidas em caixa e vende a retalho. Dá muito lucro. Nesta terra as pessoas consomem álcool como camelos. Ela começou a sorrir um pouco e a ganhar mais confiança em si própria. O Tony reage mal às nossas iniciativas mas nós fechamos os ouvidos e fazemos a nossa vida.

Eu decidi ir com a Lu para a venda de roupas. Vendemos no mercado da esquina onde há grande clientela. Este mercado está cheio de mulheres, todas elas falando alto, gritando, na caça dos clientes. Quando o movimento declina, as mulheres sentam-se em roda, comem a refeição do dia e falam de amor. Um amor transformado em ódio, em raiva, em desespero, em trauma. Fui violada sexualmente aos oito anos pelo meu padrasto, diz uma. O teu caso foi melhor que o meu. Eu fui violada aos dez anos pelo meu verdadeiro pai. Ganhei infecções e perdi o útero. Não tenho filhos, não posso ter. Eu casei-me, diz outra. Fui feliz e tive três filhos. Um dia, o meu marido saiu do país à busca de trabalho e não voltou mais. Eu levava muita pancada, diz a outra. Ele trancava-me no quarto com os meus filhos e dormia com outras no quarto do lado. Fui violada por cinco, durante a guerra civil, diz a outra. Este filho bonito que tenho nas costas nem sei de quem é. Cada vez que olho para esta pobre criatura, recordo-me daquele momento horrível em que pensava que ia morrer. A minha mãe morreu nos meus braços, diz outra. Foi espancada de uma forma brutal pelo meu pai e morreu a caminho do hospital. A partir dali nunca mais quis ver homem à minha frente. Nem quero trazer filhos ao mundo, para sofrerem os tormentos desta vida. O meu marido bebe, diz outra, bebe tanto que já nem trabalha. No fim de cada dia é só violência naquela casa. Quer o meu dinheiro para ir beber, mas eu não dou. Uma diz que é casada há doze anos e é feliz. Nunca teve problemas e vende no mercado para ajudar o marido, que ganha pouco. Outra diz que o marido era bom. Ela traiu-o. Foi apanhada em flagrante com outro.

Eu digo que o meu marido é doutor e todas se espantam. Mulher de doutor não vende roupa velha na esquina, argumentam elas. Mas somos cinco esposas, explico. O salário de doutor não chega para dezassete filhos. Fiz estudos secundários, posso arranjar emprego, mas os salários são baixos, vender na esquina dá mais dinheiro. Explico a todas que essa coisa de gostar de mulheres não tem idade, nem raça, nem classe social. Digo que a Lu é minha rival e ninguém acredita. Tu lhe chamas irmã e ela também. Vocês são muito parecidas, pensávamos que eram irmãs de sangue. Somos irmãs de amor, esposas do mesmo homem, remato.

Depois falamos dos homens, nossa conversa preferida. Digo-lhes que presto contas de todos os meus negócios ao meu marido. Digo quanto ganho e quanto gasto. As colegas riem-se. Aos homens nunca se deve prestar contas certas. Os homens foram feitos para controlar e as mulheres para trabalhar.

Nenhuma destas mulheres presta contas certas aos companheiros, e contam-lhes histórias tristes: o dia não rendeu, há muita concorrência no mercado, há ladrões na rua e roubaram-me os produtos todos, não ganhei nada.

Foi quando comecei a observar. As minhas rivais progrediam nos negócios, eu não. Mente para ele, Rami, aconselhavam, mente. Não diz nunca toda a verdade. Guarda o teu dinheiro escondido num canto. Dinheiro nos bolsos de um homem é para todas as mulheres. Nas mãos de uma mulher é para pão e comida. O dinheiro que ganhas está mais seguro nos teus bolsos que nos bolsos dele.

Falamos de amores e elas dizem-me ao ouvido alguns segredos. Arranja um amante pescador, se o teu negócio é peixe. Um padeiro, se o teu negócio é pão. Um oficial alfandegário, se o teu negócio é importação e exportação. Um carregador, se o teu negócio é carga e descarga. Rio-me à socapa e declaro:

— Posso entregar-me a um só por amor.

— E o que é o amor senão um acordo de interesses?

— Se um dia tiver um amante, procuro um doutor, assim como o meu Tony que sabe falar das coisas da vida — respondo.

— Doutores? Esses falam muita filosofia. São capazes de dizer: o orifício inferior do tubo digestivo que liberta os excrementos humanos. Todo esse palavreado só para dizer cu. Oferecem flores, jantares, luzes, música, poemas, só para chegar àquele ponto que reside a um milímetro de distância. Gastam muito tempo em coisas banais. Atrasam o negócio.

— Vocês são injustas! Olha que um amante ministro melhora o estatuto e pode resolver muitas coisas.

— Engano teu... ministros, parlamentares, diretores e toda essa raça de gente fina são prejudiciais para o negócio. Obrigam-te a vestir caro para lhes fazer companhia. Comem bem e falam bonito. Frequentam grandes salões e esbanjam tudo. Assinam documentos com canetas de ouro. Brilham por fora, mas não manejam dinheiro nenhum. São pobres.

— Exageram, vocês!

— Que exagero? Tens que marcar audiência para lhe pôr um problema e, quando querem ajudar, exibem o cartão de crédito e passam um cheque. Vale a pena ser amante do candongueiro da esquina que tem dinheiro vivo e está sempre disponível.

Morro de rir perante segredos que me são passados por mulheres mais experientes.

— Rami, faz o xitique. Rami, entra no xitique. Vais ver como a tua vida melhora em pouco tempo.

Entrei no xitique forçada pelas minhas amigas do mercado da esquina. E como foi bom, meu Deus! Xitique é poupança obrigatória. Xitique é um sistema de crédito, milenar, de longe superior ao crédito bancário.

Vendemos a roupa usada durante seis meses. Criámos capital. A Lu e eu, cada uma de nós abriu uma pequena loja para vender roupas novas e o negócio começou a correr melhor. A Saly construiu uma loja. Vende bebidas por grosso. Tem um café e um salão de chá. A Ju conseguiu fazer um pequeno armazém e já vende bebidas por grosso. A Mauá abriu um salão de cabeleireiro no centro da cidade e continua a fazer trabalho na garagem da casa. Tem uma clientela que nunca mais acaba.

Conseguimos ter um mínimo de segurança para comprar o pão, o sal e o sabão sem suportar a humilhação de estender a mão e pedir esmola. As minhas rivais andam encantadas e têm remorsos da sova que um dia me deram, mas eu digo: não tem importância. Foram coisas daquele tempo. O que queriam vocês que acontecesse?

17.

A minha sogra andou esvoaçando entre casas e caminhos. Visita as novas noras, os netos, e distribui rebuçados e chocolates. Conquista-os. Visita os irmãos, filhos, famílias. Busca aliados e consensos. Fala de boca em boca. Busca votos de confiança. Faz a campanha a favor da família alargada, as noras devem ser loboladas. Não é de mim que eu falo, dizia ela. Fala em nome das crianças que crescem marginalizadas, sem conhecer as suas origens. Fala em nome daquelas mulheres pescadas no deserto da vida, produzindo almas que engrandecem esta família, mas que vivem à margem da sombra que lhes pertence. São chamadas de mães solteiras, confundidas com as divorciadas e as adúlteras, por viverem longe da sombra do seu homem. Grita não à monogamia, esse sistema desumano que marginaliza uma parte das mulheres, privilegiando outras, que dá teto, amor e pertença a umas crianças, rejeitando outras, que pululam pelas ruas. Grita não contra o novo costume de ter uma esposa à luz e várias concubinas, com filhos escondidos. Os meus netos marginalizados pela lei clamam por reconhecimento. O sangue da grande família deve ser reunido na sombra da grande árvore dos antepassados. O meu filho é belo, dizia ela. As mulheres não resistem aos seus encantos. O meu filho tem sangue forte, em cada contato produz um filho. O meu filho é um rizoma. É bambu. Estende-se pelos campos, alastra-se, multiplica-se. O meu filho tem destino de rei, de patriarca. O pai dele só teve poucos filhos, três apenas, mas Deus deu-nos o Tony para vingar a fertilidade da família estendendo o nosso grande nome pelos quatro cantos do mundo. Vai ter com o irmão padre e confronta-o. Por causa das vossas doutrinas as nossas famílias africanas não passam de montanhas isoladas boiando nas nuvens. Tu, padre, és filho da poligamia, filho da terceira mulher. Como podes tu condenar a poligamia que te trouxe ao mundo? Afasta as tuas más influências do meu filho. Deixa-o em paz com as suas esposas e filhos, nós africanos somos felizes assim. Todas aquelas mulheres devem ser loboladas.

A minha sogra fez de si uma flecha. Insurgiu-se contra os bons costumes da família cristã e tornou-se agente de regresso às raízes. Não encontrou nenhuma resistência.

O ciclo de lobolos começou com a Ju. Foi com dinheiro e não com gado. Lobolou-se a mãe, com muito dinheiro, num lobolo-casamento. As crianças foram legalmente reconhecidas, mas não tinham sido apresentadas aos espíritos da família. Era preciso trazê-las do teto da mãe para a sombra do patriarcal num ato de lobolo-perfilha, uma forma de legitimá-las uma vez que nasceram fora das regras de jogo de uma família polígama. Depois fez-se lobolo da Lu e dos filhos. As nortenhas espantaram-se. Essa história de lobolo era nova para elas. Queriam dizer não por ser contra os seus costumes culturais. Mas envolve dinheiro e muito dinheiro. Dinheiro para os pais, dinheiro para elas e para os filhos. Dinheiro que faz falta para comer, para viver, para investir. Quando se trata de benesses, qualquer cultura serve. Elas esqueceram o matriarcado e disseram sim à tradição patriarcal.

Passámos três meses a andar de festa em festa. Era importante que todos os lobolos fossem feitos numa rajada, antes que o Tony mudasse de ideias. Nos lobolos todos introduzimos uma inovação: a certidão de lobolo, com todas as cláusulas contratuais, menos aquela parte que fala de assistentes conjugais em caso de incapacidade do marido. Ficaria um bocado imoral, não acham? Toda em papel almaço, com timbre e tudo, datilografada, assinada por todos os membros presentes nas cerimónias. Com tantas assinaturas, aquilo ultrapassava uma certidão, parecia mais uma petição. Estamos na era da escrita, não estamos?

Fiquei de coração deprimido. O meu marido estava completamente retalhado. Retalhados todos os meus bens, a nossa segurança social, a nossa reforma, o nosso conforto que estava a ser jogado na terra como um punhado de sal numa panela de água. Eu partilho o pão e o vinho em comunhão. Partilho o marido por cinco, partilhamos um amante, a Lu e eu. Ah, amor profundo. Tu me retalhas o coração e me destroças em cada sopro. Vida, tu me obrigas a receber migalhas de amor que só a mim pertence. Fazes-me morrer devagarinho, célula a célula, e me sangras gota a gota. Adeus, meu marido total, meu amor de intimidade. Ah, vida! Fazes-me aceitar esta mordaça só para ter o Tony por perto. Se eu digo não a toda esta confusão, o meu amor se espanta.

Tivemos a nossa primeira reunião formal, o parlamento conjugal, inaugurado pela minha sogra e pelas tias já velhotas, para nos darem lições e tudo o que quiséssemos saber sobre o amor polígamo.

— O meu Tony, ao lobolar cinco mulheres, subiu ao cimo do monte — diz a minha sogra. — Ele é a estrela que brilha no alto e como tal deve ser tratado. E tu, Rami, és a primeira. És o pilar desta família. Todas estas mulheres giram à tua volta e te devem obediência. Ordena-as. Castiga-as se for preciso. Tu é que deténs o trono e o cetro. Exerça o teu poder sobre elas, submeta-as ao teu comando. Tu és a rainha desta casa.

Sinto-me promovida na hierarquia da tirania. Dão-me um chicote a que chamam cetro, para açoitar todas as infelizes que cruzarem a minha estrada. Mas não vou açoitar ninguém. Vou guardar este bastão num baú e atirá-lo bem para o fundo do mar.

— Para começar, vocês devem elaborar uma escala conjugal. O marido deve ficar uma semana por cada uma, numa escala rotativa. Quem menstruar na semana de escala deve notificar-se imediatamente. Não podem conspurcar o corpo do Tony com as impurezas das vossas menstruações. Isso pode-lhe provocar aquelas doenças que fazem os testículos ganhar o tamanho das abóboras.

Aquelas velhas damas têm rouxinóis nas gargantas e chilreiam as vozes mórbidas das cativas. Aquelas bocas desdentadas foram sugadas pelas pancadas. Os lábios nunca conheceram beijos, só lamentos.

— Devem servir o vosso marido de joelhos, como a lei manda. Nunca servi-lo na panela, mas sempre em pratos. Ele não pode tocar na loiça nem entrar na cozinha. Quando servirem galinha, não se esqueçam das regras. Aos homens se servem os melhores nacos: as coxas, o peito, a moela. Quando servirem carne de vaca, são para ele os bifes, os ossos gordos com tutano. É preciso investir nele, tanto no amor como na comida. O seu prato deve ser o mais cheio e o mais completo, para ganhar mais forças e produzir filhos de boa saúde, pois sem ele a família não existe.

Não nos rimos daquilo, mas apetece-nos. Guardamos silêncio perante a ladainha com que sempre adormeceram as mulheres ao longo dos tempos.

— Vocês, as mulheres modernas, têm o mau hábito de alimentar os homens de qualquer maneira. Guardam a comida na geleira por dias e dias. Um homem deve ser alimentado com comida fresca. É preciso acender uma fogueira em cada dia. Não deem batatas cozidas no dia anterior, porque incham os testículos dos homens, principalmente dos rapazes em crescimento. Não comam nunca a cabeça de peixe, nem de vaca, nem de cabrito, que é comida de homem. A cabeça do animal representa a cabeça da família. A cabeça da família é o homem.

— Na ausência do pai, toma o comando da família o filho varão mais velho, mesmo que seja um bebé, é um líder, é o chefe da família por substituição.

— Façam uma escala conjugal. Uma semana em cada casa é quanto basta para conviver. Dormir e despertar no mesmo lugar é saudável. O homem não deve percorrer o perímetro da cidade em cada dia, porque é desgastante, pode morrer cedo. Tem muitas vantagens: em casos de aflição, todas saberão o lugar certo onde o poderão procurar.

Essas vozes são sal na brisa, roendo lentamente como salitre. Elas só sabem aquilo que a dor ensina. Não conhecem outro mundo senão a própria noite. E colocam a noite aos nossos olhos como único saber ao seu alcance.

Ah, Tony. Já não estou sozinha no teu encalço. Agora somos cinco. Quero ver se nos escapas com a tua esperteza de rato.

18.

Semana vai, semana vem. Alimentamos o corpo de sonhos e memórias de amores que duram apenas uma semana. De coisas boas não se enche o papo, tudo o que é bom dura pouco. Poligamia é isto mesmo. Encher a alma com um grão de amor. Segurar o fogo que emerge do corpo inteiro com mãos de palha. Estender os lábios à brisa que passa e colher beijos na poeira do vento. Esperar. Ouvir os suspiros do teu homem nos braços de outra mulher e esconder o ciúme. Sentir saudade e não sofrer. Sentir a dor e não chorar.

Fazemos a escala conjugal como nos foi ensinado e somos até mestres na matéria. O Tony esteve com a Mauá, mas chegou o fim da jornada. Estamos aqui reunidas, para fazer a entrega da estafeta. Passar o homem de umas mãos para outras mãos com a delicadeza de quem segura um ovo. Eu, a primeira-dama, faço sempre perguntas no ritual da entrega.

— Mauá — pergunto eu —, como está o Tony?

— De saúde esteve bem, comia bem.

— E como lhe servias?

— De joelhos.

— Fizeste a galinha?

— Fiz.

— Que parte lhe serviste?

— As coxas, o peito e a moela.

— Muito bem. Agora fala-nos da outra parte.

— Ele andava bem, cantarolava e assobiava quando tomava banho, numa expressão de felicidade total, mas quando chegava a hora, só dormia! E como dormia! Ressonava como as trombetas do paraíso e nada mais.

— Não houve nada?

— Nada!

O rosto da Mauá perdeu o brilho de outros dias e as palavras caem soltas como folhas mortas no prenúncio do inverno. Nos olhos, uma aura cor de névoa. Duas lágrimas caindo. O amor é assim. Um dia te ergue à altivez das catedrais, noutro dia derruba-te ao mais profundo do chão, fazendo-te chafurdar como um verme nas águas fétidas dos pântanos.

— Dizem que isso acontece, de vez em quando — esclarece a Ju —, deve ser algum stress, excesso de trabalho, depressão, sei lá!

— Também pensei nisso e fiz de tudo. Coloquei afrodisíacos na sopa, no guisado, no caril, no chá. Não deu nada!

— Nada?

— Pois é. A princípio julguei que era doença. Mas um dia encontrei um fio de cabelo na roupa. Um fio longo, grosso, não daqueles cabelos artificiais. Desconfiei, cacei e acabei descobrindo. Ele tem outra.

— Outra?

— Sim, outra!

Ela fala de traição e as palavras dolorosas fluem como lanças. Entra num choro convulsivo como uma chaleira fervendo.

No rosto molhado, as tintas da maquilhagem dissolvem-se formando lágrimas negras, azuis, vermelhas, e toda ela se transforma num borrão de cores.

— Só gostaria de conhecer essa mulher com capacidade de me defrontar a mim, Mauá Sualé. Quero conhecer o rosto dessa mulher que me afronta. Perdi o meu tempo a preparar afrodisíacos macuas, para ele viver bem com uma outra qualquer.

Os espinhos do amor abrem feridas, chagas, cancros, cujo curativo ninguém conhece, senão o daríamos a Mauá para cicatrizar a sua dor. Ela parece uma flor envenenada, murchando, morrendo.

— Por que choras? — pergunta a Ju com ironia, aproveitando o momento para lavar a roupa suja. — O que tu sentes, já sentimos todas, Mauá. Nós fomos sofrendo traições uma a seguir à outra. Tu é que escolheste um polígamo, de que te queixas?

— Estás magoada? — pergunta a Saly com sarcasmo. — Não sabias que era assim? Estás triste? Quem te disse a ti que o Tony era só teu? Por acaso ele te disse que eras a única e a última? Oh, Mauá, para quem já tem cinco, basta acrescentar um zero para se ler cinquenta. O Tony terá cinquenta mulheres, vais ver. Na poligamia não há limites de paixão, Mauá.

As outras três aproveitaram a ocasião para uma pequena vingança. Toda a mulher desprezada encontra consolo na desgraça alheia. Em coro lançavam pedradas contra a Mauá, numa atitude de total cobardia — batendo na sombra sem tocar na árvore.

Sou a única que não diz palavra nenhuma. Para quê? Tive quatro grandes traições no meu currículo conjugal. Mais uma, menos uma, que diferença me faz? Poligamia é destino de homem e castidade é destino de mulher. Um homem mata para salvar a honra e é aplaudido. Uma mulher faz ciúmes e é condenada. Nesta coisa de fabricar homens à sua semelhança Deus falhou em alguma fórmula: Ele permanece solteiro e os homens polígamos.

Francamente falando, não tenho nada a ver com a poligamia. O meu problema já expliquei: se eu reclamo de mais, perco o marido todo. Se entrar no seu jogo fico quieta no meu cantinho e ele fica bem mais pertinho. De resto, nas nossas tradições, essa coisa de poligamia depende do potencial de cada homem. Os reis da nossa terra tinham uma potência superior a vinte mulheres, e a tia Maria foi a vigésima quinta. Os ministros, governadores e toda a nobreza tinham potencial de cinco a dez. Os pobres, com poucas posses, tinham o limite de três. Aliás, três é o número ideal. Homem com uma mulher é solteiro maior, chefe dos solteiros, é insignificante, não pode eleger nem ser eleito porque pertence à classe dos inexperientes. Homem com duas mulheres é um bocadinho homem. Pode dar opinião, mas não pode decidir. Não pode ser rei, nem regente, nem régulo. Homem com três é verdadeiro homem, sabe mediar conflitos, sabe conduzir negócios de família. Nas nossas tradições as mulheres não têm direito a voto; de resto, na aristocracia não se vota, mas as mulheres adquirem algum estatuto. Só ganha estatuto aquela que sabe partilhar o marido, que ultrapassou o ciúme, que preserva os valores da tradição, que cumpre tudo o que a lei manda. Ganha muito mais prestígio aquela que sugere ao marido um novo casamento e ajuda a escolher a nova esposa.

Pudera que assim tivesse sido, no meu caso. Não teria nunca escolhido nem aprovado uma rival tão fogosa como a Lu. A Saly sim, é uma rival ideal. Ela é muito impulsiva e resolve tudo a soco. O Tony andaria em broncas com ela, finalmente viria chorar nos meus braços e dormir na minha cama. Não escolheria esta Mauá preguiçosa que passa a vida a pentear, a limar as unhas e a preparar o *musiro* para amaciar a pele. Escolheria mulheres rudes e boas a esfregar o chão e fazer do soalho um verdadeiro espelho. Da Ju, coitada, nem tenho opinião. Cara bonita. Desiludida, desgostosa, cabisbaixa. O Tony consumiu-a toda e acabou com ela. É uma escultura de tristeza. Parece um fantasma em movimento.

Ah, quem me dera que o privilégio da escolha das sucessoras fosse meu. Escolheria todas mais feias do que eu. Se ele escolhesse uma bonita, diria logo que não. Inventaria uma história convincente e ele acabaria por me dar razão. Oh, Deus, que destino! Tudo começou mal lá no princípio. Antes mesmo de nascer, a mulher é amaldiçoada, maldição que não desaparece nem com o santo batismo. Para quê continuar a batizar as mulheres se a condenação não se liberta?

— Para de chorar que o mundo não acaba por isso — grita a Ju numa atitude de desprezo total —, nunca tinhas comido deste fruto, vê-se. A traição é amarga, Mauá.

A Lu decide aprofundar aquela história.

— Esse Tony, o que é que pensa que é? Um solteirão qualquer? Será que ainda não percebeu que as suas responsabilidades são quintuplicadas?

— De facto — intervém a Saly —, temos que fazer alguma coisa. A poligamia confere-nos alguns direitos, vamos usufruí-los. Um polígamo pode ter amantes e deve ter amantes, caso as suas esposas estejam no período de resguardo.

— Tens a razão — complementa a Lu. — Nenhuma de nós teve nenhum aborto e nem está a aleitar.

— Eu não estava menstruada, estava pura, muito pura — diz a Mauá revoltada. — Ele não tinha razão de fazer isso comigo.

— Mas isso é grave — comenta a Saly —, uma pessoa fica quatro semanas de espera, só para ver o homem a ressonar como um anjo? Um polígamo deve informar e explicar às esposas das razões da nova conquista. Alguma de vós recebeu tal explicação?

Todas afirmámos que não.

— Mauá, conta-nos bem essa história. Conta com todos os pormenores. Como é que ela é? É bonita?

— A mim não me supera. Comparada comigo, ela é mais velha, mais gorda, feia até. Por que me deixa a mim e prefere a ela? Por ser mulata?

O entusiasmo desaparece. Uma mulata é uma rival a sério. Os homens negros são obcecados pelas peles claras, como os brancos são obcecados pelas cabeças loiras. Mas na verdade as escuras têm mais calor, eles sabem disso.

— Mulata? — diz a Ju, mais curiosa. — Não gosto de mulatas. Elas são a perdição dos nossos homens.

— Mulata "prova *nhangana*", mulata de terceira — diz a Lu num tom de gozo. — Deve ser filha de um "branco de *cacana*", branco da loja de caniço, lá dos confins dos subúrbios.

— Para quê esse racismo, agora? — perguntei eu mal-humorada. — Mulata não é mulher?

— Mulatas são mulheres e mais: são especialistas em magias de amor. Elas são a tentação no paraíso. Vamos perder o Tony, vais ver. Diz, Mauá, ela é mais bonita do que nós?

— Melhor que nós ela não é, já disse — responde Mauá fungando —, é mais velha. Mais gorda, mais feia. Mas veste-se bem e tem um bom carro.

— Mauá, qual o estado civil dela?

— Ah, não, isso não se vê à distância.

— Poligamia é para mulher preta, não é para as mulatas, não — tranquilizo-as. — Essa mulher só quer divertir-se à nossa custa, roubar-nos o Tony por uns tempos, comer-lhe o dinheiro e largá-lo quando estiver saciada.

— As mulatas de terceira são pretas e não se importam com a poligamia — argumenta a Lu —, o que elas querem é um poiso, para que o mundo diga: ela tem marido. É importante saber o estado civil dela. Se é casada, não há perigo nenhum. Se é solteira, não deve ser boa peça, mulher solteirona ao lado de um polígamo só pode ser caça-maridos ou caça-fortunas. Daqui a pouco ela engravida e exige estatuto. E seremos seis. Se ela é viúva, tem a herança do seu morto e só quer um momento de amor. Divorciada? Nunca se sabe o que anda na cabeça de uma divorciada, se passar o tempo, se caçar o bolso ou gozar a vida.

O homem tem asas, voa. De poiso em poiso, de beijo em beijo, gozando as alegrias desta vida. E nós, mulheres, semeando amor como grão em cada palmo do chão, e quando germina, vêm bicos de outros pássaros colher na nossa seara, deixando-nos com fome do tamanho do mundo.

— Mas o que quererá o nosso Tony com essa tal? — pergunta a Lu mais interessada. — Não nos basta a escala, esta espera horrível? Se ela se junta a nós, o tempo de espera passará a ser de seis semanas e não cinco. É preciso evitar esse desastre.

Penso com rapidez. Cinco é um número ideal para o parlamento conjugal. É ímpar e desempata qualquer votação. Seis é confusão, não dá. Temos que fazer alguma coisa.

— Mauá, este problema é teu — digo eu —, és tu quem o deve resolver. Tens que saber mais sobre essa mulher, a sua ficha de identidade completa: nome, estado civil, conta bancária, objetivos da relação com o nosso Tony.

— Perguntar não dá — diz a Saly —, é preciso fazer um flagrante. Fotografar o beijo roubado e trazer a imagem viva dessa mulher.

— Para quê?

— Na altura saberemos.

Definimos as estratégias. Combinámos. No dia seguinte, a Mauá e a Lu partiram à caça de um flagrante, o que não foi difícil. Conhecer os gostos do Tony e os seus lugares preferidos facilitou o trabalho. A Mauá e a Lu fizeram um flagrante bem-feito e até trouxeram fotografias do delito. Compraram toda a informação a respeito dela e trouxeram as novidades.

Reunimo-nos outra vez de urgência. Analisámos as fotos. Meu Deus, essa mulata parece um sol. Tem a beleza das estrelas do cinema. Ciúmes à parte, ela é muito mais bonita que a Mauá, parece uma deusa iluminando os caminhos. O sorriso dela é de amor e entrega total. Um sorriso de triunfo sobre a solidão. A foto foi tirada com um olho tão mágico que até fotografou a alma dos amantes. O sorriso do Tony é um punhal de traição que faz os nossos corações sangrar de dor. A Mauá não aguenta. Chora como uma viúva. Quero que a terra me engula, grita ela, quero que a morte me leve.

Mas a realidade do amor é esta. Amar e ser amado é coisa de homem. Para a mulher, o amor recebido dura apenas um sopro, um flash de fotografia, simples pestanejar da vista. Para a mulher, amar é ser trocada como um pano velho por uma outra mais nova e mais bela — como eu fui. É ser enterrada viva quando a menopausa chega — está seca, está gasta, estéril, não pode produzir nem prazer, nem filhos, e já não floresce em cada lua — dizem os homens.

A imagem dessa Eva deixou-nos desorientadas por um instante. Mil perguntas se desenrolavam nas mentes. Estaria o Tony interessado em levar aquela relação até às últimas consequências? Que lugar teria essa mulher na sua vida, que lacuna preencheria ela que as cinco não conseguiam satisfazer? Que palavras dizia ele no ouvido dela, para lhe produzir no rosto aquele sorriso divino? Dizia que a amava? Dizia que era a mulher mais perfeita do mundo? Que era solteiro ou casado com uma só?

É preciso agir depressa, concluem as minhas rivais, é preciso atrapalhar este romance, antes que a mulata nos tire o lugar. Procuramos saber que razões levariam o Tony a procurar mais uma e uma onda de acusações caiu sobre a Mauá. Não cuidaste do Tony o suficiente; não o seguraste. Adormeceste um pouco na vigilância e ele acabou pescando essa aí. Mas quem somos nós para condenar a Mauá, se todas éramos incompetentes em matéria de segurar marido?

— O Tony é peixe-barba — defende-se a Mauá —, escorregadio. Escapa das mãos, não se segura. É mais veloz que o vento.

— Desde que entraste na nossa vida, nós perdemos espaço, estatuto, voz e tudo — desabafa a Saly. — Instalou-se em nós a crise conjugal. O Tony nem queria saber da nossa existência. Hoje és tu que choras. A vez chega a todas, Mauá.

— A nova rival é uma separada — explica a Lu. — Era esposa de um político e foi rejeitada por ser estéril.

— Estéril? Ah, coitada! — suspiramos todas e ficamos um instante em silêncio.

Assolou-nos um momento de piedade. Mulher estéril é um ser condenado à solidão, à amargura. Qual a vida da mulher estéril? Marginalidade, ausência. Quais os sentimentos dela? Dor e silêncio. Quais os sonhos dela? Eterna ansiedade, desespero. A mulher estéril sente dentro de si um ser sem vida, condenada a desaparecer sem assentar na terra as raízes da existência. Uma criatura existindo sem existir. Deformada sem o ser. Uma mulher expulsa daqui e dali, eternamente à busca de um poiso, numa sociedade onde só é considerada mulher aquela que pode parir. E quem a faz sentir-se assim? A sociedade, os homens, as próprias mulheres, especialmente as sogras que determinam o número de filhos que devem nascer dentro de um lar.

— Estava a preparar-me para dar-lhe a maior sova deste mundo — diz a Saly. — Mas tenho pena dela. Ela pode ter todos os tesouros deste mundo. Mas mulher sem filhos, que graça tem?

— Tens pena — argumenta a Lu —, saiba que todos os polígamos gostam de ter uma estéril. Dá jeito. Não cheira a leite. Nos braços da mulher estéril marido é filho, enquanto nos nossos braços ele é pai, é marido. Mulher estéril é sempre jovem e sempre bela. Um bom polígamo sempre tem, no seu rebanho, uma mulher estéril. Enquanto nós dividimos o coração pelos filhos e pelo marido, ela só pensa no seu homem. O Tony procurou-a apenas por isso. Deve estar cansado de fazer filhos em cada esquina. Essa mulher é um perigo. Mauá, é a tua vez de fazeres alguma coisa para travar essa relação.

O que descobriram mais?

— Tem dinheiro, essa mulher, mandachuva. Tem estatuto. No emprego dela, é chefe. Manda nos homens. Conduz um carro que é um paraíso.

— Comprou com o dinheiro dela? Não haverá aí uma mão do nosso Tony?

— Não parece. Deve ser do antigo marido. Ou dela. Mas se ela tem tanto dinheiro, porquê meter-se com um pobre diabo como o Tony?

— O que fazemos agora, meninas?

Decidimos por um protesto que não seria greve de sexo, mas um corretivo, uma manifestação amorosa, pacífica, que ajudasse o Tony a pôr a mão na consciência.

Primeira mulher de polígamo é isto. Sentar num trono cobiçado. Usar uma coroa disputada. Controlar os desejos reprimidos de esposas em cio, revoltadas, insatisfeitas. Estas mulheres falam das suas mágoas e nem imaginam a dor que sinto por tudo isto.

19.

Convidámos o Tony para um jantar de família. Porque é bom estarmos todos juntos de vez em quando, explicámos. Ele gostou da ideia e concordou. Vestimo-nos com todo o esmero e partimos para o combate. Ao cair da tarde reunimo-nos em casa da Saly. O Tony estava sentado na sala e lia os jornais do dia. Minhas pombinhas, saudou-nos ele com o sorriso mais franco do mundo, criador diante das fêmeas reunidas no curral. Ofereceu-nos uma conversa de mel com palavrinhas mais doces que balas de açúcar. O jantar foi bom, o ambiente era agradável. Fizemo-lo beber o suficiente para destravar a língua.

— Tony, sempre nos interessou saber por que gostas tanto de nós. Faz de conta que és o nosso espelho e diz-nos: como é que nos vês?

— Querem saber?

— Queremos!

— Não se vão zangar nem ofender?

— Claro que não!

O Tony começa por falar da mais nova.

— A Mauá é o meu franguinho — diz —, passou por uma escola de amor, ela é uma doçura. A Saly é boa de cozinha. Por vezes acordo de madrugada com saudades dos petiscos dela. Mas também é boa de briga, o que é bom para relaxar os meus nervos. Nos dias em que o trabalho corre mal e tenho vontade de gritar, procuro-a só para discutir. Discutimos. E dou gritos bons para oxigenar os pulmões e libertar a tensão. A Lu é boa de corpo e enfeita-se com arte. Irradia um magnetismo tal que dá gosto andar com ela pela estrada fora. Faz-me bem a sua companhia. A Ju é o meu monumento de erro e perdão. É a mulher a quem mais enganei. Prometi casamento, desviei-lhe o curso da sua vida, enchi-a de filhos. Era boa estudante e tinha grandes horizontes. É a mais bonita de todas vocês, podia ter feito um grande casamento. Da Rami? Nem vou comentar. É a minha primeira-dama. Nela me afirmei como homem perante o mundo. Ela é minha mãe, minha rainha, meu âmago, meu alicerce.

— Tony — desabafa a Ju com certa amargura —, cada uma de nós tem a sua função. Para ti as mulheres são objetos de uso assim como papel higiénico.

— Não é bem assim, Ju. Tenho muito respeito pelas mulheres, muito! Jesus, filho de Deus, nasceu do ventre de uma mulher. Tenho muito respeito por todas as mulheres do mundo.

Ele vai-se desfazendo entre ofensas e galanteios, como um D. Juan. Não vê as feridas que abre. A ideia de ofensa nem existe, pois não corre nenhum perigo. Perigo de quê? As mulheres são suas. Loboladas. Compradas. Apaixonadas. Com filhos já paridos. Elas estão seguras, pescadas. Ao peixe pescado, amanha-se, tempera-se, coze-se e come-se. Ele pode dizer tudo o que lhe vai na alma sem correr qualquer perigo. A conversa assumia um trilho doloroso e os nossos rostos contraíam-se de mágoa.

— Sentes-te realizado connosco, não é, Tony? — pergunta a Lu, com voz trémula.

— Muito, muito!

— O que te faz então procurar uma nova mulher?

— Nova quê?

— Estamos a falar da Eva, a mulata.

Ele sente que está na ratoeira, mas depressa recupera a calma, levanta a voz e responde sem rodeios.

— Vontade de variar, meninas. Desejo de tocar numa pele mais clara. Vocês são todas escuras, uma cambada de pretas.

— Sabujo de coração sujo — grita a Mauá.

— Esse é um assunto meu, não se metam nisso.

— Somos tuas esposas e nos deves explicações — responde a Saly.

— Vejamos o teu procedimento nestes últimos tempos — vocifera a Lu. — O teu desempenho piora a cada dia. No lugar de corrigir o que está mal, buscas mais uma. És bom na conquista, mas não aguentas connosco. Para que queres tu mais uma?

Nos olhos do Tony a surpresa, a raiva, a arrogância. Responde com grosseria e humilha-nos no habitual discurso de macho. Já esperávamos.

— O que vocês pensam que são? Sou o vosso marido, mas isso não vos dá o direito de interferir na minha vida.

Pela primeira vez enfrentámo-lo sem medo e dissemos todas as verdades. Dissemos tudo o que nos doía. Delirámos. Estamos cansadas das tuas paixões, dizíamos, esgaravatas aqui e ali, bicas, largas e partes, como uma ave de rapina. Estamos cheias de filhos e privadas de carinho. Aos nossos filhos ofereces amor instantâneo, e corres logo para outros braços e outros carinhos. Em cada casa há crianças em coro, gritando, onde está papá, quando vem papá, onde foi papá, eu quero papá. Temos vontade de nos enfeitar e ficar bonitas. Mas para quem, se não temos quem nos veja, quem nos leve ao cinema, ao baile, ao jantar? Temos vontade de cozinhar melhor. Mas cozinhar para quem se comemos sós? Tu não passas de uma abelha, beijo aqui, beijo ali, só para produzir teu mel, transportando doenças de uma para a outra, e qualquer dia morreremos de doenças incuráveis. O teu coração tem o tamanho de um camião, para transportar tantas mulheres ao mesmo tempo. Calamos as nossas ansiedades durante quatro semanas à espera da vez. Guardamo-nos o mais possível para te sermos fiéis. Mas presta atenção: isto vai acabar mal. Os dias não são todos iguais. A natureza tem outras flores, outros perfumes e outro mel. Tu és a nossa estrela, mas os planetas também brilham, iluminam e fazem sorrir.

— Desde quando vocês me afrontam?

— Desde hoje, agora, e assim será.

— Com que direito?

— Com o direito que a poligamia nos confere. Podíamos até convocar um conselho de família para declarar a tua incapacidade e solicitar a liberdade para ter um assistente conjugal, sabes disso?

— Vocês são minhas esposas.

— Que esposas, Tony — diz a Ju, com voz tristonha —, nós somos mulheres de ninguém, mulheres sozinhas com uma cruz às costas.

— O que quer isto dizer?

— Simplesmente que amamos a tua companhia, mas a solidão pode ser melhor ainda.

— Posso largar-vos na miséria por baixo da ponte, saibam disso.

— Ai é? — grita a Lu. — Estamos por acaso nós as quatro registadas em algum livro de matrimónio como teu património? Larga-nos, se quiseres. Não vamos chorar por ti, não és nenhum defunto.

— Fiz-vos um grande favor, registem isso. Dei-vos estatuto. Fiz de vocês mulheres decentes, será que não entendem? São menos cinco mulheres a vender o corpo e a mendigar amor pela estrada fora. Cada uma de vocês tem um lar e dignidade, graças a mim. Agora querem controlar-me?

Santo Deus! Para estes homens, amar uma mulher é prestar um favor a ela. Levá-la ao altar é dar um estatuto a ela. Ah, o meu Tony é um generoso distribuidor de estatutos!

Ninguém responde, para não azedar mais o ambiente. Nós olhávamos para ele com muita mágoa mas perdoávamos a crueldade das suas palavras. Fala até espumar. Depois lança-nos um olhar mortiço, de touro cansado ruminando a erva. Mas por que se zanga ele? Na poligamia as esposas cuidam da vida sentimental do seu senhor. Dão parecer. Defendem os interesses do lar. A nova esposa deve ser um elemento de prosperidade e harmonia e não de conflitos e diferenças, por isso é que a opinião das outras esposas é importante. Desta vez, a grande opinião cabe à Mauá, a última.

— Mauá, tu que és a última: o que tens a dizer sobre esta relação?

— Não concordo. Eu sou muito nova e tenho muito para dar: amor, filhos, alegria. E riqueza também. O meu negócio está a andar muito bem. Consegui conquistar clientes de alto nível. Essas mulheres de ministros, deputadas macuas e suas amigas, mulheres de negócios, tratam da beleza no meu salão. Não precisas de mais mulher nenhuma, Tony.

A Saly transpira. Fixa os olhos no Tony e depois lança-nos um olhar de conspiração. Ergue-se de repente, tranca as portas e esconde as chaves. Ela é uma mulher de ação e não de conversa. Chama a Lu e entram no quarto. Ouve-se o remexer dos móveis. Talvez estejam à procura de alguma coisa. Saem. A Saly convida.

— Não prolonguemos mais esta conversa. Está na hora de dormir. Estão todas convidadas a dormir aqui.

Dormir naquela casa não estava dentro dos nossos planos.

Mas o que anda na cabeça desta Saly? O Tony é apanhado de surpresa.

— Dormir todas aqui?

— Hoje vais mostrar-nos o que vales, Tony — diz a Saly furibunda. — Se cada uma te realiza um pouco de cada vez, então realiza-te de uma só vez, com todas nós, se és capaz.

O Tony fica atrapalhado. Somos cinco contra um. Cinco fraquezas juntas se tornam força em demasia. Mulheres desamadas são mais mortíferas que as cobras pretas. A Saly abre a porta do quarto. A cama estava desmontada e o soalho coberto de esteiras. Achamos a ideia genial e entramos no jogo. Era preciso mostrar ao Tony o que valem cinco mulheres juntas. Entramos no quarto e arrastamos o Tony, que resistia como um bode. Despimo-nos, em striptease. Ele olha para nós. Os seus joelhos ganham um tremor ligeiro.

Faz muito calor neste quarto mas as janelas estão abertas. O vento corre fresco, mas o quarto é quente, de onde vem este calor todo? Ah, este é o calor da transpiração. É o fogo da zanga escapando do corpo humano. Olho para as minhas irmãs, completamente nuas. Roliças, todas elas. O chão do quarto vai vergar de tanto peso. Avalio a situação e apanho um susto. Meu Deus, é muito traseiro e muito seio. Tudo isto para um homem só?

O Tony leva as mãos à cabeça e depois ao rosto para esconder os olhos e gritar:

— Meu Deus! Por favor, parem com isso, por Deus, que azar é este que me dão agora?!

Lança um olhar assustado. Nenhuma de nós imagina as sensações, as complicações e as confusões que são geradas por este ato. Ele contém a respiração, fingindo sorrir. Faz um esforço para mostrar a superioridade de um vaqueiro diante da manada. A Saly despe-o. Deita-se no meio das cinco. Ele arrepia-se. Que pode um homem fazer com cinco mulheres?

Entra num violento silêncio. O mundo acaba de lhe cair nos ombros. Nudez de mulher é mau agouro mesmo que seja de uma só esposa, no ato da zanga. É protesto extremo, protesto de todos os protestos. É pior que cruzar com um leão faminto na savana distante. É pior que o deflagrar de uma bomba atómica. Dá azar. Provoca cegueira. Paralisa. Mata.

Observo o quarto. As paredes pintadas de azul. A luz acesa brilhando no teto é um sol afastando a noite. O chão, sem colchão, tem a dureza de pedras. Saias, blusas, calcinhas formando montículos espalhados ao acaso. À volta do Tony, cinco corpos cobertos com lençóis brancos, como cadáveres na morgue. Move o braço para virar à esquerda. Esbarra com uma muralha humana, não há espaço para movimentar o corpo. Pede licença respeitosamente, levanta-se de rosto coberto de lágrimas. A valentia foi quebrada.

— Será que a minha mãe vai morrer? — entra em delírio. — Será que vou perder o meu emprego? Vou ter algum acidente? Vou perder um dos meus filhos? Que desgraça é essa que vem, Deus meu? Nem o meu avô, que era polígamo entre os mais polígamos, viveu uma experiência conjugal assim. Vocês perderam o senso. Podiam manifestar o vosso desagrado de outra maneira. E tu, Rami? Estás do lado destas cabras nesta conspiração? Não és como estas mulheres que pesquei nas esquinas da vida. Tu tens valor. Pudor. Tens berço e moral. A Ju também. Mudaste muito, Rami!

— Mudaste tu, meu amor. Deixaste-me a mim e preferiste outras mulheres, Tony. Só estou a seguir-te. Obedecer-te. Satisfazer os teus desejos, escrava de todos os momentos.

— És a minha esposa de verdade. Não te devias meter neste tipo de coisas, Rami.

— Tony, olha para a tua seara. O amor que semeaste cresce

ou não? As feridas que fizeste em cada coração cicatrizam ou não? Por que me acusas a mim?

Ele olha-me intensamente. Naquele olhar assustado ele pede socorro. Treme num violento espasmo e deixa a descoberto o terror estampado na alma. Nós ficamos imóveis, surpresas, aguardando o desfecho daquela loucura. Muito espantadas, apreciávamos o perfil inédito do marido chorão. Diz que sente a garganta seca. Vai à cozinha e bebe um pouco de uísque e não experimenta prazer. Nem é o prazer que procura. Busca no álcool a força que não tem. A nossa atitude aponta caminhos de guerra que ele não poderá vencer. Decide fazer toda a confissão.

— A Eva é uma simples amiga, não é nada do que vocês pensam.

Ele conta a história toda. Ela não é analfabeta, explica, tem muitos estudos, é doutora. É diretora de uma empresa, é rica. De mim, não tira, pelo contrário, dá. Mas é uma pobre mulher. Porque não tem marido. Porque não tem filhos. Pobre, de alma à deriva no azul da vida. Sem âncora. Sem pai nem mãe. Ela só tem dinheiro, muito dinheiro, e por isso dei-lhe a esmola da minha companhia.

— Há amizades que fazemos por generosidade — comenta. — Como mulheres, jamais entenderão isso.

Nos nossos olhos ele já não é um homem. É um super-homem, lendário herói, defensor de almas solitárias, que dá o seu oxigénio para que as plantas não morram. Os nossos ouvidos estão suspensos entre a verdade e a mentira. A versão que coloca na história da Eva pode ser verdadeira. Pode ser falsa. Os homens são especializados em encobrir escapadelas conjugais. Foi por acreditar nas suas mentiras que acabámos por cair neste cerco. Mas todas as mulheres gostam de uma boa mentira. És a mais bela, a melhor, dizem-nos eles. E acreditamos. Eu te darei o céu. E o sol. Fechamos os olhos e abrimos os braços e o peito para receber o sol e o céu que nos será dado de presente. És a única. Abrimos a boca, engolimos a isca e comportamo-nos como seres únicos, gravitando na dança da união, até cessar a ilusão.

Estávamos todas ali, cinco mulheres, cinco cabeças, cinco sentenças, acusando, exigindo, castigando. Éramos o solo fértil não cultivado, não adubado nem regado onde o semeador um dia lançou a semente e o abandonou em busca de novas conquistas. Quando não se pode ter um homem por completo, mais vale dividir que perder. Ah, meu bom Jesus, tu que fizeste o milagre da multiplicação dos pães, venha de novo e multiplica também os homens. Multiplica também o Tony em cinco, um para cada uma. Cientistas de todo o mundo, clonai o meu Tony, para que deixe de ser um quinhão, dividido como uma côdea de pão.

O Tony desespera-se. Deita-se de papo para o ar. O momento inspira-o a sentimentos de frescura. O luar deve ser lindo, lá fora. A noite deve ser bela, lá fora. O ar deve ser fresco, lá fora. Ah, deve ser bom estar lá fora. Eu quero estar lá fora. Ergue-se e vai de novo à cozinha. Esvazia meia garrafa de uísque num trago. Volta ao quarto e grita-me:

— Rami, vamos para casa.

Carreguei o meu fardo aos ombros. Partimos. Chegámos. De repente sou invadida por um prazer imenso. Que bom é entrar em casa com o marido ao lado, mesmo embriagado. Nos quartos as luzes estão acesas, as crianças estudam, ouvem música, descansam. Preparei-lhe um café forte. Tomou. Vomitou. Levei-o ao banho frio. Refrescou. Coloquei-o na cama e ele fingiu que dormia quieto, abraçando o travesseiro como órfão de mãe. Vejo o coração a bater fundo debaixo dos lençóis. Vejo as línguas de fogo a devorarem-lhe a alma aterrorizada de medo dos azares de amanhã. A gula desmedida gerou congestão de amor no estômago pequeno. Pobrezinho! Julgava-se capaz de pastar uma manada de esposas sem dissabores nem sacrifício.

Olho para a janela. A noite está gelada e densa, o luar fugiu. Penso. Sofro. Mas o que é que a nudez tem de extraordinário? Não dá para perceber, meu Deus, não dá. O Tony treme de medo da nudez das suas esposas, que cria fantasmas nos seus sonhos. Embalo-o. Dorme bem, meu marido, meu menino assustado, deixa que essa alminha se eleve e se purifique, num voo de coragem!

Nudez. Nudez malvada, nudez sagrada. Nudez que mata, nudez que encanta. Minissaia. Striptease. Carnaval nu. Bunda de carnaval, atração fatal. Nudez de sereia, nos aquários dos melhores prostíbulos. Pornografia de filme, de revista, *peepshow*. Pornografia ambulante nas ruas da cidade, quando a noite cai. Nudez inspirando voos maravilhosos e catástrofes apocalípticas.

Era uma vez um amigo meu que sonhou com uma mulher nua. Essa mulher era eu. Ficou de tal maneira transtornado, que reuniu toda a família para participar o infortúnio. Invocou todos os espíritos, cumpriu rituais protetores. Gastou rios de dinheiro apelando fantasmas contra a minha sombra e a minha sorte, porque julgava que eu o enfeitiçava. O seu desespero foi tal que, ao volante do seu carro, ao descrever uma curva na avenida da marginal, quebrou a muralha e capotou no mar. Escapou por um triz. Mais tarde confessou-me: sonhei-te nua porque te desejava tanto e tu, simplesmente, não me ligavas nenhuma.

Nudez de mulher é bênção, maldição, proteção. Há muitos relatos de mulheres nuas acompanhando os guerreiros na hora do combate. Dizem que, durante a guerra civil, os comandos ferozes, armados até aos dentes, levavam sempre uma mulher nua com missangas na cintura à frente do pelotão. Ela avançava, destemida, e exibia-se. O inimigo via-a. Acobardava-se. Desmoraliza-se, porque ver uma mulher nua antes do grande combate significa derrota e morte. O fim do mundo. Nas suas manifestações, os naparamas levam sempre uma mulher nua à frente, seu escudo e proteção.

Mulher é maldição, mesmo vestida. Os caçadores de grandes feras interrompem a marcha para a grande caçada quando lhes bate o infortúnio de se cruzarem com uma mulher dirigindo-se ao trabalho. Mulher é também bênção. O grande tocador de timbila só se inspira e transmigra até ao além quando a mulher se senta do seu lado, qual deusa, qual musa inspiradora. Muitos desportistas recebem a bênção da mulher nua, na partida para uma importante partida de futebol. As mulheres dançam nuas no lugar escondido no dia do funeral para abominar a morte. *Mbelele* é dança de mulheres nuas para atrair a chuva. Dançar nua ao lado de um moribundo atrai a morte.

Povo africano, povo nu. Povo de tangas, de pobreza. Povo simples, ligado à natureza. Em África o calor vem do sol e da alma. Por isso as mulheres se desnudam e se refrescam nos rios lavando roupa. Nos campos, elas andam de mamas ao léu, semeando, colhendo, sachando. Oh, mãe África, mãe nua! Como pode a nudez das tuas filhas ser mais escandalosa que a tua, mãe África?

Era uma vez um rei africano. Déspota. Tirano. Os homens tentaram combatê-lo. A rebelião foi esmagada e os homens espalmados como piolhos. As mulheres choraram o infortúnio e conspiraram. Marcharam e foram manifestar o seu descontentamento junto do rei. O rei respondeu-lhes com palavras arrogantes. Elas viraram as costas, curvaram as colunas, levantaram as saias, mostraram o traseiro a Sua Majestade e bateram em retirada, deixando-o no seu discurso de maldade. O rei não suportou tamanho insulto. Sofreu um ataque cardíaco e morreu no mesmo dia. O alvo que as balas dos guerreiros não conseguiram atingir, foi alcançado por uma multidão de traseiros.

Nudez de uma esposa apenas no escuro ou na penumbra,

porque é o centro da vida, ponto de origem. Da nudez para o paraíso original é apenas um passo. Homem e mulher viviam nus antes do pecado.

Que insónia tenho eu! Faço o sinal da cruz e peço a Deus a bênção de um soninho. Deus não me liga nenhuma e deixa-me penar no meu desespero. Vou à sala e tomo um vinho para ficar alegre. E para completar a alegria preciso de quebrar o silêncio. O que vou fazer é ouvir uma música agradável, na voz grave e masculina de um bom trovador. Não. Apetece-me ouvir a voz feminina suave e dourada da Rosália Mboa. Antes preciso de um banho purificador do corpo e da alma. Vou à casa de banho. Mergulho toda na espuma branca do meu banho de sais. Lavo a cabeça com água fria. O champô cheira bem, cheira a flor de laranjeira.

Tenho um medo terrível de me apresentar diante do meu espelho, mas vou. Preciso. Quero ver a nudez do meu corpo. Será que me vai assustar? Quero também ver a nudez da minha alma. Lanço um olhar ao espelho que me repreende: será mesmo por amor que chegaste a este ponto? E que tipo de amor é este que te rouba a dignidade e a vergonha a ponto de mostrar o teu nu diante das tuas rivais?

Escondo os meus olhos do espelho. Cobre-me de indecência este amor, a ponto de me deixar arrastar por atos tão indecorosos. Que mulher sou eu que não se estima? Que pessoa sou eu, que pisa a vergonha e o ciúme, transformando o meu corpo num objeto de vingança? Deus meu, tira-me desta farsa, desta hipocrisia, desta maldade disfarçada!

Volto ao quarto e deito-me ao lado do meu marido. Ele revolve-se na cama. Deve estar a viver um pesadelo. No pesadelo deve haver uma multidão de mulheres nuas que se multiplicam continuamente. Talvez o seu sonho seja igual ao pesadelo daquele rei africano. Deve haver uma sucessão de azares, acidentes, terrores, mistérios. Ele revolve-se e revolve-se nos lençóis como uma serpente. Penso na minha história. Penso nos milhões de mulheres presas nos haréns do mundo, e peço perdão a Deus pelo mal que a vida lhes faz.

20.

O Tony convocou um conselho de família, para se queixar da nossa má conduta, e faz um alarido imenso como se o tal problema fosse gigantesco. Ele precisa dessa reunião para colher ideias. Para ganhar testemunhas da sua desgraça e aliviar a consciência. Quer ganhar aliados para melhor segurar o seu rebanho, que lhe foge do controlo. Convocou os pais e as mães, tios que vieram com pontualidade religiosa. O meu pai recusou-se, mas veio a minha velha mãe. Todos esses estranhos enchiam a minha sala violando a minha intimidade. Violentando-me.

— Boas-vindas — disse o Tony aos presentes —, sentai-vos e escutai atentamente a ingratidão destas mulheres. A maldade delas. As feitiçarias delas. Elas unem-se e conspiram contra mim, dão-me azar e a minha vida corre mal.

A minha mãe revolta-se e reage:

— Durante vinte anos nunca houve nesta casa um conselho de família, porque tinhas só a minha Rami, mulher de bons princípios. Tudo corria bem. Decidiste ser polígamo e os problemas aí estão, agora toma, agora aguenta, o feitiço virou, o feiticeiro és tu, Tony!

Sinto uma vertigem. Tenho a garganta apertada mas resisto à grave tentação de abrir a boca para não soltar os sapos que engoli a vida inteira. O sopro da minha zanga é fogo de dragão, posso incendiar tudo. Só me apetece chorar.

— Elas faltam-me ao respeito, não se colocam no seu lugar, não me obedecem, confrontam-me, não me tratam como deve ser.

Fala mas não aponta a ferida. Há muita tensão nele. Depois fica em silêncio e não consegue articular mais palavras. Uma tia furiosa lança-nos uma saraivada de perguntas:

— Têm feito a comida para ele?

— Sim — respondemos em uníssono.

— Como lhe servem?

— De joelhos.

— Preparam a galinha?

— Sim, preparamos.

— Qual a parte que lhe servem?

— As coxas, o peito, a moela.

— Tony, confirmas o que elas dizem?

— Confirmo, sim. Mas não me lembro de ter comido moela nenhuma.

Levantam-se murmúrios de censura e reprovação. Estão habituados a comer carne boa, enquanto as mulheres comem ossos, patas, pescoço e asas. Revolta-lhes o facto de os seus descendentes homens estarem a perder privilégios e tentam desesperadamente fazer uma barreira contra o tempo. Mas as tradições nascem e morrem, como a vida.

A batalha campal se inicia. De um lado a família do homem, do outro lado a família das mulheres. Os nossos inimigos arremessam-nos lanças, humilham-nos e até humilham os homens da nossa família. Julgam que vencem, porque nós não arremessamos lança nenhuma. Eles querem destruir e nós queremos construir, por isso fazemos a luta de armas depostas. Em silêncio se vencem os grandes combates.

— Tony — defende-se a Saly —, eu sirvo moelas, sim. Vou ao mercado e compro um quilo e preparo o caril de amendoim com moelas de galinha, pelo menos uma vez por semana. Todos comemos e até sobra. O que estás para aí a dizer, Tony? Não comemos petisco de moelas no restaurante?

— Aí é que está o grande mal — diz um velho. — Falas de moelas. Eu estou a falar de uma moela. É preciso começar a compreender a diferença entre moelas e moela.

— Diferença?

— Moelas de aviário são uma coisa. Moela, daquela galinha amorosamente depenada e carinhosamente assada para o marido, é outra coisa. É dessa moela que estamos a falar. Não foram educadas pelas vossas mães? A senhora — o velho dirige-se à minha mãe — não educou a sua filha. Como primeira esposa é a principal responsável por essa anarquia. Tem que voltar a ensinar que a moela é sagrada. A moela e não as moelas.

A minha mãe chora em silêncio. O seu choro é um canto de ausência, de dor e de saudade. Pela irmã que morreu na savana distante nas garras de um leopardo, por causa de uma moela de galinha. Pela humilhação que sofremos eu e ela, duas gerações distintas seguindo o mesmo trilho. Revolto-me. Estou disposta a abrir a boca, a soltar todos os sapos e lagartos, a incendiar tudo e vingar a honra da minha mãe ultrajada sem sequer olharem para a sua idade. De repente li a mensagem de paz nos olhos da minha mãe. Ela não quer que eu deixe falar a voz do silêncio.

— Esses matadouros são um atentado aos nossos costumes — vocifera uma outra velha —, a civilização está contra a nossa cultura. Vender moelas aos quilos e a qualquer um, onde já se viu? Assim as crianças comem, as mulheres comem, por isso já não há hierarquia nem respeito nas famílias porque todos comemos por igual.

Nós, as esposas, entreolhamo-nos. Esta gente reuniu-se para nos obrigar a andar de cabeça baixa. Com os olhos na terra. Mas olhar para a terra é olhar para as searas onde os pés de milho seguram as espigas como filhos às costas. É olhar para o verde arrozal iluminando a terra com tapetes dourados de grão. No chão estão os campos de amendoim, de lírios, cardos, violetas. No chão está o mar, o rio e os canaviais. No chão poisam os pombos na hora do beijo. Os homens andam de cabeça erguida para o céu, mas a terra é o berço e o céu apenas a estrada láctea, eterna passagem.

Cerramos as nossas bocas e as nossas almas. Por acaso temos direito à palavra? E por mais que a tivéssemos, de que valeria? Voz de mulher serve para embalar as crianças ao anoitecer. Palavra de mulher não merece crédito. Aqui no sul, os jovens iniciados aprendem a lição: confiar numa mulher é vender a tua alma. Mulher tem língua comprida, de serpente. Mulher deve ouvir, cumprir, obedecer.

A Mauá não resiste, abre a boca, protesta, usando da palavra que nem sequer lhe foi dada, e disse tudo o que pensava. Ela vem de uma sociedade onde as mulheres falam diante dos homens e são ouvidas. Onde as mulheres são amadas, respeitadas e são rainhas.

— Reuniram-nos aqui para falar de moelas de galinha? Que crime cometemos nós? Queríamos como família unida oferecer ao nosso homem uma orgia de amor. Esses são assuntos de dentro do quarto, não podem interessar à família inteira. Se brigássemos umas com as outras, censuravam-nos por sermos ciumentas. Agora que nos unimos, por que nos condenam?

O protesto da Mauá traz o enigma à superfície. O Tony teve que contar toda a história — muito do seu jeito, e nós morremos esmagadas pela vergonha. Diz que lhe insultámos, completamente nuas. Que fizemos correntes negativas contra a sua vida. Ah, meu amor, já te perdi, Tony, és agora o meu marido energúmeno, meu marido gorila, meu marido orangotango, que declara amor com pedradas e palavrões. A voz com que me embalas a alma é um chicote de notas roucas em pauta de música. Os meus sentimentos desmaiam. Deixei-me enclausurar por amor nesta jaula de ferro. Águias do céu, emprestem-me as vossas asas para voar e buscar um refúgio nos ramos mais altos do horizonte. O conselho de anciãos escuta a história da orgia abortada, vibra de surpresa e grasna censuras. Ih, oh, vocês são a vergonha das mulheres da nossa terra, mas onde já se viu... ih! Suspiram em uníssono como um coro de lobos esfomeados uivando à lua cheia.

— Sou velho! Polígamo de todos os polígamos! Experiência como essa nunca vivi. Maldade como essa, nunca vi. Meu filho, tens razão, muita razão!

— Mas... já aconteceu algum azar? — pergunta o tio da Mauá completamente furioso.

— Não, ainda não notificámos nada — responde a tia do Tony —, mas há de acontecer, qualquer dia.

A tensão do Tony liberta-se miraculosamente. Porque toda a gente lhe dá razão e condolências antecipadas pela sucessão de azares que ainda está por vir. Lança-nos um olhar de troça e de triunfo enquanto enxuga o rosto suado. Sente-se vingado. Acarinhado. Ah, Belzebu! Empresta-me a tua forquilha e a tua face de cão para espantar esta multidão, este enxame de superstição, que está aqui a vomitar e a dizer cada palavrão!

As mulheres entram no coro das recriminações, dos conselhos e todas essas coisas que julgam saber. E sem pensar começam a falar da vida que mal conhecem. Espalmam-nos bem no solo como papaia madura na planta do pé. Falam-nos do amor como se na vida tivessem recebido algum. Abandonam o inimigo, viram os canos para os aliados e fazem o jogo dos homens. Ah, vida ingrata! Para quando a solidariedade entre as mulheres? Generosas mães, oferecem-nos aquilo que têm. Coroas de fel e espinhos na passagem de testemunho, rainhas cessantes, entronando a nova geração. Coroam-nos de rainha de obediência. Miss submissão, damas de temor.

— Tu, Rami, és a culpada de tudo — diz uma das tias. — Dás mau exemplo às esposas mais novas. És a mãe delas, devias educá-las.

— De que me acusam? Sempre varri o lixo dele e escondi num canto. Guardei no meu cesto todos os seus pecados. Perguntem ao Tony, perguntem-lhe se alguma vez lhe faltei aos cuidados. Cuido bem do corpo dele. Nem os seus pés cheiram a chulé. Querem provas? Cheirem-no! Perguntem a estas quatro esposas se alguma vez viram algum buraco ou rasgão nas cuecas do Tony, perguntem!

Por razões conhecidas e desconhecidas, entrei num choro convulsivo. Tinha dentro de mim todo o negrume do céu. O meu choro era o desvendar de um mistério. Chorei em liberdade, porque chorar é destino de mulher. As lágrimas que caíam lavavam o céu, lavavam a lua. Lavaram também os meus dentes, os meus olhos e o meu sorriso. Sinto-me tão leve e tão livre!

— Dos cuidados da casa não me queixo — o Tony vem em minha defesa —, elas cuidam muito bem de mim e dos pequenos. Nunca ouvi falar de traição, isso não. Mas elas são malvadas.

Numa coisa o Tony tem razão: somos máquinas de obediência. Perfeitas. Completas. Se não fôssemos estaríamos já na rua, na lua, a gozar todos os prazeres desta vida. Somos obedientes, sim senhor, somos. Por isso estamos aqui gravitando, quais satélites à volta do astro-rei.

— Não sejam como a Vuyazi — diz uma das tias do Tony.

— Vuyazi? — perguntamos nós curiosas.

— Sim, Vuyazi, a princesa insubmissa estampada na lua.

— ...?!

— Era uma vez uma princesa. Nasceu da nobreza mas tinha o coração de pobreza. Às mulheres sempre se impôs a obrigação de obedecer aos homens. É a natureza. Esta princesa desobedecia ao pai e ao marido e só fazia o que queria. Quando o marido repreendia ela respondia. Quando lhe espancava, retribuía. Quando cozinhava galinha, comia moelas e comia coxas, servia ao marido o que lhe apetecia. Quando a primeira filha fez um ano, o marido disse: vamos desmamar a menina e fazer outro filho. Ela disse que não. Queria que a filha mamasse dois anos como os rapazes, para que crescesse forte como ela. Recusava-se a servi-lo de joelhos e a aparar-lhe os pentelhos. O marido, cansado da insubmissão, apelou à justiça do rei, pai dela. O rei, magoado, ordenou ao dragão para lhe dar um castigo. Num dia de trovão, o dragão levou-a para o céu e a estampou na lua, para dar um exemplo de castigo ao mundo inteiro. Quando a lua cresce e incha, há uma mulher que se vê no meio da lua, de trouxa à cabeça e bebé nas costas. É Vuyazi, a princesa insubmissa estampada na lua. É a Vuyazi, estátua de sal, petrificada no alto dos céus, num inferno de gelo. É por isso que as mulheres do mundo inteiro, uma vez por mês, apodrecem o corpo em chagas e ficam impuras, choram lágrimas de sangue, castigadas pela insubmissão de Vuyazi.

— Nós somos obedientes, não precisam de nos estampar na lua — digo de mau humor.

Somos obedientes? Minto! Temos as nossas pequenas vinganças inconfessáveis. O polígamo não é um super-homem, por vezes o calor se apaga e buscamos um tiçãozinho na fogueira do padrinho, do amigo, do vizinho.

— Amai-vos umas às outras tal como o vosso marido vos ama a vós — diz o tio do Tony com uma pose pastoral —, deem graças ao Senhor que iluminou a vossa estrada, caso contrário seriam mães solteiras como tantas que andam por este mundo fora. Homens são raros. Ter um marido é sorte nos dias que correm. Este meu sobrinho é uma pérola no meio do deserto.

O tio da Mauá queria dizer algo para defender a sobrinha. Avaliou a situação e calou a boca. O bolso deste homem é ainda uma mina que não se esgota. Quando o casamento ganha características de emprego, mais vale suportar as birras de um marido rabugento, para garantir o salário seguro no final do mês.

— Obrigado por terem vindo — diz o Tony mais sorridente —, se eu morrer, saibam, pois, que foram elas que me deram azar.

A ladainha cessa e, finalmente, o silêncio. Compreendi então que na alma das mulheres só existe morte, murmúrio de folhas caindo, gorjeio de rios invisíveis percorrendo o subterrâneo, detritos flutuando à deriva em águas lodosas. Como conspiração, fomos abatidas por outras mulheres. Como força, fomos aniquiladas pela fraqueza das outras mulheres. Ninguém nos perguntou o que sentíamos, o que comíamos, como vivíamos. Atiraram-nos da falésia, caímos em queda livre, esborrachámo-nos. Com fel e vómitos amortalharam os nossos corpos. Mas dentro de nós há corações palpitando na neve tropical, que cai em flocos de um congelador alimentado com placas de energia solar.

Por que é que Deus me fez mulher? Se não fosse mulher, o que seria eu? Um homem? Ser homem para quê? Para encurralar mulheres como gado? Fazer escala de poligamia e andar de quarto em quarto? Para me sentir dono do mundo quando nem sequer tenho asas para voar? Não sou nada, mas tudo bem. Sou um ser triste, amargurado, mas deixem-me ser. Meu Deus, eu sou mulher, sou uma flor, uma rosa, e o meu lugar é entre os espinhos!

Terminada a reunião, os presentes mergulham na comida como cabras no monte de feno. Trituram as carnes e as batatas, como máquinas industriais de mastigação. Sirvo o vinho que nasce das garrafas de Portugal e bebem como camelos. Embriagam-se e lançam o desagradável vozeario festivo dos bares noturnos.

Olho para o Tony, meu marido energúmeno, polígamo do século vinte e um. Que vai morrer cedo, na estrada, entre uma casa e outra, sempre a correr para cá e para lá na gestão dos seus amores. Que come alimentos preparados por várias mãos e acabará envenenado sem nunca conhecer aqueles que o matam. Que mergulha em qualquer cavidade, como um pescador de doenças fatais e competente agricultor da morte. Que tem o corpo sempre exposto como gado, na feira dos prazeres.

Enquanto os outros comem e bebem, nós fazemos o rescaldo da reunião. Comentar o pesadelo. Aquela reunião teve o mérito de atribuir maiores poderes ao nosso homem. Ninguém o apontou nem acusou. Era um rei. O nosso rei. Nosso príncipe. Era um imperador emergindo das águas, limpo e dourado como um sol. Ele era o ouro nas alturas, tão poderoso e brilhante que até os nossos pais se tornaram nossos inimigos no campo de batalha. Eu digo-lhes: meninas, exagerámos! Mas a nossa vingança não falhou o alvo, pelo contrário, superou as expectativas. Foi uma descoberta fascinante que revelou segredos inimagináveis. Foi maravilhoso conhecer um Tony frouxo, um Tony louco, que chora como uma criança e pede socorro ao conselho de família assustado por um papão. Afinal acabamos de descobrir a poderosa arma secreta. Podemos usar a nossa nudez para assustá-lo, torturá-lo, arrepiá-lo até à medula e à medida da sua maldade. Rimos. A Mauá esboça um suspiro divertido:

— Ah, vocês, gente do sul!

Fico amuada. Sempre fico quando a Mauá me fala assim. Mas penso na justeza das suas palavras. Esta gentalha é um esterco de superstições.

— Exagerámos, não acham? — repito.

— Qual quê! — diz a Mauá. — Naquele dia, despia-me ao

som ritmado dos batuques da minha terra e preparava a minha alma para dançar o *niketche*.

— *Niketche*?

— Uma dança nossa, dança macua — explica Mauá —, uma dança do amor, que as raparigas recém-iniciadas executam aos olhos do mundo, para afirmar: somos mulheres. Maduras como frutas. Estamos prontas para a vida!

Niketche. A dança do sol e da lua, dança do vento e da chuva, dança da criação. Uma dança que mexe, que aquece. Que imobiliza o corpo e faz a alma voar. As raparigas aparecem de tangas e missangas. Movem o corpo com arte saudando o despertar de todas as primaveras. Ao primeiro toque do tambor, cada um sorri, celebrando o mistério da vida ao sabor do *niketche*. Os velhos recordam o amor que passou, a paixão que se viveu e se perdeu. As mulheres desamadas reencontram no espaço o príncipe encantado com quem cavalgam de mãos dadas no dorso da lua. Nos jovens desperta a urgência de amar, porque o *niketche* é sensualidade perfeita, rainha de toda a sensualidade. Quando a dança termina, podem ouvir-se entre os assistentes suspiros de quem desperta de um sonho bom.

— O Tony devia celebrar e não chorar. Cinco esposas dançando *niketche* só para ele — diz a Mauá. — Que maior prova de amor espera ter?

Todas esboçamos um sorriso triste. Perguntamos umas às outras qual a razão de ser daquele encontro. Foi apenas para nos assustar. Criar mais espaço para os seus namoros, os homens gostam de variar, concluímos. Mas nós já somos uma variação, em línguas, em hábitos, em culturas. Somos uma amostra de norte a sul, o país inteiro nas mãos de um só homem. Em matéria de amor, o Tony simboliza a unidade nacional.

Lavamos a loiça. Conversamos, lavando também as nossas mágoas. A memória cava histórias antigas, histórias do ciclo vital.

A Ju relata coisas da sua infância. Ao nascer, a menina é anunciada com três salvas de tambor, o rapaz com cinco. O nascimento da menina é celebrado com uma galinha, o do rapaz celebra-se com uma vaca ou uma cabra. A cerimónia de nascimento do rapaz é feita dentro de casa ou debaixo da árvore dos antepassados, a da menina é feita ao relento. Filho homem mama dois anos e mulher apenas um. Meninas pilando, cozinhando, rapazes estudando. O homem é quem casa, a mulher é casada. O homem dorme, a mulher é dormida. A mulher fica viúva, o homem só fica com menos uma esposa.

A Lu conta-nos as histórias da sua aldeia. Diz que aprendeu com as outras mulheres que a vida de uma mulher é agradar. Agradar até morrer. No amor é importante conjugar um verbo de posse: ter. Eu tenho um marido polígamo, embriagado, vagabundo, enlouquecido. Mas tenho. O verbo ter é mágico. Insufla na alma poder e força. Se eu conjugo, não tenho, a força se vai e a alma vaza. O desespero vem. É o fim. Por isso eu agrado, só para poder conjugar o verbo ter.

Tudo o que eu fiz na vida foi agradar o meu Tony. O que ganhei eu? Solidão. Solidão de amor é como ser um grão de areia solta, que não produz sombra. É dormir num colchão de estrelas colhidas pelas minhas mãos. É viver na margem do mundo e caminhar sozinha por ser ímpar. Como a Eva. Nesta luta não ganhei, só perdi. Mas sou rija, forjada, tenho nervos de aço. Meu choro não é de fraqueza, é de raiva. Vou arregaçar as mangas e entrar numa nova briga. Vou atacar o Tony com a sua própria arma: mulheres. Não se pode dormir com todas as mulheres do mundo, sabe-se. Mas vou incitá-lo a ter todas as mulheres do planeta. Todas! Nas minhas têmporas o cabelo branco já espreita. Sinal de maturidade e sabedoria. Isso é experiência. Estas quatro mulheres à minha frente são as minhas armas e as outras que ainda hão de vir serão as minhas balas. Veremos quem sairá vencedor!

21.

O meu marido não é um defunto, mas tornou-se um espectro que se olha à distância num filme erótico. Uma sombra que vai, uma sombra que vem, que se imagina, que se sonha, que não se apalpa. Faz de mim viúva imaginária, meu Deus, eu estou na cruz de vento, pendurada no alto, eu tenho chagas nos braços, no peito, no forno que aquece e arrefece sem cozer nada. Para que é que eu preciso de um marido assim? Por que não me separo dele de uma vez?

Separar-me? Porquê? Em cada esquina há uma mulher suspirando por um homem. Separo-me do meu para ficar com quem?

Precisa-se de um homem para dar dinheiro. Para existir. Para ter estatuto. Para dar um horizonte na vida a milhões de mulheres que andam soltas pelo mundo. Para muitas de nós o casamento é emprego, mas sem salário. Segurança. No tempo da operação produção, eram presas todas as mulheres que não tinham maridos e deportadas para os campos de reeducação, acusadas de serem prostitutas, marginais, criminosas. Por todo o lado há assédio sexual para os cavalheiros mais abastados tanto em músculos como em dinheiro.

Os homens também assediam mulheres. Para guardar em casa e lavar a roupa. Obedecer. Pôr a mesa e tirar a louça. Parir filhos e encher a casa. Dizem que um homem forte não chora quando a mulher o abandona. Um homem solitário coloca os pés no caminho, dá dois passos e sente dor nos joelhos e desiste da marcha porque é longa. Arranja um pretexto e diz que, para lá do horizonte, não há vida, só pedras. E consola-se no álcool como companheiro, a solidão é má conselheira. Homem sem mulher tem peso de vento. É visto como irresponsável, as mulheres o rejeitam porque o julgam pouco macho. Uma mulher solteira diz que o mundo é uma bola de esterco, que ninguém lhe entende. É azeda. Grita por tudo e por nada. E diz que as flores são ervas. Que o brilho do sol apenas fere. Que é melhor a noite e o escuro. Busca a morte em vida. É um cadáver em movimento.

Estou deitada na minha cama e escuto um crac na porta do quarto. Alguém que abre, alguém que entra. É o Tony que vem em passos de guerra, meu Deus, eu vou morrer. O que quer ele aqui, se esta semana é da Saly? Não o esperava a esta hora. Não devia estar aqui agora. Quer obrigar-me a sair da cama, e preparar-lhe o café e o uísque, logo hoje que estou cansada. Passei todo o dia de pé, tive muita clientela. Que tenha a santa paciência, mas não me vou levantar, hoje não estou para suportar ninguém. Olho para ele. O seu rosto está demasiado sério mas não deixa transparecer nenhuma angústia. Traz-lhe até aqui algo muito grave. Conheço aquele olhar, aquele sorriso, aqueles gestos. Alguma coisa vai mal naquele coração, farejo-o.

— Rami!

— Diz.

— Tomei uma decisão. Vamos divorciar-nos.

— O quê?

A decisão do Tony cai-me como um terramoto. Sinto em mim o grande espelho quebrado por uma pedrada. As minhas lágrimas correm até ao chão, cacos de vidro partido. Ah, meus olhos, inesgotável fonte de choro que nunca seca. Um divórcio nunca aparece de repente. Tem sempre um ritual de aparição, com zangas, agressões, insultos. Aceitei e ultrapassei os limites de violência para evitar este passo. A terra treme aos meus pés, provocando-me uma vertigem sem par. Deito-me. Ah, afinal a terra está sólida, são os meus joelhos que tremem.

— Porquê um divórcio agora?

— Quero assegurar-te de uma coisa: não é por falta de amor. É punição. Pura vingança. Quero colocar-te ao nível das outras mulheres. A tua conduta dos últimos tempos não é digna de uma esposa. Já que estás registada nos meus documentos, julgas que és alguma rainha. No lugar de educares as outras esposas, instigas a atitudes maldosas. Tenho que acabar com isso. Já tratei de tudo: será divórcio de comum acordo. Vais assinar os papéis, o advogado vai procurar-te dentro de alguns dias.

Ele fala e fala. Não o escuto. Estou no futuro, estou na lua. Estou no mundo que me espera quando o divórcio se consumar. Serei uma mancha de lama no lençol imaculado da família materna. Serei uma nódoa de caju, absolutamente indelével, na camisa branca do meu pai. A sociedade olhar-me-á com desprezo, piedade, maldade, como as aves que rapinam na noite. Serei enxotada a pau e pedra, como uma serpente gulosa de sexo, de carne, de sangue e de prazeres proibidos. Viverei entre a terra e a lua. Entre a escória e a rua. Uma marginal. Os velhos amigos levar-me-ão para o bar e não para o jantar. O bar é na esquina da rua, o jantar é na família e aos jantares se vai aos pares. Viverei em tocas de ratos para não ser perseguida por gatos, porque mulher divorciada é carne para qualquer cão. Divorciada é feiticeira, faz poções de amor para atrair cavalheiros ricos e roubar-lhes a massa. É assassina, mata as esposas dos amantes para tomar-lhes o posto. É ladra, rouba maridos, usa e abusa. É canibal, devora homens e amores alheios.

— Mas Tony!

— Interferes demasiado na minha vida. O teu zelo excessivo me prejudica. Estou zangado contigo desde a data do meu aniversário e toda a trama que me obrigou a assumir compromissos polígamos que nem queria. A orgia de vingança foi a gota de água para transbordar tudo. Basta, vamos divorciar-nos.

— Não vou assinar esse divórcio.

— Vais sim. Talvez assim deixes de ter esse teu ar superior.

— Superior?

Superior, eu? Nunca me senti superior a ninguém por usar este arco de arame dourado no meu anelar. Estou do lado das mulheres que lutam, que vencem, mulheres que perdem, que vacilam, que tombam. Sou mais uma que abraça o ar no beijo das nuvens e lança um riso mais doce que o arrulhar dos pombos, na saudação do sol de cada dia. Sou mulher como as demais.

— Rami, a minha vida era boa. Fazia tudo o que queria. Visitava as mulheres quando me apetecia. Tirava o dinheiro do meu bolso, pagava-as quando mereciam. Agora que têm esses vossos negócios julgam-se senhoras mas não passam de rameiras. Julgam que têm espaço, mas não passam de um buraco. Julgam que têm direitos e voz, mas não passam de patos mudos.

— Estamos a ganhar dinheiro para melhorar a vida, Tony.

— Por isso me afrontam, porque têm dinheiro. Por isso me abusam, porque têm negócios. Por isso me faltam ao respeito, porque se sentem senhoras. Mas eu sou um galo, tenho a cabeça no alto, eu canto, eu tenho dotes para grandes cantos. Pois saibam que o vosso destino é cacarejar, desovar, chocar, olhar para a terra e esgaravatar para ganhar uma minhoca e farelo de grão. Por mais poder que venham a ter, não passarão de uma raça ca-

carejante mendigando eternamente o abraço supremo de um galo como eu, para se afirmarem na vida. Vocês são morcegos na noite piando tristezas, e as vossas vozes eternos gemidos.

Oh! Deus, nós, mulheres, mendigas de amor, de abraços e de beijos te imploramos, derrama a tua bênção nos nossos corações. Faz um pouco de justiça por nós que plantamos o milho, que colhemos o trigo, que enchemos o planeta de vida, de pão e luz. Dai-nos também um degrau de pedra para nos elevarmos do chão, contemplar o céu e sorver o ar puro das estrelas. Dai-nos força para avançarmos ao lado da irmã natureza, fardadas de suor e calos no eterno combate pelo pão, pela vida e pela justiça.

Quer divorciar-se de mim para casar com quem? Só as mulheres se divorciam para ficarem sós. Os homens se divorciam para casar com alguém. Sempre fui obediente. Cumpridora. Hoje vou desobedecer pela primeira vez. Não haverá divórcio nenhum. Quer divórcio? Que passe pelo meu cadáver! Cerro os olhos, como diques para estancar o rio de lágrimas que transborda em cascata. Não consigo travar este choro. Sou boa pessoa. Tenho uma alma pura. Sou aquela que sempre sonhou com um mundo de flor. Até às rivais trato com amor. Tive chances para ser uma mulher diferente, independente. Rejeitei. Escolhi o casamento como profissão. Na carreira matrimonial a mulher nunca sobe de escala. Desce. Estou na idade de subir ao trono e consagrar-me rainha nesta vida, e eis que me retiram a cadeira real. O que será de mim? Se o Tony corre comigo daqui, onde irei viver com os meus filhos? Procurar um novo marido? Com tantos filhos?

22.

Numa bela manhã bate-me à porta um homem bem-parecido. Gorducho. De pasta preta e sapatos bem polidos. Usa uma camisa branca de bom tecido, gravata com enfeites dourados e pintinhas vermelhas. É de uma raça bem alimentada, que anda de carro e não pede favores. Atendo-o.

— É a senhora Rosa Maria?

— Sim.

— Assina aqui.

— Assinar o quê?

— Sou o advogado do vosso caso.

— Advogado de quê?

— Do vosso caso.

— Ora, com o devido respeito, devo informá-lo que dos meus problemas tratamos nós sem intermediário. Aconselho o senhor a sair daqui.

— Como advogado gostaria de aconselhar a senhora a assinar estes documentos e resolver o assunto de forma pacífica. De outra forma irá suportar um divórcio penoso, litigioso. Saiba que o seu marido acusa-a de danos morais, maus-tratos e violência psicológica. O pobre homem anda infeliz por sua causa.

— Sabe que ele é polígamo?

— Isso não está em questão. Vendo bem, a senhora é a principal responsável por esta situação. Porque não cuidou dele devidamente. Não o realizou. Não o satisfez. Não o completou. Não o agradou suficientemente. A culpa é sua e deve responder por todos os seus crimes. Não soube segurar o marido e ainda por cima o ofende.

— Eu?

A voz do homem crava-me o peito com punhais de fogo. Sinto labaredas no corpo inteiro. Este homem é extraordinariamente orgulhoso. Arrogante. Admito que o Tony me pise com a sua pata de paquiderme, mas não qualquer um.

— A senhora é a única esposa do Tony reconhecida na lei, esqueceu?

— Ah, senhor advogado, não me faça vomitar espinhos. É melhor sair daqui.

— Minha senhora, é só uma assinatura, não custa nada.

— Senhor advogado, vá-se daqui e não volte mais.

— A senhora vai assinar, sim.

Sujeito desagradável, este advogado. Nojento. Eu não sou gado, sou mulher. Não sou de pedra, tenho sentimentos. Quando me agridem eu brigo. Levanto o braço que cai no rosto do advogado como um martelo. Ganho um prazer especial nesta luta e dou um arranhão na bochecha gorda. Dá dois passos em retaguarda, ainda não percebeu bem o que se passa. Nunca se imaginou a ser sovado por uma mulher. Passa a mão na face dolorida, onde cresce um ligeiro rubor sob a pele negra. Avanço. Sou fera. Canibal. Vou disposta a roer-lhe a língua para desaparecerem de uma vez todos os palavrões e não insultar mais mulher nenhuma. Socorro, grita o homem enquanto chama pela mãezinha. Quero comê-lo vivo. Apesar de gordo, caberá todo ele no meu estômago.

O advogado dá um mergulho no fundo do sofá. Fica bom tempo em silêncio acariciando o rosto ferido. Lança-me um olhar de raiva.

— A senhora me paga!

— Pago, sim. Pago bom preço. Pago bem e pago já!

— Sou um homem da justiça.

— Que justiça? Vai, diz ao Tony que o matarei e que te matarei a ti também se voltarem a molestar-me. Homem da justiça, que justiça? Vai, diz ao Tony que o aguardo com um punhal na mão. Que venha!

Dou-lhe mais um arranhão. Se ele retribuir a agressão haverá confusão, prometo. A sua cabeça e o seu emprego serão postos em causa. Depressa compreende a complicação em que se meteu. Arruma os papéis e empreende uma partida precipitada.

Meu Deus, me ajude. Perdoa-me por esta loucura. Foi a primeira vez que o fiz, eu juro. Mas confesso que gostei. Que maravilha! Sinto-me leve, como se eu não fosse eu. A vida inteira consumi-a sofrendo pancada e fugindo de pancada. É a primeira vez que levanto a mão contra um homem, logo um homem de leis, o que me dá prazer redobrado. Que bom!

Penso no divórcio e a pressão arterial me faz desmaiar e acordar. O coração batucando. O calor subindo. Arrepios, frio. Verão no corpo e inverno na alma.

23.

Estou no precipício. Mais um passo e eu me afogo. Ah, meu amor ingrato. De ti sempre aceitei tudo, suportei tudo: doenças, desejos, problemas, lamentos, vergonhas, sujeiras, conflitos. Agora libertas-te, dispensas-me, trocas-me, humilhas-me, por outras mais novas, mais belas. Desejo-te felicidades, meu amor.

Vou ao quarto e dialogo com o meu espelho.

— Espelho meu, o que será de mim?

O espelho dá-me uma imagem de ternura e responde-me com a maior lucidez de sempre.

— Não serás a primeira a divorciar, nem a última. Os divórcios acontecem todos os dias, como os nascimentos e as mortes, mas tranquiliza-te. Há uma grande diferença entre a vontade do homem e a vontade de Deus. O que Deus põe, o homem não dispõe.

— E qual é a vontade de Deus, espelho meu?

— E qual é a tua vontade, gémea de mim?

Se homem e mulher tivessem sido feitos para morrer juntos, teriam nascido juntos, do mesmo ventre e ao mesmo tempo. Mas cada um nasce no seu dia e na sua hora. Só o amor tem a força da união. Eu e o Tony, dois rios, duas linhas paralelas, tornámo-nos num só, ao longo do percurso. Agora chegamos ao estuário e dividimos os nossos caminhos. De novo somos dois, cada um correndo livre, em direção ao mar de águas profundas.

— Espelho meu, sou uma bilha de barro fendida no meio e já não retenho água. Sou sapato gasto no meio da sola que já não serve para marcha nenhuma. Sou uma falhada. Sou uma frustrada. Uma mulher abandonada por incompetência conjugal. Uma velha. Um trapo. Um traste.

— Mas o mundo não começa contigo, gémea de mim. Não termina contigo. Há neste mundo mulheres sofrendo muito mais do que tu. Se o divórcio se consumar é porque estava escrito no livro da vida que tu e o Tony não morreriam juntos.

Esta imagem é a minha certeza, o meu subconsciente, resgatando ditados e saberes mais escondidos na memória.

Dentro de mim há um vazio profundo. Uma dor infinita.

Vou ao meu quarto e deito-me por um instante. Nesta cama tive sonhos, gerei filhos, chorei as longas ausências, ciúmes, desilusões. Chegou o fim de tudo e a cama será apenas uma maca, para repousar o meu cansaço. Eu e mais ninguém. A cama agora tornou-se mais larga e parece diferente. Uma brisa fresca corre e fecho os olhos. A campainha toca.

Abro a porta. São as minhas quatro rivais. A notícia do nosso divórcio transtornou-as como um abalo sísmico. Trazem consigo um rol de perguntas. Respondo.

— Não fui eu quem decidiu pelo divórcio. Deixo o caminho livre, o meu posto vago. Fui escorraçada.

A Ju coloca a sua mão no meu ombro. Este abraço tem o gosto do desespero. A força do desespero. O corpo dela está frio e os braços trémulos.

— O que aconteceu para ele tomar esta atitude?

— Sei lá, eu...

— Não podes aceitar, Rami!

— Não me venham pedir para resistir. Não fui eu que parti, foi ele. Digam-lhe antes a ele, para ele regressar. Eu sou vítima. Por tanto amar acabei pisada, quero sair desta cela de condenada. O amor é um cancro. Quanto mais te rejeitam, mais cresce.

— Rami, vais aceitar o divórcio assim, sem guerra nem nada? — pergunta-me a Saly com ar consternado.

— Ele fechou-me as portas — respondo —, não me deu esperanças nenhumas. Não vale a pena insistir neste sofrimento.

— Rami — diz a Lu —, se o Tony te deixa a ti, vai deixar-nos também, mais dia menos dia.

— As mulheres não são iguais, cada uma tem a sua sorte — tento acalmar as minhas rivais —, cada uma nasceu no seu dia e tem o seu destino.

— E agora, o que vai ser?

— Onde eu estiver, há de estar Deus. Não terei braços de homem para me dar carinho, mas o vento estará comigo para me arrefecer a alma. Beberei o orvalho do amanhecer como as gramíneas das savanas. Este amor me enlouqueceu, me castigou, me perverteu, me consumiu, me violentou a vida inteira. Saí do combate de mãos vazias, perdi a arma, perdi a lança, perdi a força, perdi a esperança, ah, meu Deus, perdi-me.

— A minha segurança és tu, Rami — a Ju entra em delírio —, a tua saída deste grupo é o meu fim. Os meus filhos eram cogumelos que o vento fazia crescer. Eram órfãos, nascidos do sexo sem paixão. Os meus filhos só conheciam o pão, não conheciam o amor. Conheciam o pai pelas fotos e pelas visitas fugazes ao abrigo da noite, quando vinha soltar um ovo no meu ventre. Conheciam o pai na estrada, no volante do carro, e apresentavam-no aos amigos: vejam aquele carro azul. Aquele senhor no volante é o meu pai. E quando os amigos perguntavam qual azul, os meus filhos respondiam: ah, que pena, podiam ver a cara dele, mas ele já passou, já foi, o meu pai de carro azul. Com a escala que fazíamos, conseguia tê-lo uma semana inteira. Senti o prazer de lavar a roupa dele. Pôr a mesa para ele. Almoçar com ele. Os meus filhos mais velhos até se surpreenderam, nunca se tinham sentado à mesa com o pai desde que nasceram.

Das entranhas da Ju corre um rio de lágrimas, no choro do deserto, pela gota de orvalho, que partiu em direção ao sol do meio-dia. Ah, meu Tony devorador de corações, degolador de sonhos. Meu Tony, peixe-barba, escorregando das mãos das suas captoras. Rei tirano, inacessível. Pobre Ju enganada, ferida, vencida. De sorriso feito para iluminar o mundo apagado por um escarro de lepra e de lama. De corpo feito para encantar as *passerelles* do mundo, agora coberto de chagas e de andrajos. Aquele coração de mel, transformado em vinagre e fel.

— Como chegaste ao extremo de fazer seis filhos, sem prazer — diz a Mauá com muita compaixão —, com um homem que nunca te quis?

— Tinha a esperança de prendê-lo. Mas no lugar de o prender me rasgava e multiplicava.

— Muito me espanta esta cultura do sul! — conclui a Mauá. — Para nós, o amor e o prazer são muito importantes. Quando um destes elementos falha, mudamos de parceiro. Para quê sofrer?

— Queria ter mais filhos. Fiz de tudo para evitar congregar diferentes apelidos num só ventre. Tinha medo de ser chamada prostituta. Pobre. Feiticeira. Ladra de maridos. A nossa sociedade não aceita uma mulher com filhos de pais diferentes e apelidos diferentes.

— Ah, vocês, mulheres do sul! — diz a Saly com sorriso sarcástico. — Ter filhos de pais diferentes não é fraqueza. Antes pelo contrário, uma mulher assim amou muito e foi amada. É experiente. Teve a sorte de ser desejada por muitos, a vida é feita de tentativas, falha aqui, acerta ali, qual é o problema?

— É uma questão moral, Saly.

— Moral! — diz a Lu com voz severa. — Uma moral que vos obriga a chocar ovos de víbora. Veja só o que a moral fez de ti. És um fantasma. Vives no inferno. O homem fez de ti simples máquina reprodutora e tu aceitaste o pacto. É muito grave a tua situação. No teu lugar teria abandonado este homem faz muito tempo.

— Não, isso não.

— A nossa sociedade do norte é mais humana — explica a Mauá. — A mulher tem direito à felicidade e à vida. Vivemos com um homem enquanto nos faz feliz. Se estamos aqui, é porque a harmonia ainda existe. Se um dia o amor acabar, partimos à busca de outros mundos, com a mesma liberdade dos homens.

As vozes das mulheres do norte censuram em uníssono. No sul a sociedade é habitada por mulheres nostálgicas. Dementes. Fantasmas. No sul as mulheres são exiladas no seu próprio mundo, condenadas a morrer sem saber o que é amor e vida. No sul as mulheres são tristes, são mais escravas. Caminham de cabeça baixa. Inseguras. Não conhecem a alegria de viver. Não cuidam do corpo, nem fazem massagens ou uma pintura para alegrar o rosto. Somos mais alegres, lá no norte. Vestimos de cor, de fantasia. Pintamo-nos, cuidamo-nos, enfeitamo-nos. Pisamos o chão com segurança. Os homens nos oferecem prendas, ai deles se não nos dão uma prenda. Na hora do casamento o homem vem construir o lar na nossa casa materna e quando o amor acaba, é ele quem parte. No norte as mulheres são mais belas. No norte, ninguém escraviza ninguém, porque tanto homens como mulheres são filhos do mesmo Deus. Mas cuidado, no norte, o homem é Deus também. Não um deus opressor mas um deus amigo, um deus confidente, um deus companheiro.

— O Tony perdeu o tino — acusa a Lu. — Gastou-te, envelheceu-te e agora quer mudar de paisagem? Ele não pode deixar-te, assim. Tu conseguias segurá-lo. Contigo aprendemos a lição da partilha e conseguimos controlar os seus movimentos. Fizemos progressos. Investimos as nossas forças em coisas úteis, produtivas. Até conseguimos ter negócios e agora vivemos bem. Pensa em nós, Rami.

— Estou a prever uma vida de disputas, conflitos e intrigas — confessa a Saly. — Vamos gastar o nosso tempo a correr de buraco em buraco, a tentar apanhar o mesmo rato. Depois serão as colisões e as lágrimas.

— Rami, pensa bem — grita a Lu. — Divórcio é coisa para adolescentes, para jovens.

— Vais assinar o divórcio vinte anos depois só por causa dos caprichos do Tony? Ou por nossa causa? Este lar é teu, nós é que o invadimos. Queres dar-nos a vitória? Não somos tuas amigas coisa nenhuma, o que cada uma de nós quer é ficar no teu posto. Vais pôr tudo a perder por nossa causa? Faz alguma coisa, Rami! — aconselha a Ju.

A Lu tocou fundo na minha ferida. Fico sem palavras. Choro. Os homens são assim. Trocam de mulheres como quem muda de camisa. Foram vinte anos de amor e luta para acabarem dissolvidos como pedaços de sal.

— Já esgotei todas as lanças, perdi a batalha. Deem-me uma sugestão. Digam-me que mais posso fazer, para contornar este problema.

— Diz-me uma coisa, Rami — pergunta-me a Lu —, o que fazes tu para prender o Tony?

— O que faço? Nada!

— Ah, não, não te entendo.

— Quem não entende sou eu.

— Rami, sabes muito bem de que estou a falar. Nunca fizeste assim uma poçãozinha de amor ou coisa parecida?

— Não, nunca.

— Não consigo acreditar. Eu, de vez em quando, tempero-lhe a comida com pó de salamandra e teias de aranha. Tomo aquelas poções que fazem o corpo mais ardente. Ele não me resiste, vocês sabem disso.

— Eu esfrego o meu sexo com musgos, arrudas e urtigas que crescem ao lado das lajes dos cemitérios — diz a Saly. — Sei que ele não me aprecia tanto, mas quando se lembra de mim fica excitado de forma tal que até perde o sono e lá vem correndo ao meu encontro pela madrugada fora.

— Eu tenho magia no corpo inteiro — remata a Mauá. — Na hora do amor enrolo-o, prendo-o, cubro-o e ele dorme como uma criança. Comecei a ter lições de amor a partir dos oito anos. De todas vós, a Eva é a única rival verdadeira. Fomos iniciadas na mesma escola. Temos a mesma arte de amar. Combatemos em pé de igualdade e com armas iguais. Vocês todas são insignificantes aos meus pés.

— Eu nunca fiz nada disso — confessa a Ju —, nunca! Não faz parte da minha maneira de ser.

— É uma pena — dizem as outras —, o amor é arte, emprego e negócio. Em qualquer negócio se investe. Como queres tu ser amada se não investes? E tu, Rami? Que investimento fazes para que o teu amor resulte?

— Eu — a Saly volta à carga — à meia-noite acendo um charuto e encho a casa de fumo. Depois pego na vassoura e varro a casa. Varro invocando o nome do Tony. Entro no mundo dos seus sonhos. Onde quer que ele esteja, responde-me e suspira. Grita em voz alta o meu nome. E sai disparado como o vento ao meu encontro. Vocês podem confirmar se minto. Quantas vezes já despertou do pesadelo nas vossas camas gritando, Saly, Saly, quantas vezes?

A confissão da Saly desperta-me para a realidade. Recordo-me. Vezes sem conta o meu Tony despertou e desapareceu de casa em corrida desafiando os perigos e todas as trevas, como se respondesse ao chamamento do diabo. Nunca antes imaginara que estava sob efeito da magia do amor. Ah, mas que tragédia. A ideia de prender um homem por magia é encantadora. Mas será que estas mulheres são felizes sabendo que o amor que recebem é fruto de magia? Que sabor deve ter um amor de magia? Sabe a mel ou à falsidade? Já tentei fazer feitiços. Não resultou e ainda bem. Sou daquelas que acreditam no amor puro, no amor verdadeiro, amor eterno.

— Ramy — revela a Lu —, lembras-te das vezes em que o Tony esteve contigo e não conseguia nada? Era eu que o fechava. Rolhava-o. Engarrafava-o. Eu ocupava toda a sua memória. Quer estivesse contigo ou com a Ju, na hora sagrada ele afrouxava. Recuava. Arrefecia. Abandonava-te e vinha a correr ao meu encontro e se realizava.

Não havia dúvida de que ela dizia a verdade. Aquela confissão era terrivelmente maligna e me enchia de ódio, de raiva. Comecei a compreender tudo. As fugas, as traições e as mentiras do meu Tony. Ele não agia por vontade própria, estava a ser vítima de uma grande cilada.

— Vocês, do norte, só pensam no sexo — a minha voz estava carregada de ódio.

— Quem não pensa no sexo neste mundo, quem? — diz a Lu. — Quando a criança nasce, é para lá que olhamos, e gritamos: é rapaz. Obrigada, Deus, por esta dádiva. Ou dizemos baixinho: é uma menina. Mais uma; meu Deus, eu não tenho sorte nenhuma. Só depois disso é que olhamos para o rosto e para o resto do corpo.

— Vocês, do sul, não se preocupam com coisas importantes — a Mauá volta à carga. — Fazem amor à moda da Europa. Concentram toda a energia no beijo na boca, como se o tal beijo valesse alguma coisa. Dizem que pensamos apenas no sexo? Quantos homens do sul abandonaram os lares para sempre? Chamam-nos atrasadas. Vocês só têm livros na cabeça. Têm dinheiro e brilho. Mas não têm essência. Têm boas escolas, empregos, casas de luxo. De que vale tudo isso se não conhecem a cor do amor? De que vale viajar para a lua para quem ainda não viajou para dentro de si próprio? Já fizeste uma viagem para dentro de ti, Rami? Nunca, vê-se pela amargura que tens no rosto. O paraíso está dentro de nós, Rami. A felicidade está dentro de nós. Vocês, do sul, ainda não são mulheres, são crianças. Seres reprodutores apenas. Por isso os homens vos abandonam a torto e a direito. A vossa vida a dois não tem encantos. Por isso, mal declararam a independência gritaram: abaixo os ritos de iniciação. O que julgavam que faziam?

Deste grupo, as mulheres naturais somos eu e a Ju. Sem artifícios. Tal como a vida nos trouxe ao mundo. Por isso somos desprezadas. Eu não sabia que por amor tudo se joga nesta vida. Pensei que o amor residisse apenas no coração. Agora entendo. O amor é uma grande empresa. Acreditava no amor natural. Platónico. Mas no amor valem todas as artimanhas. Os homens que passam por essas escolas sabem amar. Sabem agradar. Sabem conduzir um barco para o interior de si mesmos.

— Rami, devias mandar as tuas filhas à escola de iniciação.

— Não, nunca.

— Porquê?

— Quero manter a virgindade das minhas filhas.

— Ah, Rami, virgindade é um estado primitivo. De infância. O homem não precisa de virgindade mas de amor perfeito. Ensina às tuas meninas as coisas boas que elas têm. Prepara-lhes para não serem desprezadas por qualquer homem.

— Não tenho coragem.

— Vocês, do norte, deviam era acabar com essas escolas — desabafa a Ju.

— Acabar? — questiona a Mauá. — Não, isso nunca! O que é uma mulher que não passou pela iniciação sexual? Uma criança que não sabe como se desenham as curvas da vida.

— Rami, és boa decoração — desafia-me a Saly. — Mas o teu corpo é ainda criança. És virgem apesar dos teus cinco filhos. Mas ainda vais a tempo de conhecer o mundo.

— O que me aconselhas então?

— Faz o alongamento genital, que é bom. Esta prática, que muitos condenam sem conhecer, traz mais soluções que problemas.

— Com esta idade?

— Faz-se em qualquer idade. Não podes ficar assim. Não podes aceitar viver e morrer sem conhecer o amor.

— Eu amei, eu amo, eu fui muito amada bem antes da vossa existência.

— Amar significa fazer uma viagem no interior de ti mesma e tu nunca fizeste nenhuma. Rami, quem não gosta de dormir num colchão de espuma? Quem não gosta de colocar o corpo numa colcha de cetim e num lençol de cambraia? Sem lulas o chão é duro. É o mesmo que dormir na esteira, na tarimba, sem o mínimo de conforto.

Deve ser verdade, meu Deus. As filhas da minha vizinha nortenha frequentam uma escola de iniciação sexual. Elas gostam.

— Não tens culpa — comenta a Saly. — Vocês do sul deixaram-se colonizar por essa gente da Europa e os seus padres que combatiam as nossas práticas. Mas que valor tem esse beijo comparado com o que temos dentro de nós? Depois trouxeram a pornografia, essa estupidez só para enganar os incompetentes e entreter os tolos.

Rendo-me perante estas camponesas, que sabem de sexo como doutoras, e escrevem os contornos da vida com as linhas do sexo.

— Todo o homem é criança nos nossos braços. Transmigra. Esquece a vida e a morte, porque o corpo da mulher é eternidade.

— Não exageres, Mauá — grito-lhe para fechar a boca.

— Pergunta ao Tony, se queres confirmar. Às vezes digo-lhe: se não trazes o que quero, faço a greve de sexo. Vais ficar em jejum. Fecharei as minhas portas para a viagem no tempo. Ele fica atrapalhado e faz de tudo para me agradar. Rami, tens que acreditar. Todo o homem é escravo nas mãos de uma mulher que sabe amar.

— Se fosse homem não veria toda esta desgraça. Maldita a hora em que Deus me fez mulher — desabafo.

— Bendita hora em que Deus me fez mulher — diz a Mauá. — As mulheres foram feitas para o amor e não para o sofrimento. Posso comer sem trabalhar, que o Tony dá-me tudo o que quero, porque ele é meu escravo.

Dói-me esta revelação. O meu marido é sugado por mulheres anfíbios. Mulheres com escamas. Mulheres lulas. Mulheres polvos. Elas vêm do mar e habitam a terra, meu Deus, elas acabaram comigo, derrubaram o meu casamento. Venceram-me. Estou perdida. Agora compreendo por que é que os ritos de iniciação foram combatidos, mas, mantidos em segredo, sobreviveram durante séculos como sociedades secretas. Homem que passa por essa escola sabe amar. Mulher que passa por essa escola encanta, enlouquece, vive, vibra.

— Vocês, do sul, são grandes de tamanho. Fortes. Boas para o trabalho — conclui a Mauá num tom quase insultuoso. — Têm bacia larga e ancas enormes, boas de mais para os partos. As vossas mãos são adequadas para rachar lenha e esfregar o chão. Mas já não são boas para companheiras de leito. Partem a cama, amolgam as molas do colchão, transpiram muito e estragam os lençóis. Nós, as nortenhas, somos finas, pequenas, boas para o amor e para o leito. Por isso somos rainhas, os homens são nossos escravos.

— Por essas mesmas razões eu vou seguir o meu caminho.

— Rami, por favor, luta!

— Já sou velha para essas coisas. Vieram vocês ao longo do meu percurso para florir a minha estrada. Adeus, cuidem bem do meu Tony.

— Não diz adeus, Rami.

— Luta, Rami. Luta pelo teu amor.

— Estou cansada.

— Ah, Rami, só agarra um homem quem tem garras. O teu corpo é liso como o peixe-barba. Não tens sequer uma tatuagem. O teu corpo não arranha. Não raspa. Não esfrega. Não deixa marcas. É por isso que os homens te abandonam.

— Querem que eu vá desenhar tatuagens no corpo?

— Um corpo tatuado é aderente, cola, prende — confessa a Lu.

— Temos tatuagens nas partes mais importantes. Olha, as minhas são tão grandes que têm o tamanho de nozes. Tenho-as no lugar onde ele poisa as mãos. Na boca do forno. No colo do forno. Tatuagens interiores para engrossar as estrias de dentro do forno. Homem que por ali passa não esquece mais — esclarece a Saly.

— Faz tatuagens, Rami, umas tatuagenzinhas de nada, pelo menos nos lugares onde vai poisar os braços e repousar — aconselha a Mauá.

— Podes até fazer as lulas — sugere-me a Lu.

— Estou velha.

— Não há idade para o amor. Não custa nada. Vai doer

apenas no primeiro dia e depois será um prazer sobre todos os prazeres. Usa as pedras para limpar as águas e reduzir o tamanho interior. Usa ervas, usa chás, usa sais. Usa óleo de sementes de mandioqueira para alongar e dar forma ao teu corpo. Vou dar-te solução ácida para usares em pequenas quantidades. Óleo de rícino. Óleo de amêndoa.

Coloquei as minhas mãos no rosto para esconder as lágrimas. Tudo o que queria era sair dali e não ouvir nem mais uma palavra daquela estranha conversa. Queria expulsar todas e ficar na minha solidão. Mas não conseguia. Era a primeira vez que cada uma falava das suas artimanhas de amor com maior abertura. Eu queria ouvir mais. Queria saber de tudo para melhor entender este cancro que me mata.

— Na história da vida só os homens não envelhecem — digo para aliviar aquela conversa penosa. — O homem é a árvore da vida. Nós somos as folhas. Caímos para que outras nasçam. Chegou a hora da minha queda, adeus, amigas.

— Somos amigas — diz a Lu com os olhos marejados de lágrimas — para sempre. Nós as quatro somos a causa da dor que sentes agora.

— Se não fossem vocês a derrubar-me, seriam outras. A vida das mulheres é um ciclo do inferno.

— Que pena! — a Ju fala entre lágrimas. — Nós as cinco conseguíamos moldar este barro, que se tornava numa escultura sólida em cada dia. Vais retirar as tuas mãos. O que será de nós sozinhas?

Vou à casa de banho e passo a mão por baixo de mim mesma. Nem escamas. Nem lulas. Nem tentáculos de polvo. Apenas uma concha quebrada onde o vento passa sem canto nem eco. Uma concha insípida, com sabor de água que nem mata a sede. Por aqui passaram cinco cabeças, três filhos e duas filhas com que me afirmo na história do mundo, mas para o povo do norte sou ainda criança, nunca fiz uma viagem para dentro de mim mesma. A Mauá gaba-se de ter um cacho de lulas capazes de embrulhar um homem como uma fralda. Louca! Que vá à fava com as suas magias.

24.

Vou à rua e canto em surdina a canção do desencanto. As mulheres são um mundo de encanto e de silêncio. Dizem que elas falam muito. Pode ser verdade. Dizem que elas falam de mais. Talvez. Mas elas falam de coisas fúteis, de insignificâncias. Elas sabem guardar bem no fundo delas o seu verdadeiro mundo. As mulheres são um mundo de silêncio e de segredo.

A linguagem do ventre é a mais expressiva, porque se pode ler, na multiplicação da vida. A linguagem das mãos e dos braços é também visível. Segurando um recém-nascido. Segurando um bouquet de flores no dia do casamento. Segurando uma coroa de antúrios na hora do funeral do seu amor. E a linguagem do coração? Ausente muralha de diamante. Silêncio de sepultura. Ausência impenetrável.

E a linguagem da...? Se a... pudesse falar que mensagem nos diria? De certeza ela cantaria belos poemas de dor e de saudade. Cantaria cantigas de amor e de abandono. Da violência. De violação. Da castração. Da manipulação. Ela nos diria por que chora lágrimas de sangue em cada ciclo. Dir-nos-ia a história da primeira vez. No leito nupcial. Na mata. Em baixo dos cajueiros. No banco de trás do carro. No gabinete do Senhor Diretor. À beira-mar. Nos lugares mais incríveis do planeta.

Ah, se as... pudessem falar! Contar-nos-iam histórias extraordinárias do *licaho*, o canivete da castidade. O que nos contariam as... medievais que conheceram o cinto da castidade? O que nos dirão as excisadas? O que nos dizem as que celebram as orgias *xi-maconde*, *xi-sena*, *xi-nyanja*? As... que desafiaram o *licaho* estão em silêncio, morreram com os seus segredos. As... *xi-ronga* e *xi-changana* contam histórias de espantar, dos bacanais do canho, afrodisíaco divino, nas festas da fertilidade.

Hoje estou disposta a arrancar a venda de ignorância sobre os meus olhos. Quero pôr em dia todo o saber sobre as... Sento-me no banco da esquina. Quero escutar o silêncio das... falando ao meu ouvido. Hoje quero ouvir segredos. À distância estabeleço o diálogo mudo com cada uma que passa.

Muthiana orera, onroa vayi?, pergunto. Elas escancaram as bocas e me respondem com sorrisos, de alegria, de amargura, de saudade, de desalento, ansiedade, esperança. Pergunto àquelas que passam: acreditam no amor platónico? Todas se riem de mim e me perguntam se enlouqueci. Querem saber se sou deste planeta. Amor platónico é só na lua.

Pergunto-lhes se são felizes com o seu destino. Cada uma me conta histórias intermináveis de magias de amor, com *makangas*, *xithumwas*, *wasso-wasso*, sais, ervas, mezinhas, fumo de tabaco, *cannabis*, vassouras, garrafas, mentol, só para fazer um homem perder a cabeça por ela. Olhar para as outras e pensar apenas nela. Para não despertar o fogo com as outras e dormir apenas com ela. Para dar maior sensação. Maior impressão. Colar. Prender. Sugar. Fazer o homem abandonar o corpo e seguir o caminho das estrelas mais longínquas.

Escuto a história desta, a história daquela. Todas dizem a mesma coisa. As mulheres são mesmo iguais, não são?

Iguais? Não, não somos, gritam elas. Eu tenho forma de lula. E eu meia-lua. De polvo. Tábua rasa. Concha quebrada. Bico de peru. Casca de amêijoa. Canibal. Antropófaga. Garganta mortal. Túnel do diabo. Caverna silenciosa, misteriosa. Perigosa, quem em mim toca, morre.

Então pergunto: tu, concha quebrada, que vives escondida no meio do mundo, alguma vez viste o sol? Viste a lua? Conheces uma estrela? Sabes que o céu é azul?

Ah!, responde, eu sou aquela que floresce em cada fase, porque sou a lua. Sou muito mais do que o sol porque ofereço ao mundo inteiro uma luminosidade romântica. Sou a mais maravilhosa das estrelas do firmamento. Sem mim, o mundo não tem beleza.

Convencida! Pretensiosa! Vaidosa! Mentirosa! Os homens dizem que tens gosto de água depois de parir uns tantos filhos, por isso te largam e procuram outras muito mais novas!

Oh, mentirosos são eles. Tenho destino de água porque sou do mar. De todo o corpo sou aquela que mais mergulha, ao despertar, ao deitar, ao sol do meio-dia. Tenho a humidade do limbo e das margens dos rios. Sou um pedaço de mar que não sobrevive sem um mergulho nas águas tépidas.

E tu, querida canibal, tens tido carne suficiente?

Há fome, no subterrâneo! Há choros, há gritos, há lamentos. A terra está zangada, está a desertificar. Algumas espécies animais estão em extinção. Restam poucos homens nas cidades, nas florestas, nas savanas. Estão a ser devastados pelas guerras, pelas bombas, pelas máquinas e pelos engenhos explosivos que eles mesmos semearam nas matas, quando se guerreavam por ideais que só eles entendem. Sobram poucos para alimentar as nossas bocas canibais. É por isso que os disputamos e só vence quem tem garras. Nós, as menos corajosas no combate, vivemos na renúncia e abstinência sofrendo o martírio da insónia.

Mas a culpa é toda tua, boca misteriosa, censuro, por seres caprichosa, gulosa, que vomita tudo o que come.

Eu passo anos de abstinência forçada, diz outra. O meu parceiro é mineiro na África do Sul. Só me dá uma ração de sessenta dias de dois em dois anos. Ele vem de férias só para me engravidar e partir. Sinto que vou envelhecer, sem viver. Eu consolo-a, não, não desespere, que esta fome aperta, mas não mata. Vamos acender muitas velas e fazer uma reza, para que Deus te abençoe e te mande mais pão.

Sou uma enganada, desprezada, esquecida, segreda-me outra. Não sei se é do frio. Não sei se é do cheiro. Sou um campo abandonado onde as azedas crescem. Odeio esta vida. Prefiro morrer do que viver nesta miséria. Eu respondo-lhe, o suicídio não resolve nada, vai à guerra e mata a fera, que lamento é coisa de velha.

E tu, polvo implacável, onde consegues tanta caça?

Sou polvo, não percebes? Aspiro tudo. Tenho um pote de mel que nunca acaba. Sou uma fonte inesgotável, dou de beber a todos os caminhantes. Sou a inimiga emboscada que provoca incêndios, explosões, insónias, pesadelos e enlouquece os homens.

Olho para ela e baixo a cabeça e digo: dás de beber a qualquer um, a troco de quê? Olha que essa fonte é o santuário da vida, e os lugares santos se devem purificar. Esse cantinho que tens contigo é o altar que Deus criou para manifestar todo o seu amor. Não o profanes. Mas se te faz feliz, bem hajas!..

Eu sou obediente. Sempre fui fiel e nunca pequei nem em pensamento. Aguardo sempre as ordens do meu senhor. Tenho medo do *licaho*, o canivete da castidade. Não acreditas? Nunca ouviste falar do *licaho*? É verdade, sim, existe. É um canivete mágico. Quando o intruso penetra nos aposentos alheios, o canivete fecha-se por magia e, nesse instante, os dois amantes permanecem colados um no outro, sem poderem mover-se e ficam assim, dias e dias, até que a morte os leva. Nunca ouviste dizer que um homem morreu em cima de uma mulher e a mulher por baixo de um homem? É o *licaho*, minha amiga, é o *licaho*.

Não respondo, apenas lamento: pobrezinha! Entristeço e choro. Esta... vive num compartimento hermético sem nascente nem poente. Não pode chorar porque falta ar. Não pode gritar porque não tem eco. Não conhece a brisa, nem azul, nem estrelas. Aprendeu a dizer sim e a nunca dizer não. Aprendeu a dizer obrigada, a dizer perdão e a viver na humilhação. Quando o carrasco diz: Maria, chega para aqui, ela responde, sim senhor. Agora deita-te. Sim senhor. Agora abre. Sim senhor. Agora come. Sim senhor. Agora chega. Obrigada senhor. Agora levanta-te, comeste de mais hoje. Perdão senhor.

E tu, lula, tu, bico de peru, sentem-se bem com essa imagem? Ouvi dizer que um médico russo cortou as lulas de uma mulher na hora do parto. O pobre médico nunca tinha visto aquilo e julgava que era um corpo estranho, maligno, que se enrolava no pescoço do bebé pondo em perigo a vida da mãe e da criança. A mulher, quando tomou consciência da amputação involuntária, suicidou-se, porque já não se sentia mulher. Não temem que vos possa acontecer o mesmo? Não têm medo de mostrar essas alterações anatómicas a um ginecologista estrangeiro? Não se sentem mal?

Vergonha de quê? Daquilo que nos dá prazer? Explicamos tudo antes de qualquer negócio. Os médicos se espantam, mas entendem. É bom ter lulas. Protegem-nos. Os homens inventaram o *licaho*, e nós as lulas. Quando há perigo de violação introduzimos as abas das lulas para dentro e cerramos a porta para qualquer má intenção e nada passa, nem mesmo uma agulha. Somos invioláveis. Podemos ser mortas, mas violadas não.

Olá... Estás bem vestida. Bonita. Andas em bons carros e deves ter os melhores manjares deste mundo. És a imagem daquela que vive no alto e não pede favores.

Ah, como te enganas! Numa coisa tens razão. Tenho rendas, sedas, perfumes. O meu companheiro fala fino e solta dinheiro. Mas... é um intelectual.

E daí?

Os doutores passam a vida no sofá, computador e ar condicionado. Comem iogurte, puré de batata, enlatados e tornam-se moles como galinhas de aviário. Na hora do corpo a corpo ficam frouxos e perdem o combate. Não servem. O meu doutor é assim. Comecei a pedir um fogo aqui e outro ali, para aliviar a carência. Especializei-me em esmolas amorosas e agora não há nada que me segure.

Adúltera, traidora. É por causa de... como tu que os homens nos desprezam, e dizem que nada valemos, acuso.

Os homens mentem, mas ah, como eles mentem! Dizem que não somos nada? Que não servimos? Tretas! Mais milagrosas que nós não existe em todo o corpo humano. Por isso nos odeiam, nos temem, nos mutilam, nos violam, nos torturam, nos procuram, nos magoam. Mas é por nós que eles suspiram a vida inteira. É a nós que eles procuram, de noite, de dia, desde que nascem até que morrem.

Sorrio. A... é fantástica. Fala todas as línguas do mundo, sem falar nenhuma. É altar sagrado. Santuário. É o limbo onde os justos repousam todas as amarguras desta vida. É magia, milagre, ternura. É o céu e a terra dentro da gente. É êxtase, perdição, redenção. Ah, minha..., és o meu tesouro. Hoje tenho orgulho de ser mulher. Só hoje é que aprendi que dentro de mim resides tu, que és o coração do mundo. Por que te ignorei todo este tempo? Mas por que é que só hoje aprendi esta lição?

25.

Tenho uma vontade enorme de conversar com alguém que me compreende. Que me ama e me escuta. A minha mãe. Vou beber aquele sorriso fresco que me acalma. Quero ir ouvir uma história de embalar. Quero banhar-me no reflexo dos poucos olhos tristes da cor do luar.

Encontro a minha mãe pilando. Cantando. Sorrindo. O meu pai está com dois amigos conversando na sombra da mangueira.

— Como vai, filhinha? Estás com esse teu ar triste. O que aconteceu?

Eu conto. Conto tudo e choro. Falo do divórcio que ele quer e não quer. Das minhas rivais. Das amarguras sem fim.

— Não há homem sem mulher. Nem mulher sem homem. Não há um sem outro.

— Eu duvido de mim, mãe. Faço tudo errado nesta vida. Não sei cozinhar como se deve. Não tenho na língua palavras que agradem. Perdi todos os meus encantos, mãe. Ele censura-me por tudo e por nada. Tudo o que lhe agradava não lhe agrada mais. Sou um desastre. Uma frustrada. Os olhos dele estão para outras paisagens, já não sou nada.

— Ah, minha linda menina!

— Olha só para o meu corpo, mãe. As minhas mamas eram duras e redondas como as *massalas* mas agora tornaram-se papaias. O traseiro era liso como as laranjas mas agora parece abóbora. Olha para as minhas pernas, mãe. Cheias de varizes, rugosas de celulite que parecem couve-flor.

— Filha minha! A maternidade transformou-te e te fez mulher. Estás contra o teu corpo? Alguma vez crescer foi crime? O teu corpo veste as marcas do tempo, marcas da maturidade e da sabedoria.

— Ele deixa-me por causa dos feitiços das outras, mãe. Cada uma delas faz de tudo para me fazer desaparecer e ficar no meu trono. A quantidade de feitiços que elas me contam, ai, mãe, se pudesses ouvir.

— Levanta a cabeça e sorria, minha filha. Feitiço tens tu, nesse coração. Tu foste namorada, lobolada, casada, conforme as regras. Feiticeira és tu que casaste virgem e manchaste os lençóis brancos na noite de núpcias. Essas outras mulheres, o que são?

Olho para ela com espanto. Subir ao altar é o sonho de qualquer mulher. Eu realizei-o. Esse homem que hoje me abandona foi em tempos o mais cobiçado. Conquistei-o. Tive-o. Consumi-o. Deu-me cinco filhos. Afirmei-me. Tenho a proteção da lei, as outras não têm nada. Tenho mais sorte que elas, sim.

— Por que nunca me falou dos feitiços de amor, mãe?

— Foi por causa da religião, filha. Por causa da cidade. O teu pai é um homem de cidade e pouco ligou às tradições. Tinha os seus princípios e só falava português.

— Ensina-me alguns segredos, mãe.

Ela entra num choro silencioso. Um choro de lua e de seda, que me toca, que me fere, que me inspira. Um espectro de luz se abre, tão claro como um espelho, onde a minha imagem se reflete. Vejo a tristeza desta mulher à minha frente. Uma mulher triste como eu. Esta imagem de tristeza terão as minhas filhas, temos nós, mulheres de todas as gerações, de todo o universo.

Paro de falar para poupar-lhe mais dores no velho coração e estabeleço com ela um diálogo surdo.

Apetece-me dizer-te, mãe, que o teu problema é ainda mais leve que o meu. Tens um carrasco como marido. Eu tenho um carrasco e polígamo. Um polígamo que me chamava de querida e me arrastou até à perdição. Ele me dizia que era a única e agora diz-me que as mulheres são muitas. Eu tenho rivais, mãe, que se despem na minha cara e me exibem os seus corpos de mel, comem na minha mesa e gabam-se dos seus prazeres sexuais com o meu marido. Sei que tens tatuagens, conheço-as todas, as que estão nas tuas costas e no teu ventre. Apetece-me perguntar: também tens aquelas especialidades marinhas no teu corpo, mãe? Passaste fome no teu subterrâneo? O pai tinha-te só a ti, mas veja só o meu destino. Sofrendo mágoas que nem a minha mãe conheceu. Eu entendo o significado das tuas lágrimas, mãe. Por isso não te digo nada para não aumentar a carga da tua dor, mãe. Mas, mãe, se tu sabias que a vida era assim, por que me trouxeste ao mundo, mãe? Será pela mesma razão que não me contaste as causas da morte da tua irmã querida, mãe?

26.

Deixo a casa em direção ao trabalho. Vou a pé, o Tony nunca me levou no seu carro. Caminho. Canto. *Andando na jornada encontrei o amor, sonhava com tesouro, mas...*

Uma sirene de ambulância interrompe o meu canto e olho para a esquerda. Há um rio vermelho correndo no asfalto, alguém foi mortalmente atropelado por um camião. Das veias abertas, o sangue do homem empapou a estrada, incendiando o solo com o seu vermelho de fogo. Os mirones estão silenciosos despedindo a alma que voa para além das fronteiras desta vida. Há suspiros. Lamentos, murmúrios. Quando a vida humana é arrebatada todos os seres vivos param de respirar. Mesmo as pedras se espantam. Até as águas do rio prestam um minuto de silêncio.

Era um homem adulto, forte, aparentando uns cinquenta anos. Também suspiro. No fardo inanimado, vejo um monte de obras interrompidas e muitos sóis apagados. Para ele se fecharam todos os canais de sonho e de esperança. Acabaram-se os engates, namoros, bondade, maldade. É o fim do amor. Da tirania. Da poligamia. Da desarmonia. Que o seu sangue adube este solo padrasto. Que a terra lhe dê o último descanso.

No ano passado, a esta altura do ano, a estas horas, outro homem foi atropelado aqui — comentam os mirones. Este lugar é mal-assombrado, há um espírito maligno neste troço. Coitada da família. A esposa deve estar a preparar o almoço para o marido que não voltará nunca mais. As crianças aguardando o pai que demora. Parei um minuto, olhei o morto, retomo a marcha, e caminho embalada no meu canto até à minha loja.

A depressão acompanhou-me todo o dia, mas trabalhei bem. Mal recomeçava o meu canto me vinha a imagem do morto. Regressei cansada da jornada e adormeci em seguida. Lá pela madrugada o telefone toca. A Saly desperta-me alarmada.

— Saly. O que foi?

— O Tony. Não sei dele. Saiu de casa por volta das oito da manhã, disse-me que ia comprar cigarros, não veio almoçar nem jantar e ainda não voltou. São duas da manhã.

— Ai é?

— Sim. Queria saber se não estará por aí.

— Não, não está.

— Estou aflita. Ele não está em casa de nenhuma das esposas.

— Estarei aí dentro de instantes.

Levantei-me da cama e comecei a pensar. Enervei-me. Tanto alarido por causa de um vadio? Vesti-me num minuto e saí ao encontro da Saly apesar da hora tardia, decidida a tranquilizá-la. Com um marido mulherengo vive-se de coração apertado. Imaginamo-lo morto, assassinado, acidentado, preso, quando, simplesmente, decidiu esconder-se numa toca de mel. Em casa da Saly, as outras esposas estavam lá e os dois irmãos do Tony. Entrei nas buscas só para uma descarga de consciência. Dividimo-nos por diferentes caminhos. Primeiro fomos aos lugares que habitualmente frequenta. Procurámo-lo por vales e montanhas. Revolvemos mundos e fundos. Vasculhámos o subterrâneo. Uma cabra perdida procura-se no pico mais alto do monte. No cone da palhota. Em cima da árvore. Nas curvas do sol. No voo das nuvens. Não encontrámos nada.

— Saly, por que pensas que o Tony se perdeu?

— Saiu de calções e chinelos. Deixou o carro e os documentos. Saiu por uns minutos.

— Mas sabes quem é o Tony. Estamos aqui preocupadas e talvez ele esteja bem repimpado em casa de uma nova conquista.

— Pode até ser, mas não creio. Algo deve ter acontecido.

Eram já seis da manhã. Regressei a casa e dormi um pouco.

27.

Sete horas. Oiço violentas batidas na minha porta. Desperto e abro. A minha casa é invadida pelas minhas cunhadas e tias do meu marido que entram aos choros e aos gritos.

— Parabéns, Rami — grita-me uma das mulheres. — Estás livre, conseguiste os teus intentos. Já não vais suportar o processo da desonra. Já não corres o risco do divórcio. És viúva!

— Viúva? Eu?

— Libertaste-te de um grande fardo. És livre. Mataste o nosso irmão para ficar com a herança.

Enquanto me gritam, vão afastando as cadeiras e as mesas da sala e me mandam sentar num canto. Sento-me. Por que estava eu a ser confinada naquele canto como uma prisioneira? Eu grito, eu pergunto, como é que o Tony morreu e onde, quem o encontrou, quem o matou, como o encontraram, como o identificaram. Aquelas mulheres respondiam-me: porta-te como uma viúva digna. Não compreendia o que estava a acontecer, mas sabia que uma viúva como deve ser não deve perceber nada, nem perguntar, nem sugerir nada, para não ser chamada viúva fresca, viúva alegre.

Espanta-me a rapidez com que chegaram à conclusão da morte e à urgência de me chamarem viúva. O Tony de que falam, procurei-o pela madrugada fora e não foi encontrado em lugar nenhum. Entram no meu quarto e desmontam os móveis para abrir espaço e cobrem toda a mobília com lençóis brancos. Arrastaram-me para um canto, raparam-me o cabelo à navalha e vestiram-me de preto. Acabava de perder poderes sobre o meu corpo e sobre a minha própria casa. Arrependo-me: por que não assinei aquele maldito divórcio? Tive nas mãos a oportunidade de libertar-me desta opressão e não a tomei. Volto a perguntar:

— Como morreu o meu Tony? Quando? Onde?

— As mulheres são feiticeiras. Comeste o nosso irmão, Rami. Vocês, mulheres rongas, são assim. Matam os maridos para ficarem a gozar a vida com os bens do falecido.

Chega gente de várias direções numa procissão de formigas. Em poucos instantes enchem-me a casa. Nos dias que correm, dá-se mais valor à morte que à vida e a morte é mais importante que o nascimento. As mulheres gostam de velórios. Nos velórios podem uivar todas as suas dores como lobos na noite, purificam os corpos de ácidos, na torrente de lágrimas. Quando a garganta seca e a força se esgota, recarregam a energia com chá e açúcar, pão e manteiga, paga pela família do morto. Os homens gostam de velórios para descansar, jogar *ntchuva*, damas, cartas, cavaquear sobre política, futebol e mulheres. O velório é um momento bom para vomitar infâmias, exorcizar fantasmas, apunhalar inimigos, rever parentes e velhos amigos e receber algum espólio. Na morte todos se reúnem e choram, mas em vida o homem combate só.

Levam-me para o meu quarto, como um cacho de banana verde arrastado para a estufa. Como uma cabra teimosa arrastada para o curral. Fazem de mim o que querem, já não me pertenço. Colocam-me um véu sobre a cabeça. Há gente que me abraça e chora, mas eu ainda não entendo porquê. Preciso de compreender, de aceitar, de ver para crer. Ninguém me dá tempo. Estremeço de terror e medo. O vazio invade o meu ser. O que vai ser desta vida, sem o Tony? Vivo horas de fogo, de vinagre e fel.

— O Tony foi atropelado ontem de manhã, na ponte, por volta das oito.

Respiro fundo. Vi o morto da ponte. Não tinha nada a ver com o Tony. Como é que chegaram à conclusão de que era ele, se nós, as esposas, ainda não procedemos à identificação do corpo?

Sentam-se muitas mulheres à minha volta. Estou numa prisão feita de muralhas de gente. O ar torna-se um gás letal. A respiração é pesada. Todos os corpos formam um só lençol, uma só corrente, um só calor e os nossos poros tornam-se vasos comunicantes. É aconchegante. As vozes das mulheres zumbem nos meus ouvidos como lamúrias de vacas leiteiras. São orações, ladainhas, cantilenas. Sou a abelha rainha nesta colmeia de lamentos. Uma viúva com sentimentos deve produzir potes de lágrimas, e todos expiam a grandeza do meu choro. As mãos dos homens semeiam velas como flores, no quarto, na sala, na varanda, em todo o lado. As chamas amarelinhas baloiçam como girassóis na dança da brisa. Cheira a morte, cheira a lágrimas, cheira a sebo. Todos choram pelo Tony que partiu para o além, menos eu, que choro pelo Tony que partiu para os braços de outra mulher. Choramos com devoção, eu e eles. Choramos amorosamente.

Vieram as outras quatro esposas e tivemos uma conversa fechada num dos compartimentos da casa. Para trocarmos impressões e emoções. Queria partilhar com elas as minhas dúvidas, as minhas frustrações. Tentámos definir uma estratégia comum, perante o luto.

— Rami, porquê esta pressa na declaração desta morte?

Num só instante, extraíram a certidão do morto e marcaram o funeral. Porquê tudo isto, Rami? — a voz da Saly é um bafo rouco, saindo-lhe da parte mais secreta do ser.

— Por que nos excluíram deste processo de identificação do morto? — a Ju explode numa grave revolta. — Quem melhor conhece o corpo de um homem? Não são as suas esposas? Por que não fazem uma identificação cuidadosa do corpo? O Tony é polícia. A polícia tem métodos e técnicas competentes para estes casos.

— Os colegas e superiores do Tony estiveram aqui — explico —, ofereceram os seus serviços. Foram enxotados como moscas. Esta gente tarada invocou a religião, tradição e um monte de superstições de que nunca tinha ouvido falar.

— Há traição nesta história — desabafa a Lu —, alguém nos quer envenenar, eu sinto. Alguém está a cuspir na nossa cara. Alguém está a afiar as garras para o grande saque. Meninas, preparem-se. O momento que se segue é de sangria. Alguém está a farejar a herança que esta morte traz.

— A sangria já começou. Chamaram-nos já feiticeiras, piranhas, prostitutas, interesseiras — desabafa a Saly —, um dos irmãos do Tony não para de nos olhar, como se estivesse a medir-nos, a planear alguma coisa. Ele retalha-nos com os olhos.

— Por vezes, a morte aparece sem aviso — diz a Mauá, que até aqui estivera calada. — Mas antes da morte há sempre um pequeno pressentimento. Um sonho mau, um olho tremelicando, uma cobra atravessando o caminho, um gato preto miando na noite, um morcego piando no escuro, um remoinho de vento erguendo as folhas para o céu, enfim. Mas não houve nada, nada!

— Eu tenho pombos no meu quintal — explica a Ju —, os pombos avisam a morte à distância, não falham. Quando há uma morte em casa, eles poisam no solo num arrulhar ensurdecedor e, em revoada, batem em retirada e não voltam mais. Mas os pombos do meu quintal arrulham alegremente. Alguma coisa não está a correr bem, Rami, não sei o que é.

Sinto um cheiro de fel invadindo-me o corpo. Um cheiro de calor, cheiro da dor. As minhas rivais esperam de mim uma palavra, mas a minha garganta é uma porta fechada. Tenho dúvidas e certezas, mas os agouros que sinto impedem-me de partilhar os pressentimentos. Tenho medo de precipitar acontecimentos imprevistos. É melhor deixar que o barco se afunde e a fruta caia apodrecida.

— Ah, vocês, gente do sul — aponta a Lu numa voz acusatória. — Sou sena. Entre nós, os sena, a morte é íntima. Tão íntima como o beijo, como o amor, como o nascimento. A morte diz respeito a um núcleo apenas. Os parentes e amigos apresentam pêsames mas não se detêm para não serem conspurcados pelo espectro da morte. Aqui no sul, a morte é celebração, é festa. Uma oportunidade boa para comer sem pagar. Com a elevada mortalidade que há, conheço gente que anda de funeral em funeral, a cantar, chorar, comer e engordar sem a menor despesa. Digam-me vocês todas. Quem vai encher as panças de toda essa gentalha?

No final da tarde, os irmãos do Tony levam-nos para a morgue. À entrada da morgue os trabalhadores do local vestem-nos de batas brancas e máscaras brancas. Entramos. Tudo era branco. Paredes brancas, corredores brancos, armários e gavetas monstras, também brancas, lajes brancas, pias brancas, ladrilhos brancos, macas brancas. Trabalhadores da morgue vestidos de branco. Neste lugar os corpos inertes dormem como troncos serrados, cobertos de lençóis brancos, nas ondas de frio. A morte é branca. No céu destas paredes sobrevoam almas invisíveis, que devem ser também brancas e geladas de frio. Fico arrepiada.

O nosso morto está ali aguardando a morada final. Tem o corpo desfigurado, difícil de identificar. Foi espalmado, desenformado, como uma geleia espalhada no chão. Os olhos estão fora das órbitas e sem expressão. Um homem vestido de branco mostra-nos o cadáver que dizem ser nosso. Olho bem para trás da orelha direita. Falta uma cicatriz, vestígio de uma luta antiga. Dei-lhe uma garrafada na cabeça que lhe causou uma enorme fenda e ele foi bordado como renda na sala de cirurgia. Uma cicatriz não desaparece por causa de um acidente. Definitivamente, este morto não é o meu Tony, falta-lhe a marca do meu crime.

A minha sogra está diante do corpo. Ela não abre os olhos. Fecha-os. Uma mãe não precisa de olhar. Sente. Deve estar a recordar os bons tempos em que o filho vivia no seu ventre, nos seus braços, no seu mundo.

Aproximo-me da minha sogra e sussurro-lhe ao ouvido: mãe, este não é o Tony. Ela oferece-me um sorriso triste e responde entre lágrimas: pobre filha minha. É duro aceitar a realidade. É sempre assim, sempre foi, eu sei. Coragem, minha menina. A velha não me leva a sério. Banha-me com um olhar de ternura, abraça-me, afaga-me, afoga-me. Desespero. Ó gente cega, gente surda, gente parva! Será que não tenho o direito de ser ouvida pelo menos uma vez na vida? Estou cansada de ser mulher. De suportar cada capricho. Ser estrangeira na minha própria casa. Estou cansada de ser sombra. Silhueta. Já que não me querem ouvir, a vingança será o meu silêncio. Não irei partilhar as minhas dúvidas. Vou deixar que este morto se enterre.

Levei muito tempo a compreender a razão de tanta pressa na solução de um caso tão delicado. Tudo não passava de um ato de vingança e de ódio. Odiavam-nos. Odiavam a prosperidade do Tony. Vingavam-se contra tudo o que quiseram ter e a vida lhes negou: títulos, mulheres, casas, carros, propriedades. Eu vou entrar neste jogo por vingança. Vamos lá ver o que dá. Sinto que me vou divertir e muito. Não vou tirar a esta gente o prazer de realizar um funeral condigno. Têm necessidade de chorar. Que chorem.

A cegueira desta gente é filha da superstição. Das mulheres nuas que dão azar. Vem da crença secular na linguagem dos búzios e ossos que falam mais verdades que as mulheres. Vem da matemática do ódio e da inveja, em que dois mais dois são cinco. Vem da crença nas maldades e feitiços incubados no ventre das mulheres. Ele pediu-me o divórcio. Eu disse que não. É bem sabido que ser viúva rende mais do que ser divorciada. Na superstição de alguns, eu encomendei a morte por magia, para evitar o divórcio e ficar com o espólio do morto. Naquela ponte onde o morto morreu, há um mistério. No ano passado, naquele exato lugar, na mesma hora matinal, foi morto um homem quando saía da casa de uma esposa para a casa da outra esposa. Esse lugar fica entre a casa da Saly e da Ju. Naquele lugar há um espírito poderoso, pavoroso, maligno, um espírito devorador de polígamos.

28.

Final da tarde. Chega a família da Mauá para exigir os direitos da viúva de acordo com a tradição macua. Entre os macuas, a mulher é mãe, rainha e criadora do universo. Uma viúva macua recebe amor, carinho e ajuda. Vêm reclamar a parte da herança que lhe cabe na viuvez. E vieram em peso, os macuas. Aguardam na sala e falam aquela língua deles que não entendemos. Antes da reunião começar, chega também a família da Saly, que é maconde, com as mesmas intenções. Macuas e macondes juntam-se numa força para defender os interesses das sobrinhas. Anoitece. A luz elétrica cai sobre os corpos suados dando-lhes a imagem de esculturas de pau-preto.

O porta-voz das duas famílias inicia o discurso com voz sonante e muita classe. Explica o problema e expõe as reivindicações.

O irmão mais velho do Tony é o porta-voz da família. Em resposta, começa a definir o estatuto de cada uma das esposas do Tony. Diz que a poligamia é um sistema com regras próprias, e, nessa matéria, o sul é diferente do norte. Cada nova mulher é produto de uma necessidade, e não apenas de prazeres escondidos. Na poligamia a mulher é tirada da casa de uma família, virgem e pura como todas as noivas. Diz que as viúvas verdadeiras somos eu e a Ju. Mesmo a Ju não é viúva perfeita, explica, porque a sua entrada no lar fez-se sem o conhecimento do conselho da família e sem o consentimento da primeira esposa. As outras são simples concubinas, simples aventureiras com que o Tony se cruzou na estrada da vida. Colaram-se ao Tony quando já era doutor, tinha boas casas e bons carros. A poligamia verdadeira não é feita de interesses.

Esta resposta ofende os macuas e macondes, levanta os ânimos e as vozes sobem de tom.

— Soubemos dos maus-tratos que estão a dar à D. Rami — diz o tio da Mauá. — Gostaríamos de declarar que as macuas e as macondes não são gado para serem maltratadas. Viemos avisar que não devem tocar num centímetro da pele das meninas. Não queremos ouvir falar desses vossos rituais de cortar cabelo e fazer vacinas.

— Vocês são do norte, e tratem das vossas coisas nas vossas casas, que nós, do sul, temos as nossas tradições — responde o irmão do Tony. — Não nos venham aqui dar ordens porque vocês, macuas, não são homens. Na vossa terra as mulheres é que mandam. Onde já se viu um homem casar e ir viver na família da mulher? Onde já se viu um homem trabalhar a vida inteira para abandonar o produto do suor nas mãos dela, quando morre ou quando há separação?

— As mulheres são flores, devem ser bem tratadas. As mulheres são fracas, devem ser protegidas. Quem melhor que a família da mãe para dar carinho e proteção? Quando morre o marido, a casa fica com ela e com os filhos. Afinal foi construída para eles.

— Vocês, do norte, são escravos delas. Trabalham a vida

inteira só para elas. Até os filhos têm o apelido da mãe. Que tipo de homens vocês são?

— E vocês do sul são brutos, tratam as mulheres como bichos. Alguém, neste mundo, sabe quem é o verdadeiro pai dos filhos da mulher? O senhor, que tanto nos insulta, tem a certeza de que os filhos que diz serem seus o são, de certeza? Na nossa terra os filhos têm o apelido da mãe, sim. Pai é dúvida, mãe é certeza. Um galo não choca ovos, nunca. É bom dar a César o que é de César.

Braços navegam no ar como peixes no mar. A discussão aquece e afasta toda a classe. Todos os traços de orgulho se pagam e a vileza se aflora. Esquece-se a morte, esquece-se o luto. Param as rezas, os choros e as cantilenas.

— Xingondos atrasados! Macondes tatuados! Metam-se na vossa vida e deixem-nos com a nossa!

— *Machanganas* brutos, desumanos, bárbaros e grosseiros. Vocês não são humanos, assassinam as vossas mulheres. Não têm respeito pelas vossas próprias mães.

— O Tony é culpado de tudo isto. Com tantas mulheres bonitas que há no sul, que necessidade tinha de ir buscar essas nortenhas confusas?

— Mulheres bonitas só no norte, seus *machanganas*! As nortenhas são leves e livres. As nortenhas são belas. As vossas mulheres são pesadas, são grossas, têm o rabo grande de comer tanto amendoim!

Os homens debatem-se à pedrada. Os corpos estão em tensão máxima. As vozes crescem como uivos na noite de lua. Tiram os casacos e as gravatas, a guerra é brava. Que pena, o espaço é pequeno para fazer o ringue. Senão aqui haveria uma belíssima sessão de boxe de *machanganas* contra xingondos ou vice-versa. Esta cena está boa de mais. Que pena o Tony não estar aqui para assistir com os próprios olhos à confusão que gerou.

— Vão à fava, seus xingondos com as vossas mulheres preguiçosas. Passam a vida a pintar-se. A pentear-se. E vocês, escravos delas, sempre a suportar caprichos dessas mulheres, sempre a comprar ouro, panos, roupas novas. Vocês não são nada. Vocês não têm poder nenhum e nem mandam na vossa própria casa.

— Aí é que se enganam. As nossas mulheres são trabalhadoras. Cuidam da casa, varrem o quintal, lavam a roupa, destilam boa aguardente para nós, seus maridos, buscam a água na fonte e preparam o nosso banho, são boas na cozinha e na cama também. Nós investimos na beleza delas. Investimos no seu repouso e todo o mundo se encanta com as mulheres da nossa terra. Perguntem aos árabes que chegaram primeiro às terras macuas, ancoraram os barcos e ficaram de vez. Perguntem aos portugueses que por lá passaram e se apaixonaram mortalmente pelas negras mais lindas da superfície da terra. Perguntem aos franceses que lá estão e que ficaram ofuscados, enlouquecidos, apaixonados pela beleza das nossas macuas, até perderam o caminho do regresso. Perguntem aos padres que abandonaram as batinas e morreram de amor pelas macuas da nossa ilha. Perguntem ao vosso Tony, que abandonou a família e se perdeu nos encantos da nossa Mauá. As nossas mulheres são educadas para a vida e para o amor. Elas são a brisa, a flor, o amor perfeito.

— Isso tudo é conversa, xingondos desgraçados. Vocês investem nas mulheres? Que tipo de investimento?

— Investimos, sim. Porque a mulher é terra. Sem adubar, sem regar, ela nada produz. Enquanto vocês batem nelas, pisam nelas, nós as enfeitamos, amamos e cuidamos como plantas do mais belo jardim.

A Mauá e a Saly tremem de medo. Aproximam-se de mim e pedem socorro.

— Rami, temos que fazer alguma coisa. Eles vão matar-se.

— Calma, Mauá, não se matam não.

— Esta discussão é violenta de mais.

— Só se bate o que se constrói. Martelo no prego. Ferro na pedra. Pá na areia. Não se assustem.

— Esta discussão vai longe de mais — desabafa a Saly.

— Ainda bem. Longe é o horizonte, fronteira dos nossos olhos. Todo o peregrino quer chegar longe. Nós também queremos chegar longe, não é, Saly? Isto é uma luta de galos, com vencedores e vencidos, mas ninguém morre.

O meu cunhado perde a força do argumento. Começa com os lamentos. Diz que a culpa é do Tony, homem sem-vergonha, cujos amores não conhecem o norte nem o sul. Que ama mulheres de todo o país como se pudesse ser um marido nacional. Diz que os amores do Tony não conhecem nem fronteiras, nem raça, nem grupo étnico, nem região, muito menos religião.

Digladiam-se norte contra sul, sul contra norte, deitando um punhado de areia para os problemas do momento. Nos campos, o milho foi calcinado pelo sol e as crianças choram de fome. O pai perdeu emprego. O filho mais velho contraiu SIDA e desfaz-se aos anéis como o cadáver da centopeia. A filha mais nova amantizou-se com um branco estrangeiro, ficou grávida e o branco partiu para a sua terra. Lá no norte, o rio Zambeze derramou as suas ondas que mataram lagartos, capim, formigas, pessoas. Arrastou crocodilos do seu leito para as aldeias, que se escondem na pestilência dos lodos e comem crianças. Cá no sul, os jovens consomem droga, não vão à escola, violam mulheres e roubam carros. Alguns dos homens furiosos nesta sala foram guerreiros e libertaram o país inteiro, mas não têm eira nem beira, muito menos um pedaço de terra para construir a sua morada, vivem debaixo de uma árvore onde destilam aguardente que bebem para esquecer, traficam o sexo das filhas e vendem soruma.

Nortenhos ou sulistas, cada um quer ser mais alto e chegar

primeiro ao umbigo do céu. Cada um quer ser garça, falcão, albatroz, para alcançar mais depressa o alto do monte onde ainda pende um cacho de banana e uma galinha assada no braseiro do mundo.

29.

Chamam-nos para uma nova reunião de família, a mim e à Ju. As nortenhas ficam de fora. Viram-se todos contra mim e descarregam a fúria.

— Rami, tens que assumir a responsabilidade do que se passou com o Tony. Ele perdeu a vida por tua culpa.

Eu digo que sim.

— Ele começou a arranjar mulheres lá fora e acabou por se tornar polígamo, porque não o satisfazias. Porque tinhas sempre a mesa mal posta e a cama fria. Porque és altiva e nada compreensiva. Porque não sabias amar nem conviver.

Eu digo que sim.

— A feiticeira és tu, Rami. Se não fosse essa tua mania de juntar as esposas, nada disto teria acontecido. Juntaram-se e as cinco fizeram correntes negativas dentro desta casa.

Eu digo que sim.

— O feitiço é teu. Mataste-o para evitar o divórcio e ficares com os bens do falecido.

Eu digo que sim.

— Mataste o nosso irmão como um gato e temperaste-o com alho.

Eu digo que sim.

— Fomos a um curandeiro, um curandeiro bom. Ele acusa-te. Diz que foste à busca da vingança, sem saber que era morte que compravas.

Eu digo que sim.

São as mulheres que falam. E como falam! Vomitam dores, espinhos, desgostos, frustrações. Eu não engulo as lavas que me dão em taças de fogo. Bebo um copo de água das pedras e cuspo-lhes na cara saliva fresca. Esbofeteiam uma face. Dou a outra face envenenada, quem nela bate, morre.

Dizem que se deve cumprir à risca com todas as tradições da morte. É preciso voltar às raízes. Pedem ao tempo para voltar atrás e vão às apalpadelas, não conhecem o caminho. E o tempo volta apenas para mim, a quem retalham como um bolo de creme na festa de anos.

Agora falam do *kutchinga*, purificação sexual. Os olhos dos meus cunhados, candidatos ao sagrado ato, brilham como cristais. Cheira a erotismo no ar. A expectativa cresce. Sobre quem cairá a bendita sorte? Quem irá herdar todas as esposas do Tony? Fico assustada. Revoltada. Minha pele se encharca de suor e medo. Meu coração bate de surpresa infinda. *Kutchinga*! Eu serei *tchingada* por qualquer um. E todos aguçam os dentes para me *tchingar* a mim. A parede é firme e fria. Ampara-me. O dorso do chão é duro, é seguro. Suporta-me. É tão cruel e tão malvada esta gente... Peço a qualquer Deus qualquer socorro. Ninguém me ajuda, nem Deus, nem santos.

Kutchinga é lavar o nojo com beijos de mel. É inaugurar a viúva na nova vida, oito dias depois da fatalidade. *Kutchinga* é carimbo, marca de propriedade. Mulher é lobolada com dinheiro e gado. É propriedade. Quem investe cobra, é preciso que o investimento renda. De repente me vem uma pergunta louca: existirá alguma mulher que, no ato de *kutchinga*, gemesse de prazer? Mas nem tudo é mau. No meio desta desgraça, há uma coisa boa. Com a falta de homens que dizem haver, é bom saber que a viuvez me reserva um outro alguém, mesmo que seja de vez em quando. É confortante saber que tenho onde encostar o meu ombro sem precisar de andar pelas ruas a vender os meus encantos diminuídos pelo tempo. Incesto? Incesto não, apenas levirato. Incesto só há quando corre o mesmo sangue nas veias.

30.

A Eva veio visitar-me. Apresentou-se e arrastou-me para um canto. A conversa que traz não tem nada a ver com mortos nem pêsames. Surpreende-me. Aproveito a ocasião para descobrir o que encantou o meu Tony. Aprecio-a. A boca dela é um caju fresco, vermelho, colhido no divino cajual. O sorriso dela brilha mais que o diamante. A sua voz solta cantos, solta pombos brancos, pérolas, pepitas de ouro. Tem a pele mais lisa que o vidro polido. Como é bela, meu Deus! Sinto por ela uma torrente de fraternidade, uma atração tão mágica como o amor à primeira vista. Trocamos confidências como velhas amigas, como irmãs gémeas.

— Eu sou a Eva, não me conheces. Sou amiga do Tony. Quem disse que o Tony morreu? E como morreu? Quem o identificou?

As suas perguntas são incisivas como um bisturi na grande cirurgia. Estremeço. Baixo os olhos e não respondo. Não sei o que responder, não tenho nada para responder.

— Perdoa-me, Rami, mas não acredito nessa história. Esse

morto que vão enterrar morreu de manhã. Na noite do mesmo dia, o Tony foi de férias para Paris. Eu mesma o levei ao aeroporto. Não vos despediu por razões que não interessam, de momento. Fiz eu check-in. Vi-o a embarcar. Ele chegou e telefonou na manhã seguinte. Pode alguém estar vivo e morto ao mesmo tempo?

Eu respiro fundo, aquela revelação extrai a bala fatal, alojada no meu peito. Ela segura a minha mão. E transmite-me o calor do seu corpo. Naquele gesto ela segura a minha alma inteira. Relaxo.

— Não me quero envolver nesta história, Rami, mas a verdade é que também não consigo ficar alheia.

Nos olhos de Eva, duas lágrimas suspendem-se nas órbitas, ameaçando invadir as comportas para correr em liberdade pelo rosto claro. Se caírem vão estragar a maquilhagem, ela vai ficar borrada, feia, meu Deus, faz alguma coisa para evitar a desgraça.

— Porquê este interesse, porquê?

— Tenho as minhas razões. Primeiro, fui eu que sugeri ao Tony esta viagem para ir consultar um médico por causa daquele problema do joelho. Tratei de tudo, desde as reservas de voos, hotéis, consultas. Quando tudo está pronto, carrega na bagagem outra mulher, para a lua de mel. A tal Gaby. Segundo, eu não sabia que ele tinha tantas mulheres. Conhecia apenas a Mauá, a quem ele me convenceu ser a única e a legítima esposa. Descobri que ele mentia. Fiquei muito magoada.

Mais lágrimas correm do meu rosto, inesgotável fonte. Ela tenta secar o meu rio com as mãos nuas. Aquelas mãos correm suaves no meu rosto, como flocos de algodão. Aquelas mãos transmitem calor como asas de galinha cobrindo os pintos. Descarrega sobre mim um oceano de ternura. Coloca o seu braço delicado sobre o meu ombro. Abraça-me. Sinto o cheiro do perfume dela. O Tony tem razão de se perder de amores por ela, como ela é boa, meu Deus!

Agora fala-me das minhas rivais. Depois de enxovalhadas na reunião de família, a Lu, a Saly e a Mauá apareceram-lhe, furiosas, comunicaram a morte do Tony e fizeram exigências. Disseram-lhe: aquele homem que um dia amaste era nosso. Não é justo carregarmos o luto sozinhas. Exigiram-lhe que participasse no luto. Apanhada de surpresa, não sabia o que dizer. Deram-lhe uma lista de opções e ela escolheu a mais razoável: cobrir as necessidades alimentares daquela gente que está ali para comer e chorar.

— Trouxe um cabaz bem recheado. Vocês, gente do sul, aproveitam o luto para encher a pança.

— Perdoa-lhes. Elas saíram daqui enxovalhadas como lixo, enxotadas como galinhas e foram a tua casa fazer a desforra. E tu de onde és, Eva?

— Sou de Palma, lá do canto norte desta terra, à beira do mar, de onde ninguém fala. Sou maconde.

— Ah!

— Quero deixar também claro que o Tony é um simples amigo. Sem compromissos.

— Obrigada!

— Rami, trouxe documentos de viagem que mostram a verdadeira história. Tens nas mãos todas as provas. Manda parar com esta loucura.

— Preciso de pensar.

— Vamos, chama a polícia. Se quiseres contrato já um advogado para mandar parar esta farsa.

— Não adianta. O Tony é chefe da polícia, bem sabes. Sugeri aos meus cunhados uma investigação e uma identificação mais técnica, mais séria. Invocaram a tradição e a religião e mandaram-me calar a boca. Querem fazer tudo à sua maneira. Olha só o que me fizeram.

Tiro o lenço e mostro-lhe a minha cabeça rapada.

— Fizeram-me isto porque sou viúva. Porque é tradição. Banharam-me com óleos e sebos que cheiram a fezes. Meteram-me num quarto cheio de fumos de incenso e outros cheiros estranhos que pioraram a minha sinusite. Rasgaram-me a pele com lâminas para esfregar pomadas ardentes cujos efeitos desconheço.

— Já te raparam o cabelo, Rami. Agora vão fazer o pior.

— Que façam.

— Esses *machanganas* têm a tradição de expulsar a viúva e os órfãos da sua casa.

— Que me expulsem. De resto nem sou viúva.

— Hão de fazer-te essa tal coisa de *kutchinga*.

— Que me *tchinguem*. De resto, estou mesmo a precisar de um momento de amor. Sei até com quem vai ser.

— Quem?

— Olha para os homens ali sentados. Vês algum com auréola de nobreza?

— O de camisa azul?

— Esse mesmo.

— Meu Deus!

— Assustou-te?

— Pelo contrário, inspirou-me. É um monumento de diamante, esse homem. Se toda aquela beleza tivesse ações na bolsa de valores, comprava-as todas, eu juro. Se ele estivesse em leilão, pagava o preço mais alto, só para ele ficar comigo, para uma noite de amor. Se pudesse, comprava até o chão que ele pisa. Serás bem servida, estás de parabéns, Rami.

— Pois esse monumento vai ser meu na cerimónia do *kutchinga*. Por pouco tempo, mas meu. Estou ansiosa. Ah, mas como demora a chegar, esse dia!

Escondi o rosto no véu para mascarar o riso. Simulei gemidos e choros. A Eva imita-me.

— E como vai reagir o Tony, com essa história?

Contei-lhe todas as amarguras do meu casamento, as escalas conjugais, a orgia de vingança, a proposta do divórcio que não aconteceu, e ela não consegue acreditar.

— Esse Tony é um louco — desabafa a Eva.

— Merece um bom castigo.

— Concordo. Ele tem que aprender a lição da vida.

— A oportunidade é boa.

— Estou do teu lado. É preciso dar uma lição a esse chalado.

A Eva despede-se e deixa-me só com a minha tristeza. Persigo-a com os olhos. Eva, minha linda rival. Que me trouxe a aurora numa pétala de flor, que matou a minha dor, que trouxe na concha da mão toda a verdade sobre o ridículo desta farsa. Regresso ao meu posto de viúva para assumir o meu papel de mulher como deve ser. Mulher é ser solitário na marcha da multidão. Mulher é a dor coletiva que cobre o mundo inteiro. É passado, presente e futuro, lugar e distância, ligados pelo mesmo grito. Em cada passo há uma mulher que se dá, para dar vida à vida. Em cada instante há uma mulher que se espalha como o vento, fertilizando os campos, para transformar o planeta numa alcofa de rendas.

Penso na minha situação. Este é o preço de tantos anos de dedicação. Sou uma boa mulher. Fui sempre uma boa moça. As boas moças são as mais caçadas, casadas, guardadas em casa como um tesouro. Vivem num cofre sem luz nem ar, entre o amor e a submissão. As más moças são repudiadas e deixadas em liberdade. Voam para qualquer lugar que lhes dá na gana, como as borboletas. Emprestam à natureza o colorido das suas asas e respiram o ar puro dos campos entre o amor e a liberdade. Vida de mulher não tem meio-termo: tesouro e submissão, ou borboleta e liberdade.

31.

Chegou o dia do funeral. As outras quatro viúvas estão aqui comigo. Estão todas vestidas de preto. Como eu. Mas a roupa delas é mais leve que a minha. Esta gente tarada lançou todas as cores pretas do mundo contra o meu corpo. Luvas de cetim e renda pretas — com todo este calor, imaginem —, meias pretas, brincos e colar pretos, vestido comprido de mangas compridas, preto, lenço de seda preto, xaile preto, sapatos pretos. Só faltava pintarem-me o corpo de preto verdadeiro, para completar o preto da minha raça. A roupa que uso, mandei fazer no melhor costureiro da cidade, estou extraordinariamente bela, de luto, mas bela. Tudo o que quero é que todas se lembrem de mim ao evocar este dia.

O cortejo fúnebre sabe-me a marcha nupcial. Tem padre, perfumes, flores, véus, cânticos. E eu sou a noiva, a rainha principal desta festa. Esta fila de gente parece um enxame de formigas em procissão, transportando migalhas de pão para o fundo do chão. Os pés da multidão pisam a terra como cavalos em tropel.

O teatro é muito melhor do que eu imaginava. Há muitas

mulheres chorando. Viúvas somos apenas cinco. Quem serão estas lindas carpideiras, que rebentam os meus tímpanos com gritos selvagens? Namoradas ou amantes do Tony? O cemitério é o lugar onde não se esconde dor nenhuma e elas gritam à vontade, para libertar a dor dos próprios corpos. O cemitério é a morada final. A morada feliz. Eu também choro, com muita classe e em silêncio. Choro por aqueles que choram pela perda que não há.

É tarde, o sol sorri em despedida. Estou no meio de sombras. Sombras que se levantam e caem ao ritmo do sol de cada dia. Chegou a hora fatal, o caixão desce às goelas da terra, essa pescadora de corpos, com tentáculos invisíveis. Nem as palavras nem as preces podem impedir o voo final. Há um pacto entre a dor e o silêncio. Entre murmúrios e lágrimas. Na imagem do morto, o reflexo do destino, da sorte. Todos somos mortais. Morte é fruta madura emancipando-se da árvore para seguir o seu próprio caminho. Penso na viuvez real. Nesta vida, tudo passa. O amor. O beijo. A voz melodiosa falando de paixão. Os braços fortes embalando como ninguém. As brigas. Os desejos reprimidos. As incompreensões. Aquele morto que desce liberta em mim uma grande angústia. Já não quero saber de mais nada nesta vida. Um manto de recordações amargas invade a minha mente como pirilampos. Sinto uma noite imensa a abraçar-me a alma e encosto o meu corpo nas paredes do horizonte. O Tony acaba de morrer agora, no corpo deste estranho. Já não quero mais vê-lo, tudo morreu para mim. Ele destruiu tudo o que nele via e admirava. Não reconheceu as fronteiras da liberdade. Em nome do amor misturou prazeres e espinhos. Como muitos homens, não compreendeu que o amor é uma empresa, exigindo competente gestão e manutenção. Uma empresa com prejuízos difíceis de suportar, como este equívoco, estas lágrimas, estas mágoas, este luto. O mundo inteiro olhará para ele, segundo o retrato que esculpiu sobre si próprio. Homem vivo que fez de si um morto. Meu Deus, tende piedade do meu Tony. Tende piedade de todos os homens que cometem os crimes mais hediondos em nome de uma tradição e de uma cultura, como o cunhado da minha mãe que enviou a esposa para os caminhos da morte por causa de uma moela de galinha. Perdoa, meu Deus, aquele rei tirano que condenou a princesa Vuyazi ao inferno dos céus, muito longe do calor dos defuntos, no paraíso da terra, à volta da fogueira dos seus antepassados, Ámen!

A multidão lança gritos de bradar aos céus. É um oceano de desespero. Quem quer que seja o morto enterrado, teve um funeral condigno, com lágrimas que não eram suas. Eu estou serena, derramo uma lágrima apenas, para não estragar a minha pose. Olho para o Levy com olhos gulosos. Ele será o meu purificador sexual, a decisão já foi tomada e ele acatou-a com prazer. Dentro de pouco tempo estarei nos seus braços, na cerimónia de *kutchinga*. Serei viúva apenas por oito dias. Sou um pouco mais velha que ele, mas sinto que vai amar-me e muito, pois apesar desta idade e deste peso tenho muita doçura e muito charme. Daqui a oito dias vou-me despir. Dançar *niketche* só para ele, enquanto a esposa legítima morre de ciúmes lá fora. Vou pedir a Mauá para me iniciar nos passos desta dança, ah, que o tempo demora a passar! Deus queira que o Tony só regresse a casa depois deste ato consumado.

A nossa tradição é de longe superior ao luto cristão. Para quê tantas lágrimas, tantas velas, tantas flores, jejum, abstinência, se o morto está morto e a vida continua? Chamem-me desavergonhada. Deem-me todos os nomes feios que quiserem. Sou mulher e basta. Estou a cumprir à risca a tradição ditada pela família do meu marido.

Depois do funeral, a divisão de bens. Carregam tudo o que podem: geleiras, camas, pratos, mobílias, cortinados. Até as peúgas e cuecas do Tony disputaram. Levaram quadros, tapetes da casa de banho. Deixaram-me as paredes e o teto, e dão-me um prazo de trinta dias para abandonar a casa. Pilharam a mim, só a mim. As outras não. Contam histórias mais extraordinárias à volta delas. Dizem que não são viúvas verdadeiras. Que são nortenhas e têm cultura diferente. Que os xingondos são unidos e provocar um é provocar todos. Que os espíritos desses senas, macuas, macondes, além de poderosos são perigosos. Beneficiar do estatuto de viúva é ficar nua, com uma mão à frente e outra atrás?

32.

Oiço vozes zumbindo nas traseiras do meu quintal. É sexta-feira. Prepara-se a cerimónia dos oito dias do morto. Um grupo de mulheres faz uma enorme fogueira. Colocam folhas verdes dentro de um pote enorme. Que fazem aqui estas bruxas, que não dormem? Está frio. No céu a madrugada ainda reina. Desde que a morte entrou nesta casa, estas bruxas não dormem e não se cansam de fazer das suas. Volto para a minha esteira e adormeço.

Uma tia do Tony vem e arranca-me a manta e o lençol. Fico com raiva. Desprotegida. Vulnerável.

— O que aconteceu?

Não me responde. Segura-me pelo pulso e arrasta-me com a maior força do mundo. Visto o meu robe e corro para a casa de banho. Sento-me na pia e faço o meu chichi. Os nervos me sobem. Vou ao espelho buscar o meu consolo. Elas arrancam-me de lá.

— Para onde vou?

Ninguém me responde. Trazem o enorme pote de infusões com milhares de folhas boiando.

— Para que é?

Nada me dizem. Arrancam-me a roupa, quase que a rasgam. Cobrem-me com uma manta grossa de algodão e submetem-me ao banho de vapor. Transpiro, queimo. Meu Deus, elas querem-me esfolar. Meu Deus, elas vão me estripar. Esfregam-me o corpo todo com ervas, como uma panela suja com fumo de carvão. Acabam de fazer o banho.

— Onde está a minha roupa?

Silêncio. Cobrem-me com um lençol branco e me arrastam para o quarto ao lado. Nas paredes, cortinados verdes. Fumo de incenso. No chão, um tapete de folhas frescas, como se lá tivessem caído todas as folhas do mundo. Arrancam-me o lençol, saem do quarto e deixam-me só, tal como nasci. Meu Deus, o que querem de mim? Que mal é que eu lhes fiz? Dentro de mim explode um grito estrondoso, forte, dinamítico. Com as conchas das mãos, cubro-me inteira do frio e da vergonha.

Levanto os olhos à busca do céu. Rezo. Meu Deus, olha para mim. Sou um grão de areia na planta do pé do meu senhor. Meu Deus, por que me puseste aqui? Por que ficas alheio ao meu sofrer? Vivo esperando um milagre teu, não me mandas nenhum, porquê? Veja bem, meu Deus, nunca te envergonhei. Nunca te desobedeci. Que castigo é esse que não tem fim?

O meu destino é uma miríade de surpresas dissimuladas que dançam aos meus olhos como visões quiméricas. Consolo-me. Não sou a única. Todas as viúvas desta família passaram por isto.

Sinto alguma coisa quente tocando no meu ombro. É uma mão. Um braço. Sinto o cheiro de homem. Uma corda arrebata-me pela cintura. É o outro braço que me enlaça, que me rapta. Chegou a hora do *kutchinga*, a tradição entrega-me nos braços do herdeiro. Por que não me disseram elas que era hoje? Para quê todo este segredo, esta surpresa? Não tenho nada do meu ser. Nem desejo, nem sombra. Se eu recuso este ato me tiram tudo, até os filhos, e fico de mãos vazias. Nada deste mundo é meu e nem eu mesma me pertenço.

Ele dá-me um beijo pequeno. Um beijinho suave e incendeia-me toda com a sua chama. As suas mãos macias tocam o tambor da minha pele. Sou o teu tambor, Levy, toca na minha alma, toca. Toca bem no fundo do meu peito até que morra de vibração, toca. Ai meu Deus, sinto leveza no meu corpo. Sinto um rio de mel correndo na minha boca. Meu Deus, o paraíso está dentro do meu corpo. Tenho fogo aceso no meu forno, eu ardo, eu enlouqueço, eu me afundo. Mergulhamos fundo na leveza das ondas. Sobre nós cai a chuva luminosa das estrelas-do-mar. Os peixes-voadores emprestam-nos as suas asas e voamos no profundo do oceano. A terra é um lugar amargo e distante. Sinto que vou morrer nos braços deste homem. Eu quero morrer nos braços deste homem.

Amor de um instante? Que seja! Vale mais a pena ser amada um minuto que desprezada a vida inteira.

33.

O Tony regressa a casa como um homem vencido, um desertor arrependido, filho pródigo. Um traste, um homem morto. Depara com a casa vazia. Em passos rápidos varre todos os compartimentos. Dá umas tantas voltas. Tem a sensação de estar a caminhar num outro lugar que não é a sua casa. As salas parecem-lhe campos de futebol de salão. No outro quarto vê os filhos sentados numa esteira como prisioneiros numa cela.

— Rami, o que houve aqui?

— Senta-te — ordeno-lhe — para que não caias de surpresa.

— Onde estão as cadeiras, as mobílias, as camas todas?

Vou ao quintal e busco uma grade vazia, de cerveja. Ofereço.

— Aqui está a cadeira. Senta-te.

Ele senta-se na grade e eu no chão. Dialogamos. Contei-lhe o que pude. Nervoso, quer saber de tudo. Mas não posso contar uma história tão longa de uma só vez. Salto alguns capítulos da história à medida que me vou recordando. Fica silencioso por muito tempo e lágrimas espreitam-lhe dos olhos tristes. Meu Deus, hoje vai acontecer um milagre, o Tony vai chorar no meu ombro pela primeira vez. Mas as lágrimas recuam, os olhos secam. Só os braços caem como pétalas desfolhadas ao vento. A força do corpo evapora-se e voa invisível no azul atmosférico. Cruza os braços sobre a cintura como cinto de segurança para o corpo que cai. É como se uma mão mágica o despisse e uma sonda drenasse o sangue, o ar, a alma, tudo. Abandona o banco e se senta sobre o solo como um saco vazio. A desgraça não precisa de olfato, nem tato. É de uma visibilidade cruel.

— Vi a tua morte e fui ao teu funeral — desabafo. — Usei luto pesado. Os malvados da tua família até o meu cabelo raparam. Até o *kutchinga*, cerimónia de purificação sexual, aconteceu.

— O quê?

— É a mais pura verdade.

— Quando?

— Há poucas horas, nesta madrugada. Sou *tchingada* de fresco.

Ele olha para o relógio. São dez horas da manhã.

— Quem foi o tal?

— Foi o Levy.

— Não reagiste, não resististe?

— Como? É a nossa tradição, não é? Não me maltratou, descansa. Foi até muito suave, muito gentil. É um grande cavalheiro, aquele teu irmão.

Falo com muito prazer e ele sente a dor de marido traído. No meu peito explodem aplausos. Surpreendo-me. Sinto que endureci nas minhas atitudes. O meu desejo de vingança é superior a qualquer força deste mundo.

— És uma mulher de força, Rami. Uma mulher de princípios. Podias aceitar tudo, tudo, menos o *kutchinga*.

— Ensinaste-me a obediência e a submissão. Sempre te obedeci a ti e a todos os teus. Por que ia desobedecer agora? Não podia trair a tua memória.

— E agora?

— Ah, Tony! Estou magra, desfigurada, acabada. Careca. Raparam-me o cabelo com navalha, como uma reclusa. Deserdaram-me de tudo como uma criminosa. Na cabeça rapada colocaram-me uma coroa de espinhos. Deram-me um trono de espinhos. Um cetro de espinhos. Varreram a casa e deixaram este tapete de espinhos.

No princípio a sua voz era forte e tinha fogo como um dragão. Incendiária. Agora perdeu o tom e fala baixinho. Não consegue acreditar naquilo que lhe oferece este terrível mundo.

— Rami, tu sabias que não era eu, tu sabias.

— Sabia, sim. Mas quem me iria ouvir? Alguma vez tive voz nesta casa? Alguma vez me deste autoridade para decidir sobre as coisas mais insignificantes da nossa vida? O que querias tu que eu fizesse?

O coração do homem quebra em mil pedaços. Honra, dignidade, orgulho, vaidade, são ondas imensas onde todo ele se afunda. Está num precipício. A sua alma mergulha num oceano fundo. Não sabe nadar. Olha para o céu, talvez à procura de Deus. Desvia os olhos para o horizonte, galgando as nuvens como as gaivotas no final da primavera. O horizonte é uma muralha distante, onde tudo é fim, tudo é princípio. No horizonte encontra o reflexo triste da sua imagem. Ele fica hirto, seco, como um homem morto. Nem um movimento, nem gestos, nem palavras. É curto, o voo de asas quebradas. Para os mortais, o chão é o lugar seguro, tal como o mar é para os peixes. A vida muda num só lance, tal como a morte te leva num instante. Ele fecha os olhos para a vida que o transtorna e aguarda que a energia renasça dentro dele. Ele é vulcão e lava. Explosão. Ele é gelo e morte. Terra seca. Ele é cinza, é palha, é poeira. Ele não é nada.

— E as outras?

— Estão desorientadas, coitadas. Elas são viúvas jovens e

belas. Devem estar a planear novos amores. Eu já tenho o Levy. Os teus irmãos não param de visitá-las para prestar condolências. Mas tiveram mais sorte do que eu e mantiveram tudo o que era delas. O espólio, a pilhagem e todas as barbaridades foram só para mim.

A minha linguagem é mais dura que uma rajada de granizo. Chicoteia. Eu dizia tudo sem rodeios. Queria que ele provasse de uma só vez o seu próprio veneno. Que sentisse o cheiro do seu próprio esterco e que reconhecesse de uma vez a maldade que o rodeia.

— Por que é que não deixaram a polícia fazer um trabalho competente, porquê? A polícia tem meios de identificação muito eficazes. Por que não os usaram?

— Tentei alertar os teu superiores, só Deus sabe como. Proibiram-me, cortaram os meus movimentos, porque não fica bem a uma viúva andar por aí.

— Foi desumano o que fizeram contigo. Ah, cultura assassina!

Ele entra em delírio. Diz que não sabia que a vida era má, nem imaginava que as mulheres sofriam tanto. Sempre achara que a sociedade estava bem estruturada e que as tradições eram boas, mas só agora percebia a crueldade do sistema.

— Que seria do teu futuro se eu estivesse mesmo morto? E o que seria dos meus filhos e dos seus estudos? Tantos anos trabalhei para construir e vejo tudo destruído por causa de um engano. Podiam levar tudo, Rami, mas ao menos deixar um colchão para os meus filhos.

— Não condenes a tradição, Tony.

— Rami, eu já morri assassinado pela tradição. Por isso assumo o risco de desafiar o mundo dos homens. Acabo de provar que dentro da humanidade vocês, mulheres, não são gente, são simples exiladas da vida, condenadas a viver nas margens do mundo.

O sofrimento talha comportamentos à sua medida. Fornece voos curtos e dá visões profundas. Arranca pedestais, descalça os pés e faz pisar o esterco da terra. Despe as penas de pavão e faz rebolar o corpo em poeira e lama. O Tony trajou o seu fato de sofrimento e chora como uma criança. Ficou com a garganta delgada, fala como os pássaros, imitando o sopro das flautas. Ah, mas como me embala esta voz e este canto. Sinto que estou a apaixonar-me outra vez.

Aproxima-se de mim para um abraço. Esquivo.

— Eu sou viúva, Tony. E tu estás para além do túmulo. Não tenho a certeza de que tu és tu. Deves ser uma sombra má, um fantasma, deixa-me em paz, Tony.

Antes era eu que pedia abraços. Ele negava. Agora sou eu quem recusa, este nosso amor é doido, jogo de gato e rato. Consumi a vida inteira à procura deste instante, para tê-lo bem embalado nos meus braços. Ele está aqui à minha frente. Desprotegido. Maltratado. Carente. Já não o quero, nada mais me apetece, tudo morreu para mim. Ele não se conforma. Implora-me, segura-me, sacode-me e toma-me à força como um violador na floresta deserta. Resisto. Preparava-me para ser divorciada e agora sou viúva por engano. Ele não desiste. Agora fala-me de amor. Recorda-me os momentos de felicidade que tivemos. Fala dos problemas que sempre tivemos e que lhe soube perdoar. Amar é deixar o coração bater no mesmo compasso — digo eu. Caminhar no mesmo passo. Olhar para o horizonte no mesmo ângulo. Amor são dois pratos da mesma balança, cada um levantando o outro até ao equilíbrio divino.

— Podias ter evitado esta desgraça, minha Rami!

— Meu Tony, a tua voz sempre ditou o que eu devia fazer. O que eu devia pensar. Tu desenhavas o meu presente e o meu futuro. Foste construindo-me, grão a grão, meu divino criador. Mas as paredes que me deste são de palha, por onde passam o vento, o frio e a chuva. Construíste em mim alicerces de areia que desabam ao sabor da gravidade. Cobriste-me com um teto de vento, de ar, poroso, permeável, vulnerável. Agora que foste dado como morto, veja com os teus olhos o que sobrou de ti.

Os pássaros erguem-se em revoada na árvore em queda. Os macacos se espantam, caem e gritam. As cobras desmaiam e despertam. A fruta solta-se e se espalha. O vento ulula na tempestade da morte. Depois do espanto segue-se o silêncio. Um minuto de silêncio apenas. O passo a seguir é recolher o espólio e partir para novas sombras.

— Um homem mede-se pela solidez da obra que deixa, quando a morte chama. Olha à tua volta: o que vês? Ruínas, desolação, tristeza. Construíste o teu castelo na areia do mar, foi derrubado pela maré, pelo vento, pelos gatos, pelos ratos, és um homem fraco, um homem pobre, meu Tony.

Anoitece e cada um se encosta no seu canto. O Tony meditando sobre uma grade de cerveja. Eu e os meus filhos dormindo sobre folhas de papel de jornal enquanto as outras esposas dormem confortáveis nos colchões macios comprados com o suor do meu marido. Elas dormem seguras enquanto eu e os meus filhos não sabemos sequer como vamos tomar o chá quando o sol nascer, sem chávenas, nem fogão, nem mesa. No alto da cruz, Jesus de Nazaré perdoou o mundo com uma coroa de espinhos. Estou no alto do monte com a minha coroa de espinhos, perdoo a todos esses infelizes por todo mal que me causaram.

Ele fica quieto, como se não quisesse ouvir mais nada deste mundo. De repente parece cansado, terrivelmente cansado. Toma uma bebida. Reanima-se. Tudo o que quer é dormir. Mas não tem cama. Nem colchão. Pensa em comprar uma, mas é tarde. Ah, as lojas de mobílias deviam abrir à noite para socorrer estas emergências. Levanta-se do banco e coloca as mãos nos bolsos. Olho para ele. Parece um monumento de impotência.

Desperto de madrugada. Há silêncio na estrada, hoje é sábado. Vou à sala ligar o rádio, para ouvir as notícias do dia. Que raiva eu sinto. O rádio foi pilhado também. O Tony dorme como um gato, enrolado sobre si mesmo. Ele desperta. Olhamo-nos. Nesta manhã as calças folgam na cintura, emagreceu. Os olhos exibem cavernas profundas. Ele não dormiu, sofreu. Dói-lhe ter perdido tudo, mas a dor maior vem do *kutchinga*, eu sei. Ele foi substituído em tudo. Assassinado em vida. Pisado. Magoado. Espalmado como geleia, como aquele morto desconhecido. Saúda-me com uma voz dulcíssima e diz que na cabeça as dores são mais violentas que as pancadas de martelo.

— Mandei prender toda a gente que participou no saque, incluindo a minha própria mãe. Eles terão que responder em tribunal por todos os seus atos de vandalismo cometidos na minha ausência, Rami.

— E a ti, quem irá prender? Foste o autor moral de toda esta história.

— Eu? Mas como?

— O sol só desenha marcas nas coisas existentes. Não há sombra sem objeto. Foste o sujeito principal desta trama.

— Como podes acusar-me assim?

— Ah, meu Tony. Andas sempre à deriva como canoa no mar revolto. Em cada dia percorres o perímetro da cidade. Dormes em qualquer poiso quando a noite vem, mulher aqui, mulher ali, semeando um filho em cada passo.

— Disseste que concordavas com a poligamia, Rami.

— Na poligamia verdadeira, não é o homem que impõe os seus desejos de ter mais uma, mas as próprias mulheres sugerem um novo casamento. As mulheres não são violentadas e vivem umas perto das outras. Os casamentos são programados, planeados.

— Eu errei toda a vida. Tentei fazer as coisas à minha maneira. Procurava a vida e perdi o caminho.

Regresso ao quarto e arrumo os poucos haveres que nos restam. Desperto os meus filhos e todos, em procissão, despedimo-nos do Tony.

— Para onde vão a esta hora?

— Para a casa do Levy. Ele é o marido que a viuvez me conferiu. Dormi com ele e gostei.

— Tu não vais a lugar nenhum.

— Vou, sim.

— Para a casa desse tirano vais por cima do meu cadáver. Ainda se fosses à casa da tua mãe, podia admitir.

— Deram-nos prazo de trinta dias para abandonar esta casa, o que queres tu que eu faça?

— Rami!

— Tu és um morto, Tony, não vês?

— Vou recuperar tudo, Rami, até ao último grão de pó. Vou trabalhar de novo. Cuidar de ti. Não precisas de andar perdida por esse mundo, não.

— Nada me interessa, nem tu, nem a casa, nem nada. Em cada compartimento vejo a imagem da tua morte. Não quero mais voltar a esta vida. Vou recomeçar. Tenho cabelo branco neste couro, mas na alma uma grande força. Vou recomeçar.

— Perdoa-me.

— Não me peça perdão a mim. Peça-o a Deus e a ti próprio. Eu não sou nada. Quero que fiques bem com as tuas mulheres, amantes, concubinas. Desejo-te todas as mulheres do mundo, menos eu. Felicidades!

Ele barra-me a passagem para que não saia. Empurro-o. Se não fosse o meu cansaço e a minha fraqueza, dava-lhe uma valente tareia, e fazia-lhe pagar tudo, dente por dente, braço por braço. Mesmo assim, consigo dar-lhe uma violenta chapada. Ele não reage. Pego nas malas disposta a sair. Ele agarra as malas disposto a arrancá-las das minhas mãos. Disputamo-las.

— Não vais a lugar nenhum.

— Vou.

Entramos numa guerra intempestiva e redemoinhamos na dança da fúria. O nosso filho mais velho ouve os gritos e vem em meu socorro. Paramos a luta. Ele não diz nada, olha-nos apenas. Olha-nos e chora.

A campainha toca.

34.

A presença de um homem muda o curso de todas as coisas. O nascimento de um homem vale mais que o nascimento de uma mulher. O Tony voltou e traz-nos como prenda uma mão cheia de espinhos.

As minhas rivais chegam uma a uma. Vieram ver, para crer, este homem que constrói para destruir. Que semeia a flor para depois matar. Esforçam-se por superar a dor, tiraram o luto e trajaram de flor. Estão todas vestidas de fresco, coloridas com roupas da loja da Lu. As saias rachadas do lado esquerdo e decotes atrevidos refrescam o corpo como janelas. Estão penteadas a rigor, perfumadas e maquilhadas com os produtos da loja da Mauá. Todas cheiram bem, menos eu que estou ardendo de fogo dentro desta roupa preta. Cada uma escolhe um assento no chão, e fazemos uma roda como num piquenique. O Tony estava sentado no alto, no meio das mulheres que o rodeiam como se ele fosse um bolo de aniversário. Ele estava trémulo, desconcertado. Via-se a angústia do regresso estampada naquele corpo. Por que sofria ele? Por si ou por nós? O que nos dirá ele?

— Boas-vindas ao lar, Tony — diz a Saly para quebrar o silêncio.

Ele esconde a cabeça, o rosto coberto de vergonha.

— A viagem correu bem?

O Tony tenta dizer uma palavra de saudação. Faz uma pausa e soluça como se tivesse um sapo entalado na garganta.

— Ah, meu Tony, pescador do amor — desabafo eu —, desta vez lançaste a rede nos mares de amor macabro. Acabaste pescado pelo anzol do diabo. Do lado de cá estavas na boca da terra, enquanto do lado de lá estavas na boca dessa tal Gaby.

A Lu reage, nervosa.

— Tony, afinal não morreste? Onde estavas e com quem? Tony, diz a verdade. Diz-nos se estamos no uso da razão. Diz-nos que não estamos a enlouquecer. Tony, podemos beliscar-te e fazer-te chorar, para provar que és real?

A Lu, a Mauá e a Saly levantam-se, aproximam-se do Tony e fazem o teste antifantasma. Beliscam-no até soltar uns ais e derramar algumas lágrimas e depois gritam: é ele mesmo, tem carne e osso, até sentiu dor, gemeu e chorou.

— Quero pedir perdão — diz entre lágrimas e com voz rouca. — Não sei como isto aconteceu. Os homens também erram. Errar é humano.

— Quem ama não erra. Tudo o que se faz por amor é bem-feito — diz a Lu.

— Perdoem-me por todo o mal que vos fiz, perdoem-me.

— Pedes perdão? — pergunta a Mauá numa voz cansada. — Oh, Tony, deixaste um pavio aceso no monte de feno. A tua paixão calcinou o mundo com as suas labaredas de fogo. Nós somos resíduo, nós somos cinzas, ruínas do teu amor ardente.

Há um clima denso no ar. Expectativa. Mas ele não consegue dizer grandes palavras, sente muita dor na ferida enorme.

Sinto muita pena dele neste momento. Faz um esforço enorme e liberta tudo o que vai na alma. Diz coisas maravilhosas.

— Galguei paraísos proibidos e fui dado como morto. Estampei o meu rosto na vergonha do mundo.

Ele não fala. Murmura e a sua voz se escuta doce e melódica como o assobio dos pinhais. Ele explica-se, justifica-se, com verdades, mentiras, promessas. Espalha no ar palavras perfumadas que voam como pétalas.

— Peço perdão, esposas minhas, peço perdão.

O Tony ajoelha-se aos nossos pés e humilha-se. Somos cinco rainhas em tronos de areia, a vida colocou-me acima do chão.

— Quero que tudo volte a ser como dantes. Nunca mais vos irei trair, prometo. Cumprirei a escala semanal com muito rigor.

— Tony, fecha essa boca já — ordena a Saly muito furiosa —, foste a causa deste sofrimento que passámos. Por que voltaste? Por que não ficaste lá na morte onde a tua família te quer guardado? Por que não ficaste lá no paraíso da Europa, com essa santa, que te colocou uma brasa de amor no peito, que te fez esquecer o mundo e te elevou às estrelas? Agora pedes perdão? Fecha a boca, Tony, que o diabo te leve, tu és um morto. Não nos venha falar de amor, que toda a tua vida é falsidade, antiamor, maldade.

— A tua família fez de nós tudo o que quis, porque não existimos — grito eu.

— Éramos pedras, paredes, ar. Lançaram-nos no fogo e expulsaram-nos das nossas casas como se espantam os demónios. Enquanto isso, tu sorrias na lua de mel francesa, com essa tal Gaby — diz a Lu.

— Nas mãos da tua sagrada família, éramos castanha-de-caju no braseiro de lenha, éramos peixe grelhado, com vinagre e pimenta. Enquanto isso, tu vivias a primavera francesa, com essa tal Gaby — desabafa a Mauá.

— A Rami foi tatuada com ferro na brasa. Carimbada como uma escrava. Expulsa do lar com fogo e incenso, como um demónio. Enquanto isso, tu sorrias, na lua de mel, com a tal Gaby — grita a Saly.

— A Rami foi *tchingada*, meu Deus, foi *tchingada*, já te contou? Ela parecia uma ovelha em sacrifício. *Tchingada* como uma órfã perdida no meio do mundo. Foi doloroso, não foi, Rami?

Baixo a cabeça encabulada. Não foi doloroso, foi saboroso. Eu fui *tchingada*, mas fui amada no mesmo ato. O meu *tchingador* violou-me o corpo e deixou uma isca de carícia no meu coração. Foi preciso o Tony ser dado como morto para eu descobrir que o amor tem outras cores e outros sabores. Eu rezei muito, eu rezei, para o Tony não regressar da morte, que de amores estou bem servida. Agora, neste momento, renovo a minha oração. Ah, meu Deus, porquê as amarguras da vida preenchem todo o percurso e as coisas boas não enchem a colher?

— Deram-nos comida para viúvas. Verduras malcozidas com água, sem sal. Davam-nos pouco, para aumentar a dor e a fome, uma espécie de jejum e flagelação da viúva. Viúva que enche a pança adormece e não chora como se deve — explica a Lu. — Enquanto isso, tu falavas francês, num restaurante francês, a beber vinho francês e a comer queijo francês com essa tal Gaby.

— Percorríamos a rua da amargura e nos chamavam de viúvas feiticeiras. Enquanto isso passeavas no Arco de Triunfo, na Torre Eiffel, no Museu de Louvre, na Notre-Dame de Paris, ao lado da tal Gaby — completo eu.

— Davam-nos vinagre, espinhos, punhais, insultos, fogueiras, enquanto tu oferecias flores francesas a essa tal Gaby — diz a Mauá com voz consternada.

— Fizeste-nos banhar numa piscina de fezes. Enquanto isso tomavas banho nas termas francesas, com sabonete francês, perfume francês, com essa tal Gaby — diz de novo a Lu.

Dissemos tudo. Gritámos tudo. Vomitámos toda a amargura que os nossos peitos carregam, até as cordas vocais ficarem roucas. Ele escuta em silêncio e responde com duas lágrimas. E deixa-nos gritar ao vento para afastar as achas de fogo que queimam as nossas almas, curandeiras de nós próprias. Mas ele não se assusta e nem treme com a violência dos nossos gritos, porque as vozes das mulheres não atingem os céus. Ele olha para o horizonte. Inspira-se. E sente que lhe crescem asas de águia e voa para os ramos mais altos do horizonte. Retoma o seu poiso e comanda.

— Não fiquem assim, meninas, que o manto da vida se tece com fios de amor e perdão. Eis-me aqui, sou vosso. Crucifiquem-me na cruz de pedra, tatuem-me as costas com chibatadas e ferro em brasa, meninas, vamos, vinguem-se, mas por favor, vos peço: perdoem-me.

O Tony faz um recuo estratégico. Iça a bandeira branca, como quem depõe as armas e pede clemência. Personifica em si um Sansão sucumbindo de medo perante o poder de mil Dalilas zangadas. Age com mestria. Fala baixinho em suave delírio. E pede perdão por todos os pecados. Dá a mão à palmatória e voluntariza-se para uma sessão de chibatadas no tronco.

— Antes pendia um divórcio sobre a minha garganta — recordo-lhe. — Quero assiná-lo já.

— Mas dizias que não querias, Rami.

— Agora quero!

— Perdoa-me, Rami. Apaga essa mágoa.

— Fui *tchingada*, esqueceste?

— Eu, como teu marido, apaguei essa mágoa tal como as ondas apagam as pegadas à beira-mar. Para mim não houve nada. Faz o mesmo, Rami.

— Eu quero o divórcio!

A Ju sorri sempre que falo de divórcio. Ela é a mulher ideal. Que tem o silêncio dos túmulos e diz sim senhor com todas as letras. Que acolhe o fogo e a tempestade sem um grito. Que sonha com a minha morte para subir ao altar e dizer sim ao meu Tony. O que ela não sabe é que eu morrerei muito depois dela. Que ela poderá casar com o Tony noutra dimensão e não nesta. Se na outra dimensão o casamento existe, prefiro casar com outro homem que não este paquiderme.

— Tony, diz a verdade: quem eram aquelas belas mulheres que, no dia do teu funeral, choravam mais do que nós, tuas viúvas, e colocaram na tua campa as flores mais lindas deste planeta? — pergunta a Mauá.

— Como posso eu saber, se não estava lá?

— De todas elas destacava-se uma, vestida de cetim e renda de um preto resplandecente, que tanto chorou até que desmaiou. Tony, quem era?

— Já disse, não sei.

— Vamos descobrir, não te preocupes.

— Ah, Tony, meu morto-vivo, como foste chorado, meu Deus! Foram tão lindas as mensagens de pesar lidas diante do teu coval. Todos diziam coisas extraordinárias. Todos falavam da obra que deixaste como se tivesses construído alguma. Todos te elogiaram maravilhosamente e toda a tua estupidez foi posta de lado.

Nova pausa. As evidências soltam-se uma a uma. O Tony não tem respostas para tudo, rato preso na ratoeira. Responde aqui, responde ali, tapando o sol com a peneira. A verdade e a mentira são retiradas do peito como dois dedos arrancando os cabelos. Cheira a sangue no ar. Cheira a mentira e hipocrisia. Cheira a mágoa. Cheira a sal das lágrimas.

— Tony, o que seria de nós se tivesses morrido de verdade? — pergunta a Lu com voz ainda magoada. — Já viste o que a tua sagrada família fez connosco?

— Vocês, do sul, são tiranos — diz a Mauá —, espoliam as viúvas como hienas. Exibem o poder político em pleno funeral.

O morto nem pode descer à terra enquanto o parente ministro não chega.

— São mais do que tiranos. São assassinos — acusa a Saly —, tive que defender o pão dos meus filhos a ferro e fogo, contra os assaltantes que invocavam a tradição. Entraram-me pela casa dentro como se eu fosse uma ladra. Mas dei-lhes troco. Desferi um soco brutal numa das tuas tias e ela ficará defeituosa para sempre. Ela que não me volte a pôr as mãos em cima, porque será o fim do mundo.

— Essa tua família é um teatro — confirma a Lu. — Primeiro rezam e cantam. Depois lançam gritos e choros pavorosos, esperneiam para abrir o apetite. Depois comem, pão torrado com manteiga, chá preto com açúcar branco e leite condensado, galinha assada com salada e depois bebem cerveja.

— Os estômagos deles são fardos, Tony — a Mauá volta à carga —, as bocas deles são máquinas de mastigação. Agora entendo por que é que essas mulheres do sul têm aquele traseiro enorme. Comem de mais! Quem pagava as despesas? Nós! E ainda por cima insultavam-nos como cadelas. Tony, devolve-nos todo o dinheiro que gastámos para alimentar toda aquela gentalha que só chorava e comia.

— Lá no norte, as coisas não são assim — completa a Saly. — Para nós a morte é digna. A morte é solene, é séria. Infelizmente, vocês do sul estão a espalhar a maldição pelo país inteiro, e já há nortenhos que ostentam poder económico e político na hora da morte. Levam para o funeral todos os símbolos do poder: fardamento militar, bandeiras, patentes, água mineral, telefones celulares, títulos académicos, carros de luxo.

Nesta guerra de amor e ódio não estamos em pé de igualdade. Mulher é ser inferior, pequeno, a quem se baixa a crista com um simples sopro. Neste jogo somos cinco contra um, mas ele é forte, tem poder e dinheiro. Por isso pede perdão, mas dita as normas do jogo. Pede desculpas só para serenar a maré e retomar o comando. Reclamar é o nosso único recurso. Quem não chora não mama.

— Nós não temos proteção nenhuma. Não restava mais nada senão os pequenos negócios sugeridos pela Rami. Que iam falir, com certeza, pois corriam o risco de serem confiscados. Os teus dezassete filhos iriam viver na miséria, Tony.

Ele morre de medo de perder tudo e morrer outra vez. Faz concessões.

— Vou pagar todas as contas e colocar todas as coisas em ordem. Vou deixar um testamento escrito. Uma vergonha destas nunca mais voltará a acontecer.

— Fechámos os negócios por uma semana — a Lu volta à carga. — Fizemos gastos, tivemos prejuízos. Quem irá pagar por isso?

— Retomem os negócios imediatamente — diz meio nervoso —, recuperem o tempo perdido e fechemos esta página negra.

Existe uma grande distância entre um homem e uma mulher. A mulher carrega o peso dos espinhos, porque é fraca. O homem voa leve pelas alturas, sem espinhos nem dor, porque é forte. Aqui, nesta sala, a força e a fraqueza quebram as fronteiras e se revelam, de mãos dadas, no círculo da sombra e sol.

— Vamos fazer de novo a escala? Por onde devo começar? Rami, tu foste sempre a gestora destas coisas. Diz tudo o que quiseres, que eu cumpro.

— Antes de entrar nesse capítulo — diz a Saly com voz ameaçadora —, devolve tudo à Rami, tudo! Mas tudo novo. Nada de trazer outra vez aqueles móveis conspurcados pelas mãos assassinas da tua família. Devolve tudo num prazo de sete dias.

— Devolvo, sim, prometo. Rami, podes ir às lojas comprar tudo o que for preciso e ao teu gosto.

— E há mais — promete a Lu —, se não cumpres a palavra, vamos cortar-te o nariz a ti, e uma orelha à tal Gaby.

— Tony, não volte a procurar-me antes de pôr em ordem a casa da Rami — remata a Mauá.

O Tony agora apela para a unidade. Nós vogamos entre o pesadelo e a realidade. O que sentimos não pode ser expresso em simples palavras.

— Tony, estou disposta a elaborar a escala — explico eu —, mas nesta nova escala faltam duas: a Eva e a Gaby.

— Ah, essas não. São simples amigas. Não há nada entre nós. Não quero nada.

De repente sou invadida por uma dor infinita. O que é uma mulher, nesta vida, senão simples mortalha para aquecer os pés na noite de frio? Qual o destino da mulher senão parir filhos, dores e temores? Quem é a Eva na vida do Tony? Uma simples fruta, para bico de pássaro no passeio celeste. E a Gaby? Um peixe novo, fresco. Depois de salgada, assada, consumida, será ainda pior do que nós.

— Ah, grande Tony, tens um faro maravilhoso para mulheres fantásticas. Onde arranjaste a Eva? — pergunto. — Durante a semana fúnebre a Eva foi de uma ajuda inestimável. O caixão do morto foi comprado com o dinheiro dela. Essa gente encheu a pança com a comida trazida por ela. A dor uniu-nos, Tony. Para quem já tem cinco mulheres, que diferença faz ter mais uma? Quanto à Gaby, ela é a autora moral desta trama. Agora que as coisas estão assim, dizes que não queres nada com elas? Vens enganar-nos outra vez?

— Compreende, Rami, foi uma aventura simples, nada mais.

— Tu amas a Gaby.

— Não amo, não.

— Amas, sim. Foi o amor por ela que te levou perdido por esta vida. Foi o amor que te elevou às nuvens a ponto de seres considerado um morto, porque só os mortos atingem a altura dos céus.

Mulheres, mulheres, mulheres. Mulheres salvação, mulheres perdição. Foi por causa das mulheres que o Tony armou esta trama. É por haver mulheres a mais que se engasgou de tanta gula. Fez do amor uma missão suicida, como um samurai, *kamikaze*, naparama. Desde pequeno que lhe ensinam que um homem voa, sem asas, mas voa. Desde pequeno que dizem que ele é grande, é dono, é senhor. Mas mal quebra uma pena, lá vem correndo para o colo da mãe.

— Rami, esta semana estarei aqui, estarei contigo. Sofreste muito nesta história.

— Vou-me embora para a casa do Levy.

— Não vais, não.

— Vou.

— Por cima do meu cadáver.

— Já foste cadáver, que diferença faz?

— Não vais, já disse.

— Vou para a casa da minha mãe.

Dentro de mim tudo é confuso, já não sei se estou viva, se estou morta, ou se apenas perdi os sentidos. A minha vida é um suicídio. Sempre pronta a morrer por um espaço num lar de mentira e vergonha. A solidão me intimida e não consigo ver, no horizonte, a estrada da aurora. Pari cinco coelhos. Para alimentá-los preciso da cenoura nossa de cada dia. Não tenho horta. Tenho negócios de mulher, negócios tão pequenos como de pato e de galinha lá no mercado da esquina. Por essas razões ponho um risco vermelho sobre os meus sonhos. Não posso sair daqui e caminhar à solta pela estrada fora à mercê dos leões soltos na rua. É melhor ficar aqui protegida neste teto fendido. É melhor um teto rachado do que o teto do céu.

— Rami, entende bem, não te vou deixar.

— Quem te vai deixar sou eu.

O casamento é isto mesmo. Aceitar apagar a tua vela, para usar a tocha do companheiro, que decidirá a quantidade de luz que te deve ser fornecida, as horas, os momentos. No casamento, as mãos das mulheres são conchas abertas sobre a areia do mar, mendigando amor, pão, sal e sabão. O casamento significa subir para um trono de lenha e aguardar a hora da fogueira. O casamento é romântico. Nos homens, inspira mel e doçura. Inspira felicidade e ternura. Nas mulheres, inspira lágrimas, mágoas, desterro e morte. Inspira um mundo de loucura como este que estou a viver agora.

— Está bem, Tony, eu fico. Mas tens que resolver o problema de Eva. Eu, como primeira esposa, quero e exijo que ela seja a tua sexta esposa. Ela deve ser recompensada de alguma maneira. Não sei o que vocês pensam, meninas.

— A Eva merece um lugar, mostrou ser uma grande companheira em momentos difíceis — diz a Mauá. — Ela sofreu connosco o tormento da falsa viuvez. Deu provas do amor que sente por ti. E como ela chorou, no teu funeral!

— Mas como veio ela entrar nesta história?

— Fomos exigir os nossos direitos. Quem te tratava bem e te punha bonito para ela te apreciar, éramos nós as cinco. Quem cozinhava alimentos energéticos, afrodisíacos para ela desfrutar o prazer da tua companhia, éramos nós as cinco. Por isso fomos cobrar a sua quota de viuvez. Ela pagou, meu Deus, e como pagou!

— Não consigo acreditar no que estou a ouvir.

— Ela te usou. Era justo que ela assumisse a perda. Por isso achamos que ela tem que ser a tua nova mulher.

— Nunca. Mesmo que eu tente, ela nem iria aceitar.

— Já lhe fizeste a proposta?

— Não.

— Porquê?

— Não tenho coragem.

— Compreendemos a tua timidez. Vamos nós constituir uma embaixada para tratar deste negócio.

— Por favor, não.

— Tony, a Eva é uma mulher séria. Uma mulher adulta. Uma mulher culta. Uma mulher que dá para ser a tua sexta esposa. Todas nós fomos testemunhas da generosidade dessa mulher. Ah, o que ela sofreu connosco, coitada. Não a queremos pôr de lado, não podemos. Vai ser tua mulher se ela aceitar, quer tu queiras quer não. Nós cuidaremos disso.

— Tenham piedade de mim!

Sinto um terrível mal-estar e os ossos me doem. De cansaço. De ter passado noites em branco a dormir no chão duro da viuvez. Abandono a reunião, vou à casa de banho e fico sentada na pia, minha única mobília. Lá fora oiço os portões a ranger. Quem vem lá? Levanto-me e espreito. São as minhas rivais que partem, umas desoladas, outras animadas, mas todas espantadas. Na caminhada, todas arrastam os pés, vencidas pela surpresa.

Sinto muito calor e tiro o lenço. Vou ao espelho para ver se a minha careca se desfaz. Fecho os olhos com medo de ver a minha terrífica imagem. Voltei a abri-los. Estavam completamente embaciados de lágrimas. De repente o meu espelho plano se transforma em bola de cristal e reflete imagens, reflete segredos. Prediz o futuro e revela-me segredos inconfessáveis. Pergunta-me:

— Quem és tu, que não reconheço?

Entre lágrimas eu respondo:

— Sou aquela que sonhou amada e acabou desprezada. A que sonhou ser protegida e acabou por ser trocada. Sou eu, mulher casada, quem foi violada mal o homem deu sinais de ausência. Sou a Rami.

— Não és a Rami. Tu és o monstro que a sociedade construiu.

Encostei o meu rosto no espelho e chorei perdidamente. Ganhei o controlo de mim mesma e olhei de novo. A imagem do espelho sorri. Dança e voa com leveza de espuma. Levita como um jaguar correndo felino nas florestas do mundo. Era a minha alma fora das grades sociais. Era o meu sonho de infância, de mulher. Era eu, no meu mundo interior, correndo em liberdade nos caminhos do mundo.

Ganho coragem e pergunto.

— Espelho meu, o que pensas de mim?

— Sossega. Não há, neste mundo, mulher mais bela do que tu.

— Espelho meu, existe neste mundo mulher mais triste do que eu?

— Há. Há milhões de milhões em todo o mundo.

— Diz-me, espelho meu. Haverá no mundo mulheres mais traídas do que eu?

São todas. Todas! No amor, todos os homens são traidores.

35.

Saio do meu trabalho e dirijo-me ao restaurante muito perto da minha loja. Esta semana estou só, o Tony partiu para os outros braços. Por isso convidei a Lu para um almoço a duas. Quero retomar a sério uma conversa antiga, conversa interrompida. Chego primeiro ao restaurante e escolho um lugar para duas pessoas. Enquanto espero, vou tomando um copo de água gelada.

Vou olhando para a janela. Vejo uma mulher a estacionar uma viatura de boa marca. A mulher tira os óculos de sol e a reconheço: é a Lu, meu Deus, é a Lu. De quem será o carro?

Ela entra e senta-se. Está elegante, como só ela sabe estar.

— Lu, ao volante?

— Queria fazer-te uma surpresa. O meu carro novo. Carro em segunda mão, mas o primeiro da minha vida.

Foi um momento de emoção. Abraçámo-nos. Rimos. Chorámos. Não conseguia acreditar naquilo que os meus olhos viam. A Lu estava a fazer progressos financeiros consideráveis.

— Parabéns, Lu! — digo eu enquanto fazemos um brinde com copos de água.

— Acabo de recebê-lo. Serás a primeira a dar uma volta comigo.

Sorrimos. Comemos. Brindámos. Quebrei o círculo e abri o jogo:

— Querida Lu, a razão deste almoço é uma velha conversa, muito anterior à nossa amizade. Depois das amarguras que passámos juntas, pergunto-me: por que é que a Lu ainda está aqui?

— Não percebi.

— O Vito.

— O que houve?

— Ele te ama tanto.

— E daí?

— Quer levar-te ao altar e fazer de ti sua esposa. Deixas essa sorte e preferes chafurdar na pocilga da poligamia. O que ganhas tu como terceira esposa do Tony?

Ela para de comer, e fixa-me. Puxa uma cadeira e senta-se muito próximo de mim como se me quisesse falar ao ouvido. E fala-me baixinho como se não quisesse ferir os meus tímpanos.

— Queres que eu me case com ele para ser como tu?

— Como eu?

— Sim, como tu. Casada, maltratada, viúva com um marido vivo.

— Não te entendo, Lu.

— Explico-me melhor: para os homens, primeira esposa é a esposa de serviço, e a segunda a esposa do prazer. A primeira é a esposa de espinhos e a segunda esposa de flor. Se a vida da mulher é a poligamia, jamais serei a primeira. Quero ser sempre o que agora sou: a terceira. Prazer e flor.

— Foi por isso que entraste como parasita no meu lar, não foi, Lu? Para seres flor no meu jardim e fazer o espinho crescer em mim? Diz-me, Lu, por que entraste no meu lar?

— Não fui eu quem inventou o mundo. Só sei que as coisas

são assim. Quando entrei no teu lar, nem sabia a quem feria. Se soubesses as noites de insónia e de remorsos que passei depois de te conhecer, se soubesses! Rami, não merecias este sofrimento. Como é que o Tony pode fazer sofrer uma mulher como tu?

— Estás a ser injusta, Lu. E ingrata.

— Vendo bem, tu sofres, eu sorrio. Tu semeaste, eu colhi. Nunca soube o que era sofrimento conjugal. Tu lavas o marido e o perfumas, nós, as segundas e terceiras, recebemo-lo já lavado, perfumado. Tu o preservas e nós o usamos e gastamos. O Tony vem aos meus braços só para ser feliz e quando chega a hora parte sem deixar problemas. E contigo deixa toda a carga: levar a sogra à consulta, visitar o irmão doente, ir a todos os eventos sociais em nome da família, representá-lo em funerais, etc., enquanto eu, a terceira, estou livre de tudo, cuido da casa e do meu corpo, preparando-me apenas para o amor.

Não estava preparada para ouvir isto. As palavras dela revolvem feridas antigas e ferem como esporas. Entro em convulsão epilética e sinto-me derrubada na dança da agonia. Meu Deus, ela não mente. Ela é o meu espelho revelando de forma cruel o meu retrato de submissa. Censuro-me: por que provoquei eu esta conversa? Por que não fiquei no meu canto, bem resguardada na calma do meu silêncio?

— Não penses que ambiciono ter uma rival a menos. Nada disso. Lu, tu és tão nobre, tão distinta, como podes suportar esta pocilga? És uma grande dama para um grande cavalheiro. Tens um homem aos teus pés, mas preferes fazer dele um amante. Porquê?

Ficamos ambas em silêncio, como dois búfalos na pausa da tourada. Bebo um gole de água e baixo a fervura que me sobe. Ela roda o copo sobre a mesa agitada por um tique nervoso. Olho para ela baixando o rosto. Respirando fundo. Eu bem gostaria de ir-me embora, mas não vou, quero mergulhar no fundo desta história, até às últimas consequências. Ganho coragem e invisto uma nova marrada.

— Responde-me, Lu.

— O Vito é como o Tony, ambos são do sul, dois bárbaros *machanganas*. Caso-me e no dia da sua morte rapam-me o cabelo, fazem o *kutchinga* e pilham tudo o que construímos ao longo dos anos. Eu amo o Vito, de verdade, mas jurei: jamais serei esposa legítima de um homem do sul.

Vejo uma faísca de medo iluminando os olhos da Lu. Ela segue a vida por vias escusas para evitar os caminhos da dor. Entendo-a. É difícil enfrentar o mar sem barbatanas para voar. A mulher é um peixe mutilado no fundo dos oceanos. Invejo o seu poder de dizer não à dor e fugir dos caminhos do sacrifício.

— Casar com o Vito significa ter novas rivais, que podem ser de longe piores que estas que tenho.

— Não te entendo.

— Tenho um marido sete dias de quatro em quatro semanas. No tempo de espera, está o Vito a fazer-me companhia para quebrar a monotonia. Deves compreender, sou de carne e não me alimento só de arroz.

— O que sentes pelos dois?

— O Tony me cuida, respeito-o. O Vito me agrada, amo-o. Ambos me completam. Casada com o Vito, terei de mais prazer, amor e novas rivais.

— Os homens não são iguais, Lu.

— As mulheres também não.

— Surpreendes-me.

— Rami, partilhamos um marido e um amante. Está tudo bem. Qual é o teu problema? Estou bem integrada neste sistema. Para quê ir buscar um novo sofrimento?

Começo a admirar esta mulher. A forma prática como ela resolve os problemas da vida. A sua sinceridade. A frontalidade.

Ela não teme as bocas do mundo. É senhora de si e faz tudo o que lhe apetece. Resiste. Luta. Decide. Escolhe. E conquista da vida o seu pedaço de chão. Um chão estéril, mas o seu pedaço de chão. Ela sabe escolher a terra fértil onde germinará flor, perfumada e sem espinhos. E escolhe as mãos delicadas que a irão colher: as que agradam e as que cuidam.

— És uma mulher dura.

— Uma mulher é educada para ser sensível como a boneca de porcelana, que se desfaz em cacos na simples queda. Preparada para a fineza e delicadeza, mas os homens dão-nos carícias com mãos rijas como ferro e nos quebram ao simples toque. Querem-nos suaves e meigas como cabelos. Mas os homens cortam-nos com a frieza das tesouras de aço.

Espanta-me a forma como ela me afronta, sem medo de me ferir. Encanta-me a forma como ela luta por um pedaço de ar. Lanço sobre ela uma rajada de perguntas.

— Lu, onde aprendeste tu essa rebelião, onde buscas a força com que defrontas o mundo? Onde colhes essa alegria que não morre? Essas lágrimas retidas que nunca correm? Onde está o centro da tua força, Lu?

— Cumpro o décimo mandamento da lei de Deus: amar ao próximo como a ti mesmo.

— Hã?

— Aos homens ensinam a amar a si mesmos e só depois ao próximo. Às mulheres se ensina a amar ao próximo, mas nunca a amarem-se a si próprias. Eu amo a mim mesma e depois aos outros, tal como os homens.

— Mas és mulher, Lu.

— Mulher e filha de Deus. Com o direito de ser feliz.

— Tens que obedecer!

— Cumpriste as regras de obediência a vida inteira. O que ganhaste tu? Uma coroa de espinhos no trono da viuvez. Foste cordeiro no fogo do sacrifício. Rami: tu eras uma borboleta voando. Um pedaço de mel adocicando a vida. Nunca fizeste mal a ninguém, Rami, como te podem fazer mal a ti?

— Esquece o passado, Lu.

As palavras da Lu são mágicas. Desfazem-me as minhas roupas, uma a uma. São cáusticas. Desfazem-me a pele célula a célula, até atingirem o meu peito. No lugar do coração encontram um túnel de negrume. Acendem uma vela e extraem as causas da minha dor: facas, pedras, espinhos. Venenos. Ervas malignas. Como um xamã, afastam de mim a bolsa injetora da síndrome da autonegação da minha própria existência. Fecho os olhos de onde as lágrimas correm, numa rajada de leveza. Suspiro.

— Rami, tu és mãe, tu és o centro da vida, tu és existência. Como se atrevem os homens a torturar o útero da própria mãe?

Respondo sem palavras. Revolto-me. O mundo está de pernas para o ar, tudo está invertido. O criador fez o homem e a mulher para viverem num só feixe, de nada valendo um sem o outro. Dois olhos do mesmo rosto. Pão e petisco para um só pasto. Céu e terra no beijo do horizonte. Sol e lua numa só ternura. Água e fogo na mesma fervura. É preciso recuperar a inocência e voltar a ser criança. Ser transparente como as águas ribeirinhas. Refletirmo-nos um no outro como rosto e espelho. Saltar o arco de fogo, ser de novo esperma e óvulo, invadir o útero materno e entrar na dança da criação.

— Ah, Rami, tens mãos de fada. Tudo o que tocas se transforma em ouro.

— Não entendo.

— Deste-me o supremo amor. Perdoaste-me as ofensas. Deste-me uma fatia do teu homem, que partilhamos fraternalmente. Multiplicaste o amor onde só havia ódio, Rami, tens uma força enorme, podes transformar o mundo.

Imagino o mundo. A paisagem de Marte, Lua e Vénus. Os anéis de Saturno. Imagino todos os horrores e todas as maravilhas.

— Ah, Lu, tu és sonhadora. O mundo é uma bola colossal gravitando no cosmo. O mundo é criador. Uma criatura não pode transformar o seu criador. O mundo é muito maior do que eu.

— Com as tuas mãos transformaste o nosso mundo, não transformaste, Rami? Dominaste as feras que viviam nas nossas almas. Antes de ti, a guerra era brava. Éramos cadelas soltas na lixeira guerreando-nos pelo Tony, esse osso velho. Éramos estrelas errantes, amorfas. Sopraste-nos com a brisa da tua alma e devolveste-nos o brilho. Tiraste um pouco da tua chama e acendeste as nossas velas. Somos esposas de um polígamo, socialmente reconhecidas, já ninguém nos olha como mães solteiras, apesar dos pesares. Os nossos filhos têm direito a um pai e a uma identidade. Nós já temos negócios, vida própria, sonho e sombra. Já não estendemos a mão para pedir sal e sabão. Temos segurança, mesmo que o ex-morto morra.

Agora entendo. O mundo é este chão que os meus pés pisam. É esta cadeira onde me sento. É o carinho que dou, é a flor que recebo. O mundo é o meu espelho, o meu quarto, o meu sonho. O mundo é o meu ventre. O mundo sou eu. O mundo está dentro de mim.

— Há maravilhas nas coisas que construíste, Rami. O Tony, coletor de mulheres, e tu, coletora de almas amarguradas, coletora de sentimentos. Congregaste à tua volta mulheres amadas e desprezadas. És brava, Rami. Semeaste amor onde só o ódio reinava. Tu és uma fonte inesgotável de poder. Transformaste o mundo. O nosso mundo.

Vou sorvendo pedaços de ar e de surpresa. Na mente correm-me memórias de tortura enquanto a noite se dissolve em pedaços de luz. Começo a sonhar. As palavras da Lu são amargas mas curam. As mulheres deviam ser mais amigas, mais solidárias.

Somos a maioria, a força está do nosso lado. Se juntarmos as mãos podemos transformar o mundo. As guerras para a conquista de um amor acabado consomem o nosso tempo e a nossa melhor energia. Ingenuamente, tentamos conquistar um mundo já conquistado pela terrível força da destruição.

— Rami, neste mundo, quem é bom ganha o inferno. Eu sou má, Rami, e vivo no céu.

— Não és má, Lu!

— Sou, sim. Penso em mim em primeiro lugar. Defendo-me. Sem armas, mas defendo-me.

Penso em mim. Os meus filhos varões comem primeiro à mesa. Como o pai. Do frango comem os melhores pedaços e para as irmãs deixam as asas e as patas.

— Entendo, Lu. Mas não me disseste ainda nada sobre o Vito.

— Não sei, Rami.

— Lu, combate esse medo e parte em busca do amor que te aguarda. Diz sim ao amor e deixa que ele te cicatrize as feridas mais profundas, ó Lu!

— Eu não temo o amor, temo o sofrimento.

— Preferes vogar na noite para não seres ofuscada pela luz do amanhecer. Preferes ser o pirilampo das savanas para não seres açoitada pelo marulhar eterno das ondas. Receias o amor por causa da dor.

Penso um pouco. Aos rapazes ensino o amor-próprio, nunca disse nada sobre o amor ao próximo. Às minhas filhas ensino o amor ao próximo e pouco digo sobre o amor-próprio. Transmito às mulheres a cultura da resignação e do silêncio, tal como aprendi da minha mãe. E a minha mãe aprendeu da sua mãe. Foi sempre assim desde tempos sem memória. Como podia eu imaginar que estava a paralisar as asas das meninas à boca de nascença, a vendar os seus olhos antes de conhecerem as cores da vida?

— Pensa na vida e esquece o passado. Casa-te. E conjuga o verbo amar com letra maiúscula. Na sociedade terás mais prestígio e estatuto.

— Fui lobolada, sou reconhecida. O que falta?

— A lei é mais forte que a tradição.

— Estou bem assim.

— Não estás bem coisa nenhuma. Vendo bem, o que são vocês as quatro? Para quê suportar as ridículas reuniões de esposas quando podes ter o teu espaço? Depois da semana conjugal, a solidão, depois da partida.

— Ah, Rami.

— Eu tenho a proteção da lei, posso usá-la. E a concubina? E a terceira esposa? O casamento tem algumas vantagens, Lu.

— Não me interessa o casamento.

— Tens medo de um casamento falhado, como o meu.

— Rami, na minha família nunca mulher nenhuma foi para o altar. É o nosso destino.

— Não achas que foi Deus que enviou esse homem para vingar a solidão de todos os homens da tua família? Com o Vito terás o pai que não conheceste. O irmão que está longe, emigrante. O amor que sempre sonhaste e um companheiro de todas as horas.

Vejo duas lágrimas serenas no rosto da Lu. Tem um momento de ausência. Há uma janela abrindo-se no fundo da consciência. Deve estar a pensar na aldeia que ficou. Na infância amarga que passou. No mundo que vem, no amor que tem e que não quer dar. A janela abre-se e as palavras vêm com dificuldade.

— Em pequena fui violada por soldados na mata. Não concebi, graças a Deus. Uns anos depois, a minha mãe entregou-me como esposa a um velho da zona, em troca de uma manta de algodão para cobrir os meus irmãos, na altura havia muito frio. O velho era bom, era para mim o pai que nunca tive. Mas as suas esposas velhas me maltratavam e punham sobre os meus ombros todo o trabalho pesado: buscar água no rio, para uma família de dezassete pessoas, pilar o milho, procurar lenha nas savanas, produzir carvão. Fugi do velho, andei pelas matas, comi frutos do campo e fui dar à cidade da Beira. Vendi sexo nas esquinas aos catorze anos. Esbarrei com maus-tratos da sociedade, dos clientes, dos polícias que me meteram na cadeia vezes sem conta. Vim até à capital na boleia de um camião. Encontrei o Tony numa esquina da cidade. Fizemos um filho e outro filho. Ah, Rami, sou uma planta silvestre educada pelo vento e pelas quatro estações.

Ouvi muitas histórias amargas, lá no mercado da esquina, mas a Lu ainda não me tinha contado a sua. Toda a mulher que passa pelas portas do diabo tece uma couraça para se proteger das garras da vida e envolve o coração num pedaço de gelo. Do meu coração surge uma canção para embalar: olha para o amor que sorri. Tira essa couraça, deixa o sol derreter esse gelo que te oprime o coração.

— Minha Lu. Os pássaros constroem ninhos em cima das árvores. As mulheres casam para construir o lar. Ancora essa raiz no mais fundo do chão. Estende os teus ramos para outros ninhos na tua frondosa sombra, Lu, casa-te.

— Prometo pensar no assunto. Amanhã.

— O teu passado são apenas margens de um rio bravo. O amanhã existe apenas nos sonhos dos futuristas. Quando o amanhã chega se transforma em hoje. O tempo é um jogo de luz e sombra, e a eternidade é o presente instante.

— Entendo.

— Vais ser feliz, Lu. O Vito é um homem especial, afável e sério. E ama-te. Casa-te e conjuga o verbo amar só com letras maiúsculas.

— Não sei, Rami, mas vou pensar no assunto.

Penso no meu Tony com muita paixão. Nem tudo está errado naquilo que fez. Ele foi samaritano. Bom samaritano. Encontrou na rua uma alma vendendo amor. Comprou uma dose, provou e gostou. Então comprou a fonte inteira, garantindo-lhe pão e subsistência por mais uns dias. As mulheres são pobres. Por isso os velhos de barriga cheia poisam os bicos carcomidos na floresta das maçãs, debicam as raparigas em espiga e soltam migalhas de pão. Deus passa de lado e vê, mas não diz nada sobre a miséria destes seres que ele criou.

36.

A minha casa tornou-se um lugar onde cada uma vem despejar as suas frustrações. Os meus filhos não gostam disso mas eu não me importo. Suportam em silêncio os meus caprichos. Mal esse mulherio entra, os meus filhos saem. Deve doer-lhes muito, esta realidade.

Hoje é sexta-feira. Estão todas elas a chegar para mais um parlamento conjugal. Nesta noite o Tony vai passar para a casa da Ju. Elas aparecem pontualmente, não permito atrasos.

A reunião começa com uma pontualidade inglesa. A Saly é que faz a entrega e conta as mesmas coisas de sempre. O Tony está bem, dormiu bem, não precisa de tomar remédios, esfreguei sempre a pomada nos joelhos a horas certas, etc., etc., etc...

— Como é que lhe servias? — pergunto eu.

— De joelhos, claro.

— Ainda bem. É de joelhos que se agradece a Deus. É de joelhos que se servem os reis. É de joelhos que se devem agraciar os maridos.

Elas riem-se.

— Aprendi a submissão das mulheres *changanas*. Ajoelhar para entregar um copo de água, ajoelhar para convidar à mesa, ajoelhar para servir café, ajoelhar para receber um membro da família, ajoelhar à simples chamada, ajoelhar, ajoelhar sempre.

— Saly, agora fala-nos do desempenho do cavalheiro. Comportava-se bem? A que horas saía, a que horas entrava? Comia tudo o que lhe davas?

— Eu dei-lhe tudo o que um homem pode desejar. Dei-lhe de comer à colher e ele engoliu tudo: quiabo, peixe seco, *chima* e todas as especiarias macondes que se podem encontrar nos mercados desta terra. Se não comeu com prazer ao menos o fez para me agradar.

— Bravo — digo eu.

— Não correu tudo tão bem como parece, Saly — repreendeu a Lu —, ele apareceu em minha casa sem aviso às vinte e uma horas. Eu não gosto de surpresas e gosto de receber o meu marido à altura da sua importância. Esqueceste de telefonar às outras avisando-as de que ele saiu de casa. Eu podia estar ocupada ou numa reunião de trabalho. Podia estar ocupada com uma outra coisa, como podia estar ausente. Ah, Saly!

Lanço à Lu um olhar de cumplicidade. Enquanto o rei está preso, as escapadelas são maiores. Os segredos da Lu só ela é que os entende, embora eu partilhe de alguns. Mas será só a Lu que tem segredos? Acho que não. Todas telefonamos umas para as outras quando ele se escapa. É uma senha. O leão está solto na rua e ninguém sabe onde vai parar. É preciso prendê-lo. Amordaçá-lo. Preso ele, e nós em liberdade.

— E como foi o fim de semana? Foram dançar? — pergunta a Mauá.

— Não, não fomos. Ele estava cansado e eu tive pena. De resto não gosto lá muito de dançar, sabem disso.

— Pena? — reclama a Ju espevitada pela primeira vez. — O homem é forte, Saly, não precisa da tua compaixão de mulher.

— Vocês não são humanas? Não têm um mínimo de sensibilidade? Já viram o que um polígamo sofre?

— O homem não sofre, Saly, o homem é forte — diz a Lu.

— Olha que ele não é jovem nenhum. Tem cinquenta e poucos anos.

— O homem não envelhece, Saly, é sempre novo — responde a Mauá.

— Pensem bem, meninas, pensem bem. Já viram a energia que ele gasta connosco?

— O homem não se gasta, Saly, renova-se — diz de novo a Lu.

— Não fui dançar, queria poupá-lo.

— Não foste dançar apenas para poupá-lo? — pergunta a Mauá com azedume. — Não vale a pena poupar um cavalo. Enquanto tu o poupas e o cuidas, aparece uma espertalhona e te rouba a montada. Um homem é forte, é ferro, é rijo, não envelhece. Enquanto for teu, usa-o.

As palavras da Mauá ferem-me profundamente, como se fossem a mim dirigidas. Eu cuidei, eu criei, eu poupei o meu Tony. Eu lavei o cavalo. Suportei o cheiro do seu estrume. Escovei. Estimei-o. De tão luzidio que andava acabou por atrair as bocas destas piranhas, que, na hora da romântica cavalgadura, me derrubaram da montada. Eu era burrinha. Boazinha. Parvinha de uma forma tal que acabei nestas reuniões de partilha só para receber uma fatia semanal de tudo o que era meu.

— Está bem. Da próxima vez vou dançar, já que vocês querem.

O Tony cumpre o seu papel de amante e apaixonado por todas, procurando agradar-nos com toda a força que a sua macheza permite. Passa os fins de semana a correr de uma discoteca para a outra, de um baile para o outro. Com a Saly e a Mauá, anda nos rocks, zouks, raps e raggies. Elas são da nova geração e dançam dessas coisas. Comigo e com a Ju anda nos bailes de slows, souls, pop, blues e jazz. Somos da velha geração, do tempo em que se dançava abraçadinhos, coladinhos, transpiradinhos na brisa tropical. O rock foi também do nosso tempo, mas não dançamos. Estamos gordos e quebrados. A Lu está no meio das duas gerações de bailarinos. Tanto lhe dá para ir a um ou outro canto. Mas o que ela gosta mesmo é de estar numa churrasqueira ao ar livre, com o seu copo de martíni duplo e ver os pares a dançar na pista. As despesas dos fins de semana pagamos nós, os nossos negócios já rendem o suficiente.

Nós apertamos o cerco e o rodeamos de carinho. Sufocamos o homem de amor. De comida. De danças em cada fim de semana. O joelho incha e desincha, com pomadas, comprimidos, massagens. Mergulhamo-lo em banhos, em óleos, em rendas e perfumes e ele não se cansa de elogiar as maravilhosas esposas que tem. Alimentamo-lo com o pão de cada dia, cada dia sempre renovado. Fazemos todas as honras que se podem fazer a um rei. Ele é o nosso Baltasar, o rei mago. Já não lê o jornal, não tem tempo, sempre ocupado nos aposentos das suas damas. Os olhos e os ouvidos estão cheios de luzes e imagens que lhe provocam remoinhos. Por vezes desperta, sem saber em que quarto está. Troca os nomes das mulheres. Diz Ju, quando quer chamar a Lu. Diz Saly quando quer chamar Rami. Com a Mauá é que nunca se engana.

— Não te esqueças de levá-lo ao barbeiro na quarta-feira, Ju. A pomada é importante, não te esqueças de aplicar depois do banho. Às dezoito e trinta.

A Ju coça o nariz e vira a cara para o lado.

— Ju, é contigo que estou a falar — insiste a Saly. — Não és tu que vais receber o marido esta semana?

— Não dá para ele continuar contigo esta semana?

— Ele já está lá faz três semanas.

— Ele não sai da tua casa porque não danças. Gosta de estar lá confinado porque descansa, com massagens, miminhos e festinhas. Eu já não tenho tempo para essas coisas — diz a Ju para a surpresa de todos.

— De que me acusam agora? Eu gosto dele e tenho pena dele. Ele tem que cuidar do seu trabalho, cobrir as esposas, quase todas novas, e olhar pelas crianças de vez em quando. Não acham que é demasiado trabalho para um homem só?

— Não queres ficar com ele todo para ti? — pergunta a Ju, surpreendendo a todas.

Para nós, mulheres, um marido não é leveza, é um fardo. O marido não é companheiro, é dono, é patrão. Não dá liberdade, prende. Não ajuda, dificulta. Não dá ternura, dá amargura. Dá uma colher de gosto e um oceano de desgosto.

A pergunta da Ju deixa meio mundo surpreendido.

— Mudar?

— Não me convém. Não tenho tempo para lhe dedicar atenção. O volume de trabalho cresce e tenho estado ocupada até à madrugada.

— E quem é que não tem a vida programada, Ju? Nenhuma de nós está disposta a cuidar do Tony assim inesperadamente.

— Um homem em casa é trabalho duplo — diz a Mauá —, não há tempo. É preciso perseguir os negócios e recolher o dinheiro que passa.

— Já ninguém quer o Tony? — pergunta a Saly num grito. — O que se passa? Ele está há mais de quinze dias na minha casa e nunca mais sai e vocês nada reclamam. Não fizemos nós o pacto da partilha, semana aqui, semana ali? Eu também preciso do meu tempo. Quero cuidar dos meus negócios, ganhar dinheiro para criar este filho e projetar o meu futuro. Se nenhuma de vós o quer, eu juro, hei de enxotá-lo à pedrada. Não posso viver com ele eternamente.

— Calma, Saly — diz a Ju. — Hei de recebê-lo, mas aviso desde já. Cuidar dele tornou-se um fardo. Cozinhar para o almoço e jantar. Preparar a mesa, levantar a mesa. Suportar-lhe os caprichos a que vocês o habituaram é coisa que nunca mais irei fazer.

Penso nas palavras da Lu. Mudar o mundo. O mundo está em permanente mudança. Muda em silêncio. Só o Tony é que não deu pela mudança. Está na dança de homem, onde tudo é permitido. No ar há maldade com sabor a néctar. Há uma flor envenenada em cada beijo. Tortura feita com doçura, gota a gota, na pedra dura. Não reparou ainda na minha vingança silenciosa, nem vê as leoas que o devoram deliciosamente. Ah, meu Tony. Para as mulheres vives, pelas mulheres, morrerás.

37.

Anoitece. A campainha toca. Quem me vem visitar a esta hora? Abro a porta. Ah, é a Mauá, a amada, com aquele andar dengoso, como lírios balançando na brisa dos campos. Está toda de amarelo, verde e vermelho. Colocou sobre si todas as cores da primavera. O lenço amarelo na cabeça fica-lhe tão bem como uma coroa de rainha. Ela sorri para mim. Mas traz na alma aquele lençol negro com que me cobre até à total invisibilidade nos olhos do meu amor. Ela vem ofuscar a minha noite. Ela vem aumentar os meus pesadelos. É ela que traz no rosto aquele sorriso de triunfo sobre a minha dor. Ela tem o poder de ofuscar a minha existência, com a luz da sua presença. É a misteriosa sereia que encanta os homens com os feitiços do mar. De repente me sinto rodeada por esta agressão. Os sorrisos dela caem-me no rosto como escarros.

Toca a campainha outra vez. Digo à Mauá: abre! É a Saly. O petisco das horas de lazer. Traz-me como prenda o gozo no rosto. Poisa no meu sofá e oferece-me o sorriso dos lábios humedecidos pelos beijos do meu Tony. Pouco depois batem-me à porta outra vez. É a Ju, a enganada. Um saco de ossos. Um navio afundado nas águas escuras. Uma maré negra caminhando à deriva ao sopro do vento. Sorriso de fel. Áspera. Murcha. Fruta amarga crescida em terra agreste. Ela tem muito fogo escondido, tem. Ela tem um espírito maligno que não deixa despontar o mel que corre dentro das veias. É um espírito maligno, o meu Tony. Aos beijos dela, diz que falta sal e açúcar. À cama dela, diz que falta tudo: protuberâncias, escamas, fogo. Sem à frente, sem atrás, ela é uma tábua seca, de madeira. Só tem um coração palpitando por mim, diz ele. Mulher extraordinariamente bela, mas sem encantos. Na voz dela falta a melodia, só lamentos e zangas. Nos olhos dela falta a luz, só abundam lágrimas. Ah, mulher cansativa esta Ju. Se não fossem os filhos que temos abandonava-a, repete-me ele.

A mim ele tinha a mania de dizer coisas destas. Tinha artimanhas para fugir dos meus beijos. Ele dizia-me: cheiras a cebola. A tua boca cheira a alho. Gostas muito de alho. Estás a estragar as crianças com os teus gostos de alho. E escapava-se sem me dar o meu beijo. E eu perguntava: é por isso que te afastas? Ele dizia que sim. Que eu devia cheirar a perfume de limão. Às vezes vinha e dizia que eu cheirava a menstruação. Que cheirava a parto. Que cheirava a leite e a chichi de bebé. No meu corpo só havia cheiros que lhe enjoavam: carne crua, cheiro a peixe, cheiro a cebola e feijão.

Neste quadro falta a Lu.

— A que devo esta visita vespertina, meninas?

— Mana Rami, o Tony é que nos chamou. Sabes porquê? — pergunta a Mauá.

— Eu?

— Estou surpreendida. É a primeira vez que ele nos chama. Alguma coisa vai mal.

— Não vejo a razão da surpresa — digo eu.

— Há razão, sim — diz a Saly. — No princípio são os homens que procuram as mulheres. Mal nos metem no pote a situação se inverte. Homem de coração vadio, este Tony.

— Falta a Lu — diz a Ju —, será que ela não vem?

As minhas rivais, ansiosas, fazem uma tonelada de perguntas. Eu não respondo aos seus anseios. Sou a única que conhece as causas deste encontro, mas não digo nada. Sinto dentro de mim um gozo antecipado, por ser detentora de uma informação que todas as outras não têm.

Fazemos conversa de sala, enquanto aguardamos a hora. As conversas alongam, as conversas esmorecem. Falamos das febres das crianças quando o clima muda. Das traquinices de uns. Dos sucessos de outros. Os rapazes são rebeldes. Namoram muito e estudam pouco. Saíram ao pai. As meninas são dedicadas, carinhosas, finas, mais aplicadas na escola. Saíram a nós, suas mães. Falamos de gorduras e de dietas. Lançávamos umas às outras palavras peneiradas. Já tínhamos dinheiro. Estávamos a ficar finas. Peneirentas. Elogiamo-nos umas às outras. O rosa fica-te bem. Obrigada. Os sapatos de salto alto tornam o teu andar muito elegante. Obrigada. A tua pele, o teu perfume, a tua maquilhagem, azul-marinho sobre a base castanho-barro. Obrigada. A cor das tuas unhas combinando com a cor da tua saia. Obrigada.

Eu estou de azul. Gosto de azul. Foi vestida de azul que o Tony me conheceu e por mim se apaixonou. Gosto deste penteado das coristas dos Beatles. Sempre deixo uma madeixa fininha, assim caidinha para a frente, quase a fechar os olhos. Foi no tempo dos Beatles que o Tony me conheceu. Gosto também dessas roupas coladas e saias curtas que agora voltaram à moda, só que com esta idade e este peso não as posso usar, evidentemente. Mas no meu tempo andava de pernas ao léu, à beira-mar, de mãos dadas com o meu Tony.

Penso. Quem inventou a moda feminina foi um homem, só

pode ser. Inventou sapatos de salto alto para que a mulher não corra, e não lhe fuja do controlo. Se pensasse nela, teria inventado uma botas e mocassinos, sapatos do tamanho do chão, para ela poder caminhar, correr e caçar o sustento, como as amazonas. Inventou as saias apertadas para obrigar a mulher a manter as pernas fechadas, coladas. Se pensasse nela, teria inventado umas saias bem rodadas, para andar à vontade e refrescar os interiores, nos dias de verão. No lugar disso, inventou as roupas coladas, atrevidas, para poder deliciar a vista na paisagem ondulada de qualquer uma e masturbar-se com o simples olhar.

Em pleno século vinte e um, os homens vestem-nos as armaduras do tempo de Dom Quixote e dizem que estamos belas. Calcinha. Cinta. Soutien. Meia de vidro. Meia saia. Combinação. Saia, blusa, um casaco ligeirinho para acentuar o ar de senhora. Lenço. Cachecol. Colares. Brincos. Pulseiras. Anéis. Puxinhos de cabelo. Rolos. Ganchos, travessões, bandoletes, e a flor dos campos no canto da orelha. Cinto de castidade. *Licaho*. E os homens? Só cuecas, calça e camisa. Livres para saltar, correr e caçar. Que diferença, meu Deus!

Apetece-me dizer a todas estas mulheres: a beleza não está nas cores da tua roupa. Nem na macieza do teu cabelo. Muito menos nas linhas harmoniosas do teu corpo. A beleza sente-se de olhos fechados, quando emigras para a lua, no voo da serpente.

O Tony chega transpirando. Não nos saúda, parece zangado. Acende um cigarro e fuma sofregamente, inundando a sala com tabaco e fumo. Ficamos frias e silenciosas como o mar à beira da tempestade. Tirou do bolso um envelope para eu ler. Abri. Li. Era uma carta breve, de despedida. Uma carta linda e curta. E tinha um convite de casamento, assinado por Vito e Lu, que vão casar este fim de semana. Meti a carta no envelope e dèvolvi-a ao Tony, que a meteu novamente no bolso. Um forte rumorejo afasta-nos das divagações. Olhamo-lo. O seu rosto era pesado e denso como uma fera.

— O que têm a dizer-me sobre isto?

Ninguém responde. Que resposta dar? Seguiu-se o inevitável, aquela notícia era o desabar de uma cascata. Acusa-nos e insiste na pergunta como se fôssemos autores reais de alguma coisa. Reina o medo. Trocamos olhares de espanto.

— Vocês todas sabiam disto. Sabiam e não me preveniram. Nas vossas reuniões semanais riam-se de mim nas minhas costas. Arquitetavam os planos de fuga e traição. Conspiravam contra mim, matavam-me aos poucos sem eu perceber, eu estava cego, cego, cego!

Lança um suspiro e outro suspiro. A voz forte transforma-se num murmúrio moribundo, atacado pela dor de perder. De olhos semicerrados ele escuta a voz que vem do fundo. A partida da mulher desejada é tragédia, trovoada, morte, tempestade.

— Vocês traíram-me!

Trocamos olhares de espanto.

— Vocês sempre souberam disto!

Ninguém responde. Os seus olhos varriam os nossos, em busca de um diagnóstico de cumplicidade.

— Vamos, meninas, falem!

Espanto. As mulheres são muitas. Aos cardumes. Às toneladas. Na mão de cada homem explodem como estrelas do fogo de artifício. São milhares. Se uma morre, nasce outra. Com tantas outras à espera de espaço no coração do Tony, qual a razão de tanta mágoa?

— Mas há tantas, Tony! — diz a Mauá num jeito de consolação.

— Vocês são minhas, conquistei-vos. Comprei-vos com gado. Domestiquei-vos. Moldei-vos à medida dos meus desejos, não quero perder nenhuma. E tu, Rami, devias ficar do meu lado, no manejo deste gado, para isso és a primeira. Devias guiar os passos das outras. Velar pela fidelidade conjugal de todas elas. Mas cruzaste os braços e passaste para o lado delas. Contra mim, que te levei ao altar e te dei estatuto de rainha deste mulherio. Nas vossas reuniões de mulheres só os vossos interesses é que contam.

O Tony fala que se farta. Nos cantos da boca, suave espuma. As lágrimas sobem aos olhos. Enganado por uma, enganado por todas. Suportar os caprichos de uma mulher é um veneno, de cinco é um inferno. Um cavalo relincha feliz quando lhe aliviam a carga. Surgiu um bom samaritano e lhe quer aliviar o inferno. Por que é que reage desta forma? É difícil compreender estes homens.

— Qual a próxima a trair-me? És tu, Rami? És tu, Saly? És tu, Ju? Ah, Ju, sei que me és fiel. Sempre me desejaste como esposo, de certidão em punho, altar e véu. Tu, que desviaste o curso da tua vida por mim, será que me vais trair também? Da Mauá não tenho dúvida. Tu és bonita, Mauá. És macua e és sereia da ilha da perdição. Quando passas todo o mundo se espanta. Tu vais deixar-me, eu sei.

A Mauá abre a boca para dizer alguma coisa mas logo se cala, obedecendo à fórmula mágica do espanto: calar, não falar, levantar os olhos e ver.

— O noivo da Lu tem o nome do meu filho mais novo. Será coincidência? Ou esse romance já existia antes desta criança nascer? Será meu?

Há um lance de setas envenenadas sobre os nossos peitos. E o nosso sangue corre em coágulos negros nos caminhos do mundo. Todas ficamos encolhidas como avestruzes. Com a cabeça debaixo da asa. Chegou o dia de soltar da terra a raiz do imbondeiro. Queda-se a árvore da fruta boa. Sobram as fruteiras que dão frutos azedos como o limão. Mas por que somos nós azedas, meu Deus, porquê? As mulheres são sombra doce, quando a rega é boa. Quando o solo é húmido, elas oferecem ao mundo um verde mais macio que o veludo. Que a seda. Mas neste lar só temos sal e ácido. Só temos dor e espinhos. Este solo é um deserto. Este lar é um tormento.

— E os outros filhos serão meus? Da Rami podem ser, pelo menos os primeiros. Da Ju devem ser todos. Esta pobre mulher não vê mais homem nenhum na vida, só me vê a mim. Da Mauá não sei. Da Saly também não sei. Mesmo da Rami, se calhar nenhum é meu. Uma mulher que se deixa *tchingar* com marido vivo não merece confiança nenhuma. Nenhuma!

Apetece-me abandonar este lar, agora! Viajar sem rumo por esta vida fora. Procurar novos solos. Mas dizem que as árvores maltratadas morrem quando são transplantadas. Eu tenho as asas quebradas, eu tenho medo de voar.

Ele olha para a mão direita. Vira e revira, como numa sessão de quiromancia.

— Falta-me o dedo médio. A minha mão já não é a mesma. Perdeu a forma. A Lu era o meu dedo médio. Já não sou o mesmo.

— Mas ficamos nós — desabafa a Saly. — Estamos aqui. Quatro mulheres não te bastam?

— Bastam-me, sim. Mas o que dirá o mundo? Todos os homens zombarão de mim. Todos duvidarão da minha virilidade e serei motivo de chacota. Dirão que entrei na andropausa. Que estou a perder os meus poderes. Que deixei a gaiola aberta por incompetência.

Fico apreensiva. A sua raiva vai libertar-se em mim, eu sei. Eu é que terei que lhe suportar os delírios que ainda hão de vir, sempre foi assim. Ele virá ao meu colo cantar a canção antiga. Rami, a culpa é tua. Estavas aqui, mas deixaste-me amar as outras. Não me prendeste. Deixaste-me viajar por outros prazeres e perdi-me. Deixaste-me provar outros feitiços e acabei polígamo. Por que não me enfeitiçaste tu, Rami? Deixaste-me prender por outros encantos. Por que não me encantaste tu, Rami, por que não me enfeitiçaste tu? Ah, maldito destino. Se o tivesse enfeitiçado, o que a família dele faria de mim?

— Rami?

— Diz, Tony!

— A culpa é toda tua.

— Já sabia.

Respiro um ar amargo. A corda rebenta sempre do lado mais fraco. É o ciclo da subordinação. O branco diz ao preto: a culpa é tua. O rico diz ao pobre: a culpa é tua. O homem diz à mulher: a culpa é tua. A mulher diz ao filho: a culpa é tua. O filho diz ao cão: a culpa é tua. O cão furioso ladra e morde ao branco e este, furioso, grita de novo para o preto: a culpa é tua. E a roda continua por séculos e séculos.

— Nunca tinha entendido as mulheres — diz entre lágrimas. — A dor do amor é severa, mas as mulheres suportam-na todos os dias. As mulheres só têm um homem e quando o perdem não sabem se voltam a arranjar outro, mas aguentam a dor. Eu vou ficar com quatro, mas não aguento. Um homem não foi feito para sofrer, eu não resisto, eu não aguento, eu morro. Mas isto não vai ficar assim, não, não vai!

Vai ao armário e serve uma bebida. Bebe. Larga o copo e sai. Entra no carro e parte a toda a velocidade. Adivinhamos o que lhe vai na alma. Vai seguir um festival de violência contra a Lu, prevemos todas. Telefono para a Lu e previno-a. Encostamo-nos à janela. Vemos o Tony a entrar no carro. A segurar o volante com toda a agressividade deste mundo. Meu Deus, é tanta a fúria que leva, que vai matar alguém. Larga a toda a velocidade sem respeitar as regras de trânsito, nem prioridades, nem peões.

Uma onda de medo invade o meu ser. Meu Deus, ele vai matar alguém. E se mata a Lu sofrerei remorsos a vida inteira, serei a autora moral da sua morte. Entro no carro da Mauá e o persigo. Chego ao prédio da Lu e subo os degraus dois a dois. Chego à porta da Lu, no primeiro andar. A porta está escancarada. Espreito. Não oiço gritos, nem vozes. Seguro o meu ventre. Sinto vertigens. Deus meu. Vim para socorrer uma cena de violência e só encontro silêncio. Será que cheguei tarde de mais? Tremo. Entro.

Os dois estão frente a frente, na sala. Vejo o meu Tony. No lugar de gritar e barafustar, ficou hirto olhando para ela. Fiquei apavorada. Ele parecia encantado, enfeitiçado, e chorava como uma criança. Coração batucando de ansiedade. Rogando. A macheza estava solta e vogava no ar. Do homem restava apenas uma bola de carne mendigando compaixão. Meu Deus, eu queria ver tudo nesta vida, menos o meu Tony humilhando-se de amor por uma outra mulher, diante dos meus olhos. Gostaria que ele se comportasse como um macho ferido, que gritasse, que batesse, que mordesse. Mas parece um touro capado. E lança para ela aquele olhar de boi vencido pela charrua. A Lu é uma alma em ascensão. Ela é um anjo vogando no alto. Ela partiu para outros braços, para sempre. Depois de muito silêncio ele abre a boca e roga.

— Por que partes, minha Lu?

— Porque chegou a hora.

— Tu és minha!

— Onde está o título de propriedade?

— Lobolei-te.

— Não basta.

— Devolve o lobolo que paguei.

— Devolvo, sim. O dobro, se quiseres. Mas devolve-me antes toda a felicidade que te dei.

— Deixa os meus filhos e vai-te.

— Que poder paternal queres ter, se nunca foste pai nenhum?

— Este lar construímos juntos, Lu.

— Lar? Ninho de rola no alto do pinho. Vem a tempestade e arrasta os ovos na corrente de vento. Os teus beijos fugazes eram cacimba, nem molhavam a língua.

— Tenho muito amor para te dar, Lu. Muito amor. Se quiseres deixo as outras e fico só contigo.

— De certeza?

— Oh, Lu! Este vazio que deixas. O meu coração que levas. No meu coração há muito amor por ti, não vás!

— Vou, sim.

— Mato-te.

— Mata-me então. O que esperas?

— Por que me deixas, Lu?

— Quero ser esposa com certidão e aliança. Quero subir ao altar com véu e tudo. Dá-me tudo isso e eu fico.

O Tony busca uma resposta para esta partida. Nunca antes sentira a dor de ser rejeitado. Recua no tempo e recorda. A Lu enrodilhando-se no seu corpo, como uma serpente. Seu corpo ardente envolvendo-o no combate do amor e da morte, até equilibrar a partida num empate, dois a dois, quatro a quatro. Recorda os suspiros, as pausas, os delírios. Agora outro homem tomará posse daquele corpo. Entra em delírio e fala coisas sem nexo. A sua voz era o canto do sapo. Um sapo rouco. Um sapo velho, que perdeu os melhores acordes nas cantadas dos pântanos.

— Como vais amar outro se eu te dou tudo do bom e do melhor? Tens casa. Roupa. Comida. Lar. Filhos. Um marido por sete dias de quatro em quatro semanas. Porquê deixar-me assim sem me consultar? Que terei eu feito de mal? Será que não vês que te amo, Lu?

— Eu também te amo, não vês?

— Ah, desgraçada. Vai se quiseres, jamais encontrarás um homem como eu. Hás de te lembrar de mim, porque serás infeliz. Terás saudades de mim, vais ver. Hás de pedir para voltar aos meus braços, de joelhos e, nessa altura, quem vai te desprezar sou eu, sua ingrata!

Ele tenta dar-lhe um soco na cara, o último. Um soco de despedida. Para se vingar e fazer dela a noiva de olho inchado no dia do casamento. O seu braço é uma arma. Fecha o punho como uma funda. Lança. Mas o gesto é lento, é fraco. Faz um lançamento sem grito, sem inspiração, sem alma. Ela esquiva-se e a funda perde-se no ar. Segura-a pelos dois braços e sacode-a, como a um arbusto. Mas a Lu é aranha. Escorpião. Vespa. É ela quem ataca. Dá uma dentada funda, de vampira, no braço gordo que sangra. Ele solta-a, num grito: Assassina!

Milagre, ele não reage. E sente a mordedura do lado mais sensível do coração. A ferida arde. A ferida morde. A ferida cobre-o com um manto vermelho no choro do corpo. Desesperado levanta os olhos para o céu, cujo cinzento-noite tem tonalidades purpúreas. Olha para a corrente de ar transportando fragmentos de poeira vermelha. Vermelho do seu sangue. Busca socorro de S. Valentim que anda perdido nos passeios celestes. Mas o céu é vermelho. As nuvens são vermelhas e fizeram uma barreira vermelha, tornando invisível a imagem de S. Valentim. Olho para a Lu com surpresa e raiva. Ela não tinha sequer a dimensão do amor que lhe era dedicado. Mas o amor é muito mais forte na despedida, tal como o último beijo é o maior de todos os beijos.

Tiro o lenço da minha cabeça e faço um penso para estancar o sangue. Meu Deus, a ferida é funda e vai deixar uma cicatriz. Esta dentada é uma tatuagem para recordá-la. Cada vez que olhar para ela irá suspirar: Lu, minha Lu que tanto amei e partiu para os braços de outro alguém.

Sinto uma dor imensa, como se aquela ferida fosse minha. Uma onda de ciúmes me invade, ele ama a essa Lu muito mais do que a mim. Mas é mesmo assim — conformo-me. O amor é sublime, não pode ser mexido por mãos humanas. Ele vem, ele toca-nos e marca-nos o coração com cicatrizes profundas. O amor é superior, voa alto e poisa onde deseja. O amor é independente, não se compra, não se vende. É brisa que vai, brisa que vem, que entra no peito e se instala sem pedir licença. Nasce e morre onde lhe dá na gana. É sopro mágico da flauta dos campos, que encanta, que faz a alma voar. Refresca como a água das fontes e fortalece o espírito. Quando entende pode ser mais violento e arrasador que tempestades. O amor é diamante. É efémero e eterno como um grão de poeira.

— Rami!

— Diz, meu Tony.

— És a principal culpada de todo o meu sofrimento.

— Eu sei.

— Estás com pena de mim?

— Pena?

Olho para ele com piedade. É um coração congelando nas chamas. E pede calor de outro corpo para não ser transformado em estátua de gelo pelo fogo do amor.

— Sei que vieste para me ajudar. Então ajuda-me. Segura a minha mão que eu caio. Deixa-me encostar a minha dor no teu ombro.

Está no mar bravo e não consegue vencer as ondas. Afunda-se. Dou-lhe o meu ombro onde ele se encosta, moribundo. Mulher é tronco de salvação para as vítimas de todos os naufrágios. Mulher é ciclo da natureza. Perfeito. Completo. No verão ela é sombra frondosa para repousar o cansaço dos grandes guerreiros. No inverno ela emana, do seu corpo, calor imenso, que cobre a terra inteira. Na primavera, ela é a flor de todas as cores que alegra a natureza. No outono, é a semente que se esconde, anunciando primaveras vindouras. O coração do universo inteiro palpita no ventre de uma mulher. Toda a mulher é terra, que se pisa, que se escava, que se semeia. Que se fere com pisadas, com pancadas, com socos e pontapés. Que se fertiliza. Que se infertiliza. A mulher é a primeira morada. A última morada. Num casal, o homem morre sempre primeiro, para que a mulher possa colocar a última pá de terra e a última flor no túmulo do seu amor. A mulher é forte como as rochas do monte Vumba. Suave como as ervas dos prados. Generosa e fértil como as terras negras do vale do Zambeze. Benevolente como um campo de milho. Venenosa como as lavas do Etna. Altiva como o Quilimanjaro. Incómoda e traiçoeira como as brumas do Saara. Ela é a profetisa da eternidade, que revela o passado, o presente e o futuro, quando profundamente escavada pelas mãos mágicas de um bom arqueólogo.

— Rami!

— Diz, meu Tony.

— Estou a chorar, vês? À tua frente posso chorar à vontade. Sempre assististe aos meus desvairos. Sempre suportaste as minhas loucuras. És mais do que uma esposa. És uma amiga. Tomara que todos os homens tivessem uma mulher assim, como tu. Dedicada. Confidente. Sou um homem feliz. Dou-te amarguras, eu sei, mas o que queres tu? Quem te dará amarguras senão eu, que sou teu marido?

— Sim, meu Tony. Só tu me podes coroar rainha de espinhos e dor, porque és o meu homem.

Respondo com muita amargura. Ser homem é ser erguido ao alto pelo sacrifício de cinco esposas. Foi-se uma e ficámos quatro. Mas ele não quer quatro. Quatro é base, é quadrado, é chão, tábua rasa. Ele prefere cinco. Cinco é pirâmide. É espaço. É olhar a terra pelas alturas no voo do horizonte.

Peguei-lhe pelo braço e o arrastei comigo, e ele estava tão fraco que obedecia ao meu comando. Entrei no seu carro azul e fui ao volante. Sei o que ele sofre, conheço o pensamento dos homens. Não suportam a ideia de serem abandonados. Conheço alguns que ficaram impotentes, que enlouqueceram ou ficaram alcoólicos, só por terem levado um par de chifres que nem valem nada. As mulheres são mais fortes, superam o abandono com mais valentia. São trocadas em cada dia. Traídas. Seduzidas. Abandonadas com filhos nos braços. Compradas. Espancadas em cada dia, mas elas resistem. Suportam o *licaho* e os cintos de castidade quando o homem vai para a guerra, ou para qualquer aventura. Na velhice, elas são acoitadas pelos próprios filhos, acusadas de feitiçaria. E elas rezam e agradecem a Deus por cada tormento. É por isso que elas cantam, e dançam por tudo e por nada. *Quem canta, seu mal espanta.*

Nós, mulheres, fazemos existir, mas não existimos. Fazemos viver, mas não vivemos. Fazemos nascer, mas não nascemos. Há dias conheci uma mulher do interior da Zambézia. Tem cinco filhos, já crescidos. O primeiro, um mulato esbelto, é dos portugueses que a violaram durante a guerra colonial. O segundo, um preto, elegante e forte como um guerreiro, é fruto de outra violação dos guerrilheiros de libertação da mesma guerra colonial. O terceiro, outro mulato, mimoso como um gato, é dos comandos rodesianos brancos, que arrasaram esta terra para aniquilar as bases dos guerrilheiros do Zimbabwe. O quarto é dos rebeldes que fizeram a guerra civil no interior do país. A primeira e a segunda vez foi violada, mas à terceira e à quarta entregou-se de livre vontade, porque se sentia especializada em violação sexual. O quinto é de um homem com quem se deitou por amor pela primeira vez.

Essa mulher carregou a história de todas as guerras do país num só ventre. Mas ela canta e ri. Conta a sua história a qualquer um que passa, de lágrimas nos olhos e sorriso nos lábios e declara: Os meus quatro filhos sem pai nem apelido são filhos dos deuses do fogo, filhos da história, nascidos pelo poder dos braços armados com metralhadoras. A minha felicidade foi ter gerado só homens, diz ela, nenhum deles conhecerá a dor da violação sexual.

38.

São duas horas da manhã, hoje é sábado. Estou a viver a minha insónia, não consigo dormir. Tenho medo de dormir para não sonhar. Tenho tido imensos pesadelos. Até parece que o aqui e o além se juntam num ciclo de luz e sombra quando os seres humanos dormem. O Tony está do meu lado e hoje não ronca. O seu sono é transparente como uma cortina de brisa. A sua alma está no além mas o corpo baila do lado de cá na dança do pesadelo. Move os braços como asas no voo das lulas. Farejo o além do meu Tony. Cheira a assado. Cheira a homem queimado. Ele está no inferno e revolve-se na valsa do desespero. Transpira. Grita o nome da Lu. Fico apavorada. Os sonhos dos homens são um mistério.

Ele grita e desperta.

— Rami, que horas são?

— Duas da madrugada.

— É hoje que a Lu se casa, não é?

— É, sim.

— E tu vais ao casamento, não vais?

— Se me autorizas, vou, mas se não quiseres, fico.

— Vai. Vai comigo e ajuda-me a impedir este casamento.

— Impedir?

— Sim. Vai e grita bem alto que a Lu tem um marido que lhe ama, tem dois filhos e um lar, que deixa um homem na solidão esperando por ela, que é casada...

— Casada?

— Lobolada.

— Lobolo é costume, é tradição, não tem expressão legal, meu Tony.

— Eu sei.

— E então?

— Sou um homem bom, Rami, não mereço esta traição. Até compreendo a paixão da Lu. Paixão é fantasia, é coisa que passa. Rami, diz-me: será que não aguento convosco? Não vos dou tudo o que querem? Há homens com dez esposas e eu tenho apenas cinco. Sempre vos dei de comer, paguei pontualmente todas as despesas, visito religiosamente cada uma, o que vos falta?

Amor polígamo é mesmo isto. Ter o homem nos braços a suspirar por outra. Lavar o cavalheiro, remendar-lhe as peúgas e as cuecas, esfregar-lhe os calcanhares, embelezá-lo, perfumá-lo, para ele se exibir bonito nos olhos das outras. Amor polígamo é mastigar a dor como alimento, engolir com saliva e encher a pança. Amor polígamo é a eterna espera. O eterno desespero.

O Tony mostra-me o seu nu. Farejo-lhe as feridas abertas. Cheira a dor, cheira a amor, cheira a sangue fresco. Do seu peito escuto um crack! O coração estala como um vidro atingido por uma pedrada. De repente penso na minha mãe. Penso na minha tia que acabou a vida no estômago da fera por causa de uma moela de galinha. Quantas vezes sou agredida neste lar, eu que sou a primeira esposa? Passo por isto todos os dias mas não me habituo. A invocação das minhas rivais dá-me picadas na alma como alfinetes de *voodoo*.

— Rami, ajuda-me a contratar um pistoleiro capaz de dar uma bala fatal ao monstruoso inimigo. Ajuda-me a encontrar uma magia para impedir esse casamento, um raio de trovão que fulmine o homem na porta da igreja.

Ele entra num discurso supersticioso, pavoroso. O homem desamado arquiteta vinganças fantásticas e uiva na noite de lua. Não há palavras que consolem um homem abandonado. Ah, meu Tony, meu bebé chorão, desprezado, desesperado, egoísta, fazendo chantagem aos berros para exigir leite e papas. Fico tristemente surpreendida. Ele acaba de provar-me que ama mais a Lu do que a mim.

— Vocês, mulheres, sabem muito de magia. Procura-me uma domadora de trovão muito poderosa.

— Não conheço nenhuma.

— Conheces, Rami, conheces, não queres é ajudar-me. És do sul, nasceste entre os rongas. Vens de Matutuine, nasceste nas margens do rio Maputo.

— É verdade, sim.

— Então? As domadoras de trovão são tuas tias.

— Não tenho tia nenhuma com esses poderes.

— Rami, imploro-te: fala com os teus parentes e encomenda três trovoadas. Só três.

— Três?!

— Sim. Para fulminar o invasor. Uma na cabeça, outra no coração e a mais forte de todas no sexo.

— Mas?!...

— Pensa bem, Rami, pensa bem. Eu vou perder a mulher, e tu vais perder a melhor amiga, a melhor confidente, sei que gostas muito dela, Rami.

— Gosto dela, sim.

Ela dava prazer ao meu Tony, mas dava amizade e fraternidade a mim. Já não terei por perto aquele sorriso, aquele riso. Ela era a fogueira do espírito onde eu acendia a minha vela. Não mais terei aquele espelho onde se refletia a imagem daquilo que fui, do que não sou e nunca mais voltarei a ser. Dói-me a partida da Lu, mas é preciso saber perder para ganhar. A partir de hoje terei menos uma rival na partilha e o tempo de espera na escala conjugal terá menos uma semana. Perdi o amor do meu Tony, e não foi por causa da Lu. Quem me tirou o marido foi a Ju. É por isso que gosto tanto da Lu, ela vingou meu ciúme. E depois emprestou-me o Vito que me servia por piedade, dando amor-esmola para uma mulher carente, desamada. Fazendo bem as contas, a Ju é uma rival menor. A Lu é tão poderosa que nos tirou o sopro de vida. Desde que a Lu entrou em cena, ficámos enterradas no coração do Tony.

— Então, Rami, ajudas ou não?

Pobre Tony. Ele acredita que as mulheres são destituídas de razão, vivendo apenas de emoção, incapazes de qualquer revolução, a quem se abranda o choro com um rebuçado, uma promessa, e se cala a boca com uma chinelada no traseiro.

— Rami, como pode uma mulher deixar um homem como eu? Ela que parta, que se case com esse tal, mas não encontrará neste mundo um homem melhor do que eu. Eu a apanhei no lixo e lhe dei um teto de luxo, fiz dela uma dama. Como pode ela trair-me?

Apetece-me rir. Apetece-me chorar. Apetece-me qualquer outra coisa que nem sei explicar. Ontem ele dizia-me palavras de amor com palavras de mel. Encostava os lábios nos meus ouvidos e me cantava belas canções. Seduzia-me. Inspirava-me. Enlouquecia-me. Agora diz-me palavras de amor com temperos de fel. Arrasa-me. Maltrata-me. Enlouquece-me.

— Sou um homem bom, Rami, há homens piores do que

eu. Faço tudo bem-feito. Ter muitas mulheres é o direito que tanto a tradição como a natureza me conferem. Nunca maltratei a Lu, bati nela algumas vezes, apenas para manifestar o meu carinho. Também te bati algumas vezes, mas tu estás aí, não me abandonaste para lugar nenhum. A minha mãe foi sempre espancada pelo meu pai, mas nunca abandonou o lar. As mulheres antigas são melhores que as de hoje, que se espantam com um simples açoite.

— Tens razão, Tony, as mulheres de hoje já não têm juízo. Por que não te casas com a minha avó?

Ergue a voz para o alto das nuvens. Poisa-a. Meu Deus, o que vão os vizinhos pensar de nós? Mas a sua voz não suporta as alturas e sofre uma descida vertiginosa, vencida pela gravidade. Levanta-se da cama e caminha até à janela. Diz que sente calor e frio. Diz que sente formigueiro no corpo inteiro. Diz que o ar lhe falta e a dor lhe mata. Solta um grito. Um suspiro. E repete o discurso.

— Rami, procura-me um domador de trovão e encomenda três trovoadas, ajuda-me, antes que morra!

O corpo grande cai como uma árvore ceifada pelo vendaval. Mergulha num mundo sem sol nem lua. Esquece a dor, esquece a Lu, esquece a traição e o casamento. Esquece tudo. Esquece-se de si. Evade-se para outro mundo. Paro de chorar. De pensar. De sentir. Salto da cama num ápice. O meu corpo se curva, e coloco o ouvido no peito do meu Tony. O coração canta em sussurros como uma viola tocando baixinho. Vou ficar viúva de verdade, viúva já não quero ser, acudam-me! Eu morro em cada morte do meu Tony. Não quero mais luto, nem túmulo, nem mais *kutchinga*.

O Beto, o João, a Sandra, a Lulu, abandonam os quartos e ajudam-me a transportar o pai para o carro azul. Desafio a estrada e a morte. Desafio o silêncio e a noite. Enquanto guiava eu rezava. Deus meu, devolve a vida ao meu Tony!

Chegámos ao hospital num instante e o Tony foi colocado numa maca como um cadáver. Percorremos um corredor longo, demasiado longo para o meu cansaço. Suspiros emocionantes dos moribundos revolvem a alma numa canção deprimente. Por todo o lado, gente quebrada, esparsa, como pétalas desfolhadas pela força do vento.

Entramos num gabinete. O médico lá estava, sorridente.

— O que há, o que houve?

Eu explico.

— Doutor, as coisas que ele dizia, as loucuras que ele contava, doutor, a mordedura no braço, as febres repentinas, doutor, aquela bela mulher, o casamento que vai acontecer, doutor, aquele delírio, aquela gritaria, doutor, os pesadelos, a espuma na boca, doutor, a transpiração, a falta de ar, doutor, o meu Tony, a dor no meu coração, doutor, as minhas rivais, somos cinco esposas, doutor, a mais desejada, a mais preferida, doutor, se o meu Tony morrer outra vez, eu vou ser *tchi*...

Nesse momento ele recobra os sentidos e investe toda a sua força contra mim.

— Fecha essa boca! Como podes tu falar da minha intimidade a qualquer um, se nunca te admiti? Como teu marido não permito que te comportes como qualquer peixeira. És mulher e deves pôr-te no teu lugar, que da minha saúde cuido eu.

Fico indignada. Eu sou aquela que rasgou a madrugada passo a passo. Sou aquela que desafiou o vento, destapou as nuvens e afastou o tormento. Agora que ele volta à vida atira-me à poeira. Este Tony retira-me o brilho do sol raio a raio e coloca sobre mim uma meda de trevas feixe a feixe. No ar há um fogo imenso, só eu o sinto. A memória mistura-se às lágrimas que correm como rajadas de vento. Num clarão recordo-me de uma velha senhora empurrando na maca o marido moribundo. Descalça, de calcanhares gretados, porque durante a vida inteira a terra lhe espancou a planta dos pés com pancadas de martelo. Era uma velha andrajosa. Sem sorrisos nem contornos. Árvore de fruta azeda. Uma velha que parecia conhecer todos os segredos da travessia no deserto. Que bebeu todos os paladares amargos do universo e sobreviveu a todos os venenos. De alma roubada, parecia um fantasma errando nos horizontes do mundo. Essa velha senhora abandonou o marido também velho aqui, neste mesmo gabinete, diante deste mesmo médico. Recordei as suas palavras. Repeti-as.

— Doutor, suportei este homem a vida inteira. Se ele não quer que eu fale, então que morra!

Abandonei o gabinete do médico em passos de vento. Só queria chegar à rua. Só queria apanhar ar puro. Só queria viver o meu pedaço de liberdade, muito longe das agruras desta vida. Do meu passado ou de uma outra dimensão, escuto uma voz chamando por mim: Rami, volta aqui, Rami, não me deixes, Rami, escuta-me, Rami, obedece-me, Ramiiiii!...

Três da manhã. Chego a casa e durmo um sono reparador, de beleza. Desperto às sete. Telefono para a minha modista e peço para engomar a minha roupa e vestir-me às nove horas. Telefonei à Mauá para tratar da minha pele e ela mandou-me a sua melhor maquilhadora. Tomei o meu banho de espuma. A maquilhadora começou a cuidar da minha pele. Primeiro foi a sessão de manicure e pedicure. Depois veio a máscara, e foi colocando os cosméticos: base, pó de arroz, rouge, rímel, sombras, e outros produtos de cujos nomes nunca ouvi falar. Fui ao espelho e fiquei radiante com a minha imagem. Parecia um pássaro na hora da pluma. Suspirei. Dos convidados quero ser a mais bela. Quero colocar sobre mim todas as cores da natureza. Hoje quero ser azul como o mar. Quero ser o horizonte onde os olhos cansados se inspiram e os desesperados repousam. Quero ser o mar onde todos os rios desaguam.

A modista vem e coloca sobre o meu corpo aquele fato azul-horizonte. Vou de novo ao espelho e me sinto extraordinariamente bela. Virei-me e revirei-me ao espelho e não havia dúvidas. Eu seria a convidada mais bela no casamento da Lu. Nem conseguia creditar que aquela ali era eu. Mas era eu mesma, renascida da indústria cosmética. Hoje, um homem vai cobiçar-me com certeza. Hoje, vou matar de desejo o mais nobre cavalheiro. O sol não vai morrer sem que alguém me ame em silêncio. Chamei um táxi para me levar à igreja, não tinha cabeça para o volante. Antes de sair, liguei para o médico.

— Doutor, e o meu Tony?

Está fora do perigo. Não houve enfarte, mas ele precisa de cuidar das suas emoções.

39.

Sou das primeiras a chegar e sento-me mesmo à frente. A igreja vai enchendo sem cessar. O recinto fica tão cheio que receio que não haja lugar para tanta gente. De repente a igreja ilumina-se. O ar fresco circula pelos vitrais, pela abóbada, pelos corações de centenas de presentes. O órgão toca, os presentes levantam-se, a noiva está a chegar. Viro os olhos para o portal da igreja e suspiro. Eis a noiva surgindo entre os espinhos, como um anjo branco descendo dos céus. Ei-la florindo pelos caminhos. Como foi longa a trajetória até este passo! O meu cansaço se desprende. A minha alma voa no espaço como os ramos altos de um pinheiro. Escuto sussurros de todas as fontes e o cantar dos pássaros de todo o universo. Os noivos estão no coração um do outro, rei e rainha no trono de sol.

Estou no céu e baloiço na ressonância da música do órgão. Os aplausos dos convidados, a voz do padre, arrastam a minha alma no perfume da brisa, meu Deus, segura o meu coração antes que eu morra de emoção. Olho com amargura um passado de doçura. A Lu veste nos lábios o sorriso dos meus tempos de noiva. Também fui feliz como ela. Também fui rainha, no meu dia, mas agora sou escrava, ai, meu Deus, que eu morro de desgosto. A vida é uma roda, um dia espinho, outro dia flor, um dia sol, outro dia tempestade. Ah, vida minha, quantas vezes choramos e quantas vezes sorrimos no mesmo percurso?

Os noivos dizem sim e eu choro. Sim, origem de todas as coisas. Sim ao amor e dois corações se tornam um. Sim ao esperma e ao óvulo para deixar a nova raça nascer. Sim ao ódio, para incendiar o mundo em fogueiras sem fim. Sim. É no sim que se celebram todos os mistérios do universo.

Esta noiva é um rio com reflexos de sol e de luar. Ela era uma partícula de orvalho na terra seca que a viu nascer. A partícula foi crescendo, foi ganhando forma de gota, de fio de água, de rio. E tornou-se nascente. Caminhou pelas matas secas e conheceu cidades bravias, onde as mulheres vendem o corpo em troca de pão. Mas ela contornou todos os obstáculos como um rio selvagem. Agora celebra o canto da vitória galopando os céus nas asas de Pégaso. Quando fecho os olhos, oiço a voz desta noiva a falar docemente, só para o meu ouvido: Rami, é possível mudar o mundo. O mundo está dentro de nós!

A cerimónia acaba, a Lu já é casada. Todos saem para cumprimentar os noivos. Eu sou a última. Ela pergunta-me ao ouvido:

— O Tony?

— Teve uma forte depressão esta madrugada. Está hospitalizado.

— Porquê?

— Por tua causa.

— Está muito mal?

— Está fora do perigo.

— Ah, ainda bem. É bom saber que um homem morre por mim de verdade. Essa notícia faz-me duplamente feliz, neste dia.

— Parabéns, Lu.

— Rami, minha grande mãe, não te esquecerei. Tu és mulher sobre todas as mulheres do universo. Sou uma empresária de sucesso. Uma noiva bela. Uma esposa de facto. A minha felicidade é obra das tuas mãos, obrigada, Rami.

— Bendito seja Deus! — suspiro.

— Há outra coisa, Rami. Neste dia solene, ofereço-te solenemente um lugar na minha família. Sou agora a primeira esposa. Espinho e dor. Dou-te o lugar de segunda esposa, para que sejas prazer e flor, pelo menos uma vez na vida. O Vito também é teu. Tu mereces toda a felicidade do mundo, Rami.

Sorri. Abraçamo-nos. Beijamo-nos e choramos deliciosamente. Veio a Mauá e a Saly e todas abraçamos a Lu numa grande festa. Vieram todas, menos a Ju. A Mauá não se contém de tanta emoção.

— Rami, olha como é bela a tua obra. O que seria de nós sem ti? Tu és a nossa mãe, contigo nascemos outra vez. Compreendeste o nosso sofrimento, a nossa pobreza. Adotaste-nos como filhas e melhoraste as nossas vidas — coloca a mão no meu ombro e me diz ao ouvido: — A próxima noiva sou eu, Rami, és a primeira a conhecer este segredo.

A Saly desprende da alma um sentimento doce, que corre ao vento com a fluidez de mel. Declama. Suspira:

— As mulheres, de mãos dadas, podem mudar o mundo, não é, Rami?

— Sim — intervém a Mauá sorridente —, com a força da Rami conseguimos mudar o curso do nosso destino. Obrigada, Rami.

Fizemos várias fotografias no portal da igreja. Sento-me na escadaria sozinha, para captar imagens da ocasião, na máquina fotográfica dos meus olhos. Choro. Por mim. Pelos milhões de mulheres que vagueiam náufragas na lixeira da vida. Quem carrega no ventre os mistérios da criação e as sementes da eternidade, para dar luz à vida e iluminar a cegueira do mundo? Somos nós, mulheres, somos nós! Quem dá o conforto à vida? Somos nós. Quem faz os machos sentirem-se mais machos, vestirem as plumas da glória e vencerem todos os combates? Somos nós. Quem amacia a alma com flor, depois de um dia de labor? Somos nós. Somos nós a noite e a madrugada num só astro. Somos nós que semeamos a flor e o vento que transporta a nuvem negra que fertiliza a terra. Somos a curva do céu e a curva da terra no sim do horizonte. Somos o centro à volta do qual todas as curvas do universo se curvam. Mas somos nós que colhemos a tempestade. É a nós que a vida sufoca, lentamente, e enterra nas entranhas do morro distante. É a nós que os homens matam de sede, docemente. Somos nós a quem o mundo obriga a procurar um homem rico para receber migalhas da sua mesa. É a nós que a sociedade não dá oportunidade para ganhar com dignidade o nosso próprio pão. Em cada dia buscamos o amor e só encontramos enganos. Procuramos a flor e só encontramos espinhos. Buscamos o pão e a sociedade nos dá pedras em grão. Buscamos ar e só encontramos chuva de cinzas que apaga o sopro da nossa existência. Nas nossas aldeias, somos levadas às escolas de sexo com dez anos de idade e aprendemos a alongar os genitais, para nos tornarmos lulas, tunas, polvos e bicos de peru. Enquanto isso, os homens vão para a escola do pão. Enquanto eles aprendem a escrever a palavra vida no mapa do mundo, nós vamos pela madrugada fora, atrás das nossas mães, espantar os pássaros nos campos de arroz.

Levanto os olhos e contemplo o mundo. Num canto, as mulheres juntam-se em roda e as suas vozes explodem num majestoso canto. As ondas de som sobem de tom e serpenteiam no céu como cavalos selvagens. Esperanças, forças e alegrias brotam do suave canto e caem sobre a terra num dilúvio de flores. A minha dor se transforma em alegria, num lance de magia. O verso da canção sobe aos meus lábios. Titubeio. E a canção solta-se da garganta como um projétil. Por que choro eu, se ninguém morreu? Expulso as dores e as mágoas. Expulso as lágrimas que se prendem nos meus cílios. Afasto esta pedra medonha que me aperta o peito e me impede de respirar ar puro. Abandono a solidão das escadas da igreja e entro na dança da roda. Piso o chão numa entrega total. O calor, o som, a vibração, tornam os meus passos leves e serpenteio como o vento. Ao som das palmas e das cantigas, giro para cá, para lá, para cima, para baixo, para a esquerda, para a direita, na dança desafogo, dança oração, dança liberdade. As minhas pisadas fortes levantam poeira e fragrância da terra, e recebo do chão a injeção vital da água e do fogo. O suor escorre no meu corpo, estou na sauna. A tensão se liberta. Sinto que não estou sozinha, a mãe terra me embala. Com suor e lágrimas danço em oração: Deus, faz de mim a última mulher da geração do sofrimento!

Interrompemos a dança e seguimos em procissão, pela estrada fora. O nosso canto penetra na esfera das nuvens, e colonizamos o céu com as nossas vozes. Chegamos à lua, resgatamos Vuyazi, a princesa insubmissa nela estampada. Na sua cabeça colocamos uma coroa de ramos de palmeiras e aos seus pés semeamos flores de todas as cores. Perguntamos em uníssono: por que te estamparam na lua como castigo por toda a eternidade? Por que te condenaram ao inferno frio do céu? Ela responde-nos num silêncio de amor e de ternura, e dizemos num só grito: nós sabemos de tudo, nós sabemos. Recusaste as tatuagens no corpo com lâminas aguçadas, só para agradar ao senhor. Recusaste aquele ato de limpar o sexo dele nas tuas mamas depois do amor, para provar obediência e submissão como obrigam às mulheres da nossa terra. Recusaste dar patas e ossos de galinha às meninas e moelas e bons nacos aos meninos. Lutaste pela fidelidade plena de paixão e contra o *licaho*, o canivete de castidade. Disseste não ao harém e ao amor por escala. Lutaste pelo direito de existir, tanto no amor como na comida. Só querias ser uma árvore plantada na terra, balançando na brisa, sabemos disso. Só querias ser ninho seguro para as aves do céu e por isso te condenaram. Hoje pedimos perdão por aqueles que te magoaram, gritamos em uníssono, não sabem o mal que te fizeram a ti e ao universo inteiro.

Retiramos Vuyazi da sua estática posição e dançamos com ela na lua imensa. Gravitamos no céu e descobrimos: cada estrela é uma mulher semeada no alto. A terra é de barro e tem a forma de mulher. A lua é nossa, colonizamo-la, foi-nos conquistada por Vuyazi, pioneira, heroína, princesa e rainha, primeira mulher do mundo que lutou pela felicidade e pela justiça. O mundo é nosso, em cada coração de mulher cabe todo o universo.

Retiramos a sua alma do inferno do céu para o paraíso da terra à volta da fogueira, e com ela serpenteamos nas ruas da cidade. Juntas celebramos o porvir e juramos: a partir de hoje, caminharemos na marcha de todas as mulheres desprotegidas pela sorte, multiplicaremos a força dos nossos braços e seremos heroínas tombando na batalha do pão de cada dia. A cantar e a dançar, construiremos escolas com alicerces de pedra, onde aprenderemos a escrever e a ler as linhas do nosso destino. Atravessaremos o mar com a nau dos nossos olhos porque saberemos navegar até ao além-mar e levaremos a mensagem de solidariedade e fraternidade às mulheres dos quatro cantos do mundo. Ensinaremos aos homens a beleza das coisas proibidas: o prazer do choro, o paladar das asas e patas de galinha, a beleza da paternidade, a magia do ritmo do pilão a moer o grão. Amanhã, o mundo será mais natural, e os nossos bebés, tanto meninas como rapazes, terão quatro anos de mamada. Na hora de nascer, as meninas serão também recebidas com cinco salvas de tambor, no teto do lar paterno e na sombra da árvore dos seus antepassados. Marcharemos ao lado dos homens, como soldados fardados de suor e lama, na machamba, na mina, na fábrica, na construção, e levaremos um beijo de mel à boca de cada criança. Seremos mais ricas de pão e de paixão. Olharemos para os homens com amor verdadeiro e não para as cifras das notas de banco que pendem nos bolsos das calças. Ao lado dos nossos namorados, maridos e amantes, dançaremos de vitória em vitória no *niketche* da vida. Com as nossas impurezas menstruais, adubaremos o solo, onde germinará o arco-íris de perfume e flor.

40.

Celebro mais um despertar. Vejo a manhã de Novembro coberta de névoa. No horizonte, o sol espalha os seus raios recém-nascidos. Hoje vai fazer um calor imenso. Todas as marcas de ausência habitam ao meu redor. Sinto um calor emergindo do fundo e roçar as pontas dos meus nervos. Dormi só? Não. Dormi com a saudade, rainha das minhas noites. A saudade toma forma de vulto, de companheira, e tem a cor invisível dos fantasmas. Sinto saudades profundas. Mas saudades de quem? Do Levy? Sei lá! Talvez seja do Vito. Do Vito não, não pode ser, ele é um homem honesto, um homem casado. Só podem ser saudades do Tony, esse fardo que Deus colocou sobre os meus ombros. Sinto muita angústia por estes dias. Vivo em pranto, vivo em dor, nem eu mesma sei porquê.

De repente sinto inveja da Lu. Que tem um marido só para ela. Que tem a cama quente todos os dias e a todas as horas. Que dorme num lençol de estrelas e até já esqueceu a angústia das semanas de escala.

Sinto inveja das mulheres de minissaia, que vendem o corpo, que vendem os sonhos, vivendo cada dia e cada instante, sem qualquer preocupação. Que vagueiam pelas ruas, que bebem, que fumam, que amam e desamam, exploram e são exploradas, que recebem amor falso mas espalham doenças verdadeiras. Tenho inveja das mulheres divorciadas, mulheres de solidão assumida, reconhecida e assinada em cartório, que podem escolher amantes em liberdade. Que assumem o papel de pai e mãe, que ganham o pão de cada dia com punhos de homem, mas que à noite querem ser mulheres. Que conjugam o feminino e o masculino num só verbo. Que ainda sonham com um príncipe de verdade, porque o antigo marido, de príncipe real se transformou num sapo, depois de meia dúzia de beijos.

Tenho inveja das mulheres estéreis, cujo ventre quebrou o ciclo de sofrimento. Não pariram mulheres para chorar, nem homens para fazer chorar. Tenho piedade de mim, que sou casada. Sofrendo sevícias para não ganhar nada. Usada para depois ser trocada. Desamada mas socialmente considerada. Mulher de solidão camuflada, escondida. Tenho pena das mulheres viúvas, acusadas de ter dentes feiticeiros para triturar cadáveres dos maridos nas orgias fantásticas. Tenho pena das velhinhas, sempre sozinhas, enxovalhadas pela vida. Fazem-me muita tristeza ainda as mulheres crianças, que brincam de mamã com as bonecas, que são tratadas como ovos de pombo, mas que um dia serão quebradas como barro e seguirão um destino triste, como o meu, que serão dormidas sem nenhum prazer, para parir outras mulheres e outras desgraças.

Espantam-me as mulheres que me invejam, e são muitas. És abençoada, Rami, tens boas rivais, dizem elas. Essas nortenhas, quando roubam um marido roubam mesmo, para nunca mais voltar a vê-lo. Fazem-lhe um feitiço tal que ele fica com nojo de ti, dos teus filhos e até da rua por onde passas. No teu caso, ele vai e vem. Dá de comer aos filhos. Entra e sai para manter as aparências e enganar a opinião pública. Isso é sorte, Rami. Ser amada é sorte, dizem elas. Quantas mulheres nascem e morrem sem conhecer as cores do amor?

Rio-me. Pode-se roubar um marido? Como é que o roubo é feito? Um homem adulto apresenta-se diante de uma bela dama e declara: rouba-me, amor, rouba-me dos braços da minha esposa, rouba-me lá, meu tesouro!

Este amor que sinto pede um retorno que não há. Mas por que é que o Tony me trouxe aqui? Em casa da minha mãe eu tinha cama e comida, mas ele me tirou de lá. Disse-me que íamos enfrentar a vida a dois. Construir um ninho com a macieza da lã. Disse ainda que nós dois, juntos, íamos olhar o mar, contar as estrelas do céu e conversar de madrugada, de cabeças aconchegadas no mesmo travesseiro. E eu vim, pescada como um carapau, disposta a amar e construir. E o que ele me deu? Só um colchão de espuma, um prato de arroz e feijão. Preciso de calor, preciso de carinho, mas quem me dá?

Abandono a cama, arrasada pela tempestade de amor insatisfeito. Vou ao banho e me olho ao espelho. Vou à cozinha. Esfrego os pratos com toda a raiva para espantar a amargura. A espuma de sabão cresce nas minhas mãos como colinas. Canto a canção preferida da minha mãe, de pilão na mão, a moer o grão.

Quantas vezes me espancam num só dia,
A mim, primeira esposa, amahê!

Escuto passos suaves no meu silêncio. São passos de homem, sinto a cadência, sinto o cheiro. Viro a cabeça e vejo o meu Tony, bem atrás de mim. Espanta-me. O que vem fazer aqui?

— Rami.

— Diz, Tony.

Paro de lavar a loiça e olho-o com surpresa. Ele oferece-me

um sorriso malandro. Tem as mãos escondidas atrás das costas, deve trazer-me uma prenda, mas desta vez não me deixarei prender com essa prenda. Olho para o relógio, são ainda sete horas. Juro que não consigo entender este homem, que dorme em casa de uma mulher e desperta com a cabeça na outra. Ele distende os braços e oferece uma rosa vermelha, que recebo sem nenhuma emoção e coloco em cima do armário. Para que preciso eu de uma rosa a esta hora? Tomara que a rosa fosse um pouco de lenha no forno do meu fogão. Tomara que fosse hortaliça ou um prato de arroz e feijão. Mas uma rosa?

— Tony, não me distraias.

Dá-me um abraço e um beijo. Investe o melhor do seu calor nesse beijo, que me sabe a frio, a metal. Depois senta-se na cadeira à minha frente e começa a contar-me histórias.

— Rami.

— Diz!

— Tomei uma decisão que te vai agradar.

— Qual?

— Quero deixar todas as minhas mulheres e ficar só contigo. Chega de ser ambulante, marido de todas as mulheres de norte a sul desta terra, não achas?

Ele pensa que me agrada essa falsidade. Não dou os meus aplausos a atitudes de maldade, não. Pobre criatura. Julga que me alimenta a vaidade dizendo que serei a única. Julga que me compra a alma oferecendo-me na bandeja as cabeças das minhas rivais. Tenho a alma nobre, não posso trair ninguém, nem mesmo as minhas rivais.

— Rami, só te quero amar a ti e a mais ninguém.

— Só a mim? Posso saber porquê?

Quantas vezes jurou amar-me, quantas vezes me traiu? Quantas vezes jurou amor a cada uma das minhas rivais? Quantos casamentos prometeu e quantos cumpriu? Quantas vezes mentiu, em nome do amor, esta alma vil? Desde que voltou da morte, a nossa cama é fria. Ele me levava para as festas, para os jantares, conversava e me animava. E me beijava suavemente. Eu me excitava, esperando algo que não vinha. Quem nos via assim, abraçadinhos, imaginava fogos, vulcões, trovões, faíscas, mas os nossos abraços não passavam de gelo e frio. Ele fazia de contas que me queria, buscava em mim a imagem pública, um poiso, só para fazer de conta e calar a boca do mundo. Os que nos veem passar pela rua exclamam: ah, grande casal que vai aí! Ultimamente, o Tony trata-me como uma leprosa, não sei bem porquê, se nunca o traí! Com o Levy fiz amor sagrado e com o Vito amor roubado, sem nenhuma intenção de traição. O nosso amor é um jogo de adolescentes, abraço aqui, passeio ali. Enche-me de flores, de prendas, de beijos inocentes, tudo porque fui *tchingada*, estou impura. Pobre de mim! Purificada na viuvez, conspurcada no casamento. Por que me punem a mim com este jejum sexual, se o Tony foi o principal autor do crime? Por que é que a ideia de traição provoca nos homens cataclismos sem fim? Sou mulher, meu Deus, sou mulher e jovem, o sangue nas minhas veias ainda corre, mas este homem insiste em alimentar-me só de batatas e flores.

— Serias capaz de deixar a Mauá? E os filhos que tens?

— Rami, nunca tive tempo para te olhar, para te sentir, muito menos para apreciar o mundo que tens dentro de ti. Devo ter-me transformado numa criatura horrorosa à tua frente.

De repente senti necessidade de sair dali, de me afastar daquela boca mentirosa e apanhar ar fresco. Ah, meu Deus, o homem por quem me apaixonei tem uma personalidade dupla, tripla, e mente a cada passo!

— De onde tiraste essa ideia?

— Temos cinco filhos, somos casados há vinte anos, és a

minha mulher e eu teu marido, mas vivi a maior parte do meu tempo separado de ti.

Do alto do monte derrama sobre mim um adubo de palavras doces, eu sinto. O que quererá ele produzir em mim?

— Diz-me, Tony, para quê enganar mulheres e deixá-las com filhos nos braços? O querias tu com elas?

— Nada de sério, confesso. Orgulho, simples orgulho. Ter uma mulher aqui, um filho acolá, dá vaidade a qualquer macho. Não sou o único. Muitos homens fazem isso.

Ele mergulha as mãos no meu peito e me destrói o coração como quem arranca uma planta do chão. Sinto uma dor imensa, ele mata-me, eu morro, quantas vezes me matam por dia, neste lar, eu, que sou a primeira esposa?

— Não me culpes, Rami. Não fui eu quem inventou o mundo e as suas tradições. Muito antes de eu nascer os homens já eram assim.

Como ele tem razão, meu Deus! Esta situação nasce do ventre do passado e desde sempre que as mulheres são peixe na banca do mercado: um quilo deste, dois quilos daquele, fico com este, largo aquele, gosto deste, agora pego, agora pago, agora uso, agora asso, agora como.

— A ideia de juntar essas mulheres foi tua, Rami. Surpreendeste-me. Superaste-me. Conduziste todo esse rebanho com uma mestria incrível. Eu só iria usar e largar sem pensar sequer nas consequências. De vendedeiras de rua conseguiste transformá-las em empresárias.

— Meu Tony, cansaste-te de mim e amaste a elas. Cansaste-te delas e agora voltas para mim. Daqui a pouco te cansas de mim outra vez. Não acredito em ti.

— O país está cheio de mães solteiras. O caso delas não será nem único nem último.

Fervo de terror e raiva perante a mensagem que me cai como massagem de pimenta na ferida aberta. Sinto ardor no corpo inteiro, sinto calor e sede, mas porquê? Não há nada de anormal nesta afirmação, o contrário seria a surpresa.

— O que te faz pensar que essa decisão me vai agradar?

— Eu sei, Rami, eu sei que sempre me quiseste ao teu lado e sossegado. Entraste nesta coisa de poligamia só para me ter por perto, eu sei.

Sinto uma raiva imensa. Levanto a colher de pau para lhe dar um açoite e expulsá-lo dali, mas ele segura o meu braço no ar. Ah, mas quem me dera ter dentes de lobo para trincar-lhe a língua, e condená-lo ao eterno silêncio! Apetece-me dar-lhe uma enorme panelada na cabeça e calar-lhe a boca para sempre. Todos os meus gestos são flechas de raiva. Surpreendo-me. Eu não sou agressiva. Posso agredir todos os homens do mundo, menos o meu Tony. Ele é sagrado, é o paizinho dos meus meninos.

— Calma, mulher, calma — tenta tranquilizar-me —, não precisas de zangar assim. Estou a ser sincero, deixa-me confessar-te. Vim para te pedir perdão. Não sei como fui capaz de abandonar assim uma mulher tão bela, tão...

— Vá, fecha essa boca, Tony!

Ele entra num delírio. Sibila palavras de amor e despe à luz o seu monstruoso caráter. Ele não vê as queimadas que lança na paisagem do meu caminho. Nem vê a dor que sinto quando me enche os ouvidos com confidências libertinas.

— De onde te vem essa inspiração tão repentina?

— Da vida. Vi a futilidade de todas as coisas que fazia. Julguei que era um homem alado e procurei o tesouro no mapa errado. Estive à beira da morte por doenças causadas pela má gestão do amor. Rami, fiz da tua vida um inferno, mas perdoa-me, sou teu marido.

Ele bate à porta do meu coração, pobrezinho, mas o meu coração já não existe, foi comido pela traça. Bate à porta da minha alma, mas esta vive no alto, numa fortaleza de pedra. Só tenho este corpo *tchingado* que ele rejeita. Ah, meu amor, minha doce tragédia! Talvez te perdoe noutro dia, mas hoje não.

— Penso tanto em ti, Rami.

— Não exageres, Tony.

— Não exagero, não, aquele médico ouviu a minha história e aconselhou-me a estabelecer limites de paixão para não sofrer de doenças de amor.

Fico furiosa e respondo de mau humor:

— Ah, já entendi. Estás aqui só para te protegeres das doenças de amor. Vá, sai daqui, vai cuidar das tuas mulheres, vai!

— Não me fales das outras, Rami. Elas colavam-se a mim porque queriam dinheiro. Agora elas têm os negócios delas, já não me respeitam. Não se pode confiar nas mulheres.

— Não te respeitam? Como?

— Já não me servem de joelhos como antes, nem me massajam os pés quando descalço os sapatos. Ultimamente, quem me abre a porta é o criado, porque elas nunca estão em casa. Só têm a cabeça nos negócios e dizem que estão ocupadas.

Ele ergue-se da cadeira. Abraça-me e me afaga com carinho, como quem esfrega uma pedra para produzir faísca. O meu corpo é frio, é mármore, é amianto, não arde.

— Larga-me e vai ter com as tuas mulheres de uma vez por todas. Quem não te quer mais sou eu.

— Não penses assim. Tu és a minha segurança, meu porto seguro. Dê todas as voltas que der, aqui é que é a minha casa. É ao teu lado que eu quero morrer.

Os homens são predadores de ar e vento. Voam pelo mundo e só regressam a casa quando as asas se quebram. Exigem que as mulheres se comportem como pedras, mesmo que por elas passe um vendaval imenso. Vejam só o Tony. Ele pede-me para eu abrir os meus braços e acolhê-lo, quer voltar à dança antiga nos ramos mais profundos dos meus nervos. O amor é um murmúrio de coração para coração. Palmeira e brisa na mesma valsa. Abelha e pólen no mesmo mel. Mandioca e forno no mesmo calor. Ah, meu Tony, as nossas almas já não balançam no mesmo ritmo!

— A esta hora devias estar a tomar o pequeno-almoço com a Saly. O que fazes aqui?

— Ela partiu bem cedo e deixou-me na cama. Diz que vai levantar uma mercadoria, não sei aonde.

— Ficaste com medo da solidão e vieste a correr para o colo da mãezinha.

— Mas por que me desafias, Rami, porquê?

Apetece-me perguntar-lhe: quem me fez desejar outros beijos que não os teus? Eu que era virgem e pura. Os meus sonhos tinham a brancura das nuvens vogando no céu, mas ficaram revoltos e negros como um dia de tornado. Apetece-me perguntar ainda: quem me fez a cama de espinhos e me obrigou a dormir nela? Quem vestiu de luto o meu coração rubro? Quem me serviu vinagre e fel e fez meus olhos chorar? Quem fez de mim viúva, de marido vivo? Quem me obrigou a coabitar com rivais, como irmãs?

— Oh, Rami, sou o teu homem.

De repente me recordo do meu avô materno. Quando se embebedava, despedia os amigos suspirando: ah, minha mulher, meu tambor! Vou para casa, tocar no meu tambor. Para que ela derrame as lágrimas que sinto. Para que sangre nela a minha ferida, a minha angústia. Para que ela adormeça a raiva da minha alma. Para que faça vibrar a tristeza do meu ser e solte aquela melodia do choro que me embala. Tu não bates na tua mulher? Bate nela, bate, para entrares na dança da vida. Bate nela a tua angústia, a tua dor, a tua alegria, bate nela, bate. E quando ela gritar, tu suspiras em orgasmo pleno: ah, minha mulher, meu tambor!

— Vai ter com a Mauá, vai. É a tua paixão.

— Essa anda muito misteriosa. Falei-lhe de ter mais um filho e ela torceu o nariz. Tem a cabeça nos produtos de beleza, nos clientes que vão e vêm. Inventou trabalhos de fim de semana, faz penteados e maquilhagens ao domicílio em ocasiões especiais, casamentos, batizados e todas essas coisas de mulheres.

— Tens a Ju, ela adora a tua companhia.

— Ah, Rami, essa saiu-me a pior de todas. Ela está agarrada ao trabalho de uma forma que nunca antes imaginara. E é competente, meu Deus, mas quem diria! Tem um exército de empregados, são quinze. Passa a vida a gritar ordens e até para mim já grita. Nem me serve mais café batido como fazia antes.

— Tens que compreender, é o trabalho, Tony.

— É desagradável ter que marcar audiências com as minhas próprias mulheres. Tenho que marcar as horas e os minutos para desfrutar da sua companhia. E pior de tudo, os meus filhos seguem o exemplo das mães, não me ligam. De tudo ter, acabei não tendo nada. As minhas esposas esvoaçam como pássaros numa gaiola aberta, e eu fico a olhar, espantado, essas mulheres a quem amordaçava as asas e afinal sabem voar. Ontem, vendedeiras de esquina, eram submissas e me adoravam. Hoje, empresárias, já não me respeitam.

— Agora entendo. Queres morrer aqui porque já não tens espaço do outro lado. Meu amor, a solução do teu problema passa por um novo casamento. Tens que lobolar uma nova mulher.

— Não me fales nisso, que já não quero mulher nenhuma. Se pudesse voltar atrás...

— Voltar atrás? Um pensamento inútil, esgotante. O sol que vai não volta mais. A história do eterno retorno é treta. Volta-se atrás, sim, numa outra encarnação, mas não se volta exatamente o mesmo. Podes até encarnar um macaco, um passarinho, uma árvore. Nunca ouviste dizer que um homem se encarnou mulher?

Abandono a cozinha e saio de casa, deixando o Tony sucumbindo na memória de algo que podia ter sido construído e não foi. Respiro fundo. Quero sentir grãos de ar caindo sobre o meu peito e enterrar a minha dor no mais profundo do mar. Quero dormir nas margens do rio e deixar a melodia dos peixes embalar o meu pranto. Quero andar descalça sobre as areias soltas como uma gata selvagem. Amar um homem? Nunca mais! Hei de arranjar um que me ame a mim. Hei de ser segunda esposa de alguém, tal como dizia a Lu. Nunca mais a primeira. Quero ser tudo: vento, peixe, gota de água, nuvem branca, qualquer outra coisa menos mulher. Quero ser uma alma solta, encostar à janela e ver a chuva a cair. Ser fantasma e sentar-me invisível no alto do morro e ver o sol a nascer. Quero ser um grão de areia ao vento e dançar o meu *niketche* ao som das flautas de todas as brisas.

41.

Convoquei as minhas rivais de urgência para debatermos o caso do nosso Tony. Contei-lhes dos planos macabros que arquiteta, de abandonar todas e ficar só comigo. Elas não me responderam. Riram-se. Conheciam aquela velha canção. Palavras mágicas do Tony, sua rede e sua isca, disseram-me elas.

— Nunca antes ouvi isso — digo eu.

— Como ias ouvir se és a primeira? — esclarece a Saly.

— Ele dizia-me sempre: vou deixar a Rami — denuncia a Ju. — Ouvi essa canção um milhão de vezes durante cerca de dezanove anos. Ele dizia-me que contigo se sentia menos homem. Que não cozinhavas bem. Dizia-me que a tua cama era fria. Que, por seres gorda, não obedecias com ritmo ao seu comando. Que és difícil de dirigir como um tanque de guerra e por isso se ia divorciar de ti para ficar comigo.

— O mesmo me dizia a mim em relação a ti e à Ju — diz a Saly.

— O mesmo me dizia também em relação à Rami, à Ju, à Lu, à Saly — completa a Mauá. — De ti, Rami, o que ele me dizia era mais grave. Dizia que eras como uma tábua rasa, uma planície sem dunas, nem lulas, nem tunas. Um tronco seco. Um peixe liso, que não segura, não prende e nem se move. Que respira mas não suspira. Um vulto pesado que passa. Uma pena de ave que não marca. Um pedaço de água salgada que não chega a molhar o rosto.

— Ai é?

Bebo uma taça amarga de vento. Engasgo-me.

— O quê?

Não sei onde encontro forças para sorrir. Fico indignada. Ele usa o meu nome para encantar sereias, quando na sua boca faltam poemas. Com os amigos, à volta de uma garrafa, ensina as manhas e as táticas de caçar mulheres, como um campeão de amor, e riem-se todos à socapa e à nossa custa. Ah, mas que coisa feia, um homem que mente. Como é mau, o meu Tony, como ele mente! Ele serve a todas nós um prato de amor com temperos de mentira. Ah, meu Tony, mentiroso incorrigível!

De repente começo a chorar todas as lágrimas do mundo. Deus meu, por que me fizeste mulher? Mulher é aquela que tem a língua de serpente e por isso carrega nas costas o peso do mundo. Mulher é fel, e a misteriosa criadora de todos os males do universo. Mulher é aquela que faz falta mas não faz falta nenhuma, por isso quando morre as pessoas entornam duas lágrimas e apenas suspiram: repousa em paz, queridinha. Repousa as tuas dores e o teu cansaço no regaço da terra. Dorme em paz. Mulher é o eterno problema e não há como solucioná-lo. Ela é um projeto imperfeito. Toda ela é feita de curvas. Não tem sequer uma linha reta, não se endireita. É surrealista? Não. É abstrata? Também não. É gótica, isso sim. Tem arcos, abóbadas, ogivas. Ela é mole, ela é fraca, ela é teimosa como a gota de água que tanto bate até que fura. Mulher fala muito e fala de mais. Por isso ela é silêncio, é sepultura, vivendo no poço fundo, no abismo sem fim. Vejam só. Ela é gulosa, comilona. Mal foi criada abriu a boca e pediu a gorda maçã e uma boa mandioca para o seu forno e fogão. Vê-se mesmo que tem carisma de cozinheira. Por isso, Deus mostrou-lhe o cu logo depois da criação. Ela é imperfeita, daí a permanente busca de uma forma concreta. Com perucas. Rendas. Sedas. Modas. Sapatos de salto alto. Penteados. Massagens. Com bâton e joias. Mal aprende a respirar ar puro corre para os ritos de iniciação para tatuar o corpo inteiro e adquirir escamas de peixe e fugir à forma escorregadia do peixe-barba. Aprende a alongar os genitais em cada dia como quem ordenha as tetas de uma vaca. Para ganhar a forma de lula. De polvo. De bico de peru e transformar-se numa terrível canibal. Na mulher o sangue não acaba. É menstruação, parto, agressão e espinhos no coração. Ainda assim, dá sangue para salvar os moribundos e fabrica o sangue dos filhos, dos netos, dos bisnetos e tetranetos que hão de nascer qualquer dia. Mulher é rija como um monte de feno e chora por dá cá aquela palha.

O homem é aquele por quem todos os sinos dobram. É aquele por quem todas as vozes se levantam, quando a morte o leva: era tão bom, que falta vai fazer, meu Deus! Homem é a causa da dor no rosto das viúvas. Porque é um ser concreto. Perfeito. Altíssimo. Aquele que se procura e nunca se encontra. Todo o homem é um sucesso. Todo o homem é um sol. É uma estrela, que fala pelo silêncio e vive eternamente. Todo ele foi construído com geometria de santidade. É feito de retas. É uma seta implacável perfurando todas as curvas do universo para endireitar os caminhos do mundo. É um animal em extinção que merece preservação, que morre aos cardumes nas frentes de combate por não controlar a gula do amor, da ambição e do poder. Ele tem direito a tudo: a matar, amar, chamar e possuir. Ele é um monumento perfeito. A sua imagem cresce em direção ao sol. Como a estátua de Zeus tem os pés assentes nos extremos opostos do diâmetro do mundo, por isso tudo tem que passar por baixo das suas pernas. Os navios. As águas doces dos rios. As multidões, os carros, os camiões. E todas as mulheres do mundo!

As minhas rivais me consolam e paro de chorar.

— Rami, não chores. Todos os homens são assim.

Eu me acalmo. Este Tony só me confunde, só me desespera. Julgava que o conhecia todo e na verdade não o conheço nada. Nunca antes imaginara ouvir tanta crueldade a meu respeito. Num dia ama, noutro desama. Nos ouvidos de uma diz uma coisa, nos da outra, diz outra coisa. Por vezes canta para todas a mesma cantiga. Este nosso amor é-nos servido com temperos de mentira, tal como o peixe se serve com arroz.

Ganho mais calma e tomo a liderança do parlamento conjugal.

— Meninas, que fazemos agora?

— Eu não tenho tempo para satisfazer-lhe os caprichos — diz a Saly.

— Nem eu — diz a Ju.

— Nem eu — diz a Mauá.

— A solução mais correta é sugerir ao Tony uma nova mulher — proponho eu. — O que dizem as outras?

Reina um instante de silêncio.

— Uma nova mulher. Quem vota a favor desta solução? Quem vota contra?

Sinto falta da Lu, o nossa fiel da balança. E se essa votação resultar num empate, quem nos irá livrar deste impasse?

— Uma nova mulher — grita a Mauá.

— Uma nova mulher — diz a Saly.

A Ju abre a boca. Ela vai votar contra, já sabemos.

— Uma nova mulher — diz finalmente a Ju.

Todas nos entreolhamos, surpreendidas.

— Por unanimidade foi decidido. O Tony tem que arranjar uma nova mulher.

— E essa mulher de onde virá?

— Eu estou pronta para ajudar nas buscas — diz a Saly.

— Eu também — diz a Mauá —, há muitas macuas soltas por aí.

— Macua, não — corrige a Saly —, tem que ser uma etnia diferente das nossas. Não será difícil encontrar uma boa donzela neste extenso país.

Olho para todas as minhas rivais. O entusiasmo pela propriedade comum esmoreceu. Estão frias e indiferentes à existência do Tony. O que é o amor senão o grande sonho, a grande angústia, a eterna espera? Quando o amor é satisfeito tudo se acaba, tal como o esfomeado que larga o prato de sopa já de pança cheia. O amor só é bom quando incompleto. O nosso amor é um amor saciado, sem desejos, nem desvairos, nem ciúmes. Ah, mas quem diria, o tempo das brigas de amor foi o nosso melhor momento. Agora que tudo acabou, perdeu-se o encanto. Cada uma de nós está preocupada consigo própria, com os seus negócios e os seus filhos.

— Meninas, estou a ver que já não querem nada. Vocês estão a abandonar o Tony.

— Nós não vamos abandonar o Tony, isso nunca — defende-se a Saly. — Ele vive em nós, e nós nele. Com ele construímos o nosso mundo. Quem nos semeou estes filhos belos foi este marido polígamo. Quem nos amou e nos humilhou, foi este marido polígamo. Quem nos uniu nesta amizade, nesta solidariedade, neste clube de esposas, foi este marido polígamo. Mas como foi boa, esta união em volta do marido polígamo, meu Deus!

— Somos mulheres como as nossas mães e nossas avós — argumenta a Ju. — Queremos cumprir com o respeito dos antigos, mas entendamo-nos, Rami, a vida mudou. O verbo amar mudou de sentido e já não se conjuga da mesma maneira, nem a poligamia se faz da mesma forma. A cultura não é eterna, mas esforçamo-nos por continuar a linha da tradição. Faremos tudo o que nos ensinaram, como nos legaram os nossos antepassados. Nós somos mulheres de coragem, de respeito. Custa muito a aceitar a poligamia, numa era em que as mulheres se afirmam e conquistam o mundo.

— Ju — digo com ar desconfiado —, para quê todo esse discurso?

— Na poligamia, as mulheres todas velam pelo seu homem, sabes disso — recorda-me a Ju. — Quando as esposas mais velhas se cansam, envelhecem, como nós, não pela idade, mas pelo uso, é preciso rejuvenescer o lar com sangue novo de uma virgem sensível como um ovo.

Esta reunião me dói. Sempre acreditei que o amor é uma eternidade. Primeiro foi o Tony a quebrar as minhas crenças. Agora são estas abelhas, com os seus amores de um instante. Morderam o pólen e esvoaçam para outros ares, abandonando a flor que murcha. E elas dizem saber amar mais do que eu.

— Ju, conheço-te bem, já não queres nada com este marido polígamo e estás a reivindicar outros direitos.

— Em matéria de presença, um marido polígamo é tal e qual um amante. É aquele que vem, aquele que vai, aquele de quem nunca se sabe quando parte e quando volta, é como a chuva, o marido polígamo. Mas é pior do que um amante. O marido polígamo é complicado, caprichoso, orgulhoso, preguiçoso. Senta-se no trono o dia inteiro e dita ordens como um rei. Depois de comer, banha-se, perfuma-se e parte. E nós sempre mendigas, de mão estendida, formamos um clube, reforçamos as nossas fraquezas e exigimos os nossos direitos. Estou a reivindicar direitos? Mas que direitos? O que é um marido polígamo senão um ser errante que se espalha pelo mundo, como uma nuvem, uma semente, uma pluma, um pedaço de ar? Por acaso pode-se exigir direitos ao vento?

Olho para a Ju, surpreendida. As suas palavras soam vigorosas como um tropel de cavalos de batalha. Da boca solta um vapor imenso, um furacão de fumo e cores. De fel. De coágulos de todas as feridas e navalhas que engoliu desde os momentos do primeiro beijo até àquele amor de espinhos. O sentimento que hoje expressa é de rebeldia e insubmissão. De maturidade. Vejo a firmeza da fera ferida em sua alma, que segura o sopro de vida em direção ao assalto fatal. Vejo uma faísca forte nos seus olhos. É bom que ela expluda, que fale, que se liberte e se purifique, para se libertar da carga interior e voltar a ser uma mulher. Uma simples mulher. Que ri. Que sonha. Que levanta os olhos para o infinito e conta carneiros nas nuvens do céu.

— Qual vai ser o nosso fim, quando ele tiver a coluna quebrada, e de bengala na mão? — reclama a Ju. — As escalas serão mais prolongadas, um mês aqui, outro mês ali. Se a espera semanal é tão dolorosa, como será depois? O mais certo é ficar com apenas uma, e viver com as outras no pensamento. Qual de nós vai ser a sortuda, que vai herdar esse ferro-velho, quando a velhice chegar? Talvez a Rami, que é a primeira e a dona, com documentos de propriedade. Talvez a Saly. Ou talvez a Mauá a quem ele ama tanto. Nós, as restantes, viveremos na solidão das solteironas e das viuvonas. Eu não quero ser nem solteirona nem viuvona. Em algum canto deste mundo há de existir um homem só para mim.

— Se tivéssemos estudado mais, teríamos uma sorte diferente. Poderíamos ter a liberdade de escolher entre o amor e a carreira. Entre a cruz e o calvário. Entre o forno e a frigideira. Mas agora não temos nem uma coisa nem outra — digo eu.

— Estudar mais na aldeia de onde eu venho? Para quê? — comenta a Saly com ar sarcástico. — Para contar o número de pássaros que debicam os grãos nos campos de arroz? Para contar os dentes que faltam na boca desdentada do homem velho que te dão como marido?

— Oh, estudar é importante, nem que seja para ler a receita do médico, Saly — digo eu.

— Nas nossas aldeias a vida é virgem, homem e mulher são gémeos da natureza, regidos pelo sol e pelas estações do ano — confirma a Mauá. — As pessoas estão perto de Deus. O hospital está a vinte quilómetros, a escola a quinze, não há estrada, nem emprego, nem perspectivas. As pessoas nunca viram um carro nem luz elétrica. O mais importante é procriar. Quanto mais filhos, melhor, morrem uns tantos mas sobram outros para apoiar na velhice. Se eu fiz a sexta classe é porque a minha tia era professora e vivia perto da escola.

— Vocês, as mulheres do sul, têm mais sorte — diz a Saly. — Nas nossas aldeias as raparigas casam-se aos doze anos, mal terminam os ritos de iniciação. Desistem da escola na terceira classe e têm o primeiro filho antes dos quinze anos — conclui, numa voz de lamento.

— Será que a escola não é importante? — pergunto à Saly.

— É, sim, e como é, meu Deus! É por isso que estou de novo a estudar. Quero falar bem português e escrever bem. Quero gerir bem o meu negócio. Sei até umas palavras de italiano, mas o que quero mesmo é também falar inglês.

— Italiano?

Todas olhámos para a Saly com muita surpresa e lançámos uma rajada de perguntas. Ela sorri.

— Comprei um livro...

Ela mente, eu sei porquê, isso sim. Ah, fogosas mulheres de quarenta anos. Nós, mulheres, vivemos num poço silencioso e profundo e julgamos que o céu tem o diâmetro do nosso ponto de mira. Mas um dia descobrimos que as águas que nos cobrem têm a cor do céu. Os nossos sonhos crescem à altura das estrelas. Descobrimos que os gritos dos homens são o marulhar das ondas, não matam. E a grandeza dos homens simples coroa de pavão. Descobrimos que há coisas extraordinárias no mundo proibido que merecem ser provadas. Descobrimos que os lírios dos campos têm perfume divino e que o amor verdadeiro tem gosto de liberdade. Por isso voltamos a ser crianças. A pisar com os pés descalços as areias dos caminhos. A saborear as gotas de chuva caindo no fundo da garganta. As cores do arco-íris subindo até à imensidão da terra e do mar. E queremos tudo. O amor. A ilusão. O sonho. O cheiro da terra e o cheiro do mar num só perfume. A velhice e a infância no mesmo ponto. Procuramos em vão a juventude perdida. E procuramos salvar a vida que resta com garras de falcão. Gostamos de fazer poemas de estilo romântico. Receber cartinhas de amor. Ir às quermesses e subir à montanha-russa. Comer algodão-doce e lamber sorvetes. Lançar o coração no mar de aventuras. Trocar beijos ao luar. Andar de mãos dadas à beira do mar com o homem amado e contar as estrelas do céu.

— Meninas, vamos procurar a mulher para o Tony?

— Vamos!

Entramos em prodigiosas buscas. Cruzamos espaços de carro, de avião. O nosso amor é feito de renúncia, de partilha. É altruísta, não egoísta. Viajamos para os quatro cantos do mundo, à busca de uma beldade para encantar o nosso Don Juan. Procura-se uma nova mulher para um velho polígamo.

Estávamos à busca da mulher ideal, aquela que aceita matar os seus sonhos de menina sem gemidos nem queixumes. Que tem um útero disposto a dar a luz ao mundo. Que obedece e não reclama, voluntária para a tortura. A mulher ideal é um cometa, todos os homens por ela suspiram mas nunca a alcançam, nada é mais difícil do que a busca da mulher ideal. Nós aceitamos o desafio e buscamo-la aos quatro ventos. Começamos pela região sul. Aqui, as donzelas são todas belas, elegantes, desengorduradas. Mal se casam começam a esticar, a explodir como balões de oxigénio. Têm mais dinheiro e saboreiam todas as refeições: pão, salsichas e fiambre ao pequeno-almoço, frango com batata frita, caril de amendoim e papas de milho ao almoço, bolachas com manteiga ao lanche, jantares deliciosos com vinho no ambiente de velas e penumbra e, nos intervalos das refeições, têm hamburgers, pipocas e cachorro-quente que se vendem em qualquer esquina. Comem de mais, não servem.

Seguimos para o centro do país. Encontramos donzelas mais pequenininhas. Baixinhas. Escurinhas. Jeitosinhas. Bonitinhas. Levamos muito tempo a tentar descobrir uma que valha a pena. Umas pareciam ser boazinhas, outras mais teimosinhas. Não serviam. Rumamos para o norte. Vasculhamos. E as donzelas desfilam aos nossos olhos, como desempregados na fila do emprego. O casamento é mesmo um emprego, por isso as donzelas se submetem, obedecem, humilham-se, esperançosas de serem escolhidas para o posto de esposa de velho polígamo. Eu olhava para as pobres adolescentes caminhando de olhos fechados nas armadilhas do mundo. É assim que os homens nos querem: cegas, ignorantes, medrosas, tímidas. Eu olhava-as de cima, do meu trono de rainha, meu trono de palha, de fogo, de lágrimas e de espinhos. Exigia delas o impossível.

Abre a boca e mostra os teus dentes. Falta um, não serves. Agora tu, despe-te. Tens manchas no corpo, não serves. E tu, anda, caminha. Tens um andar pesado, de mula. Não serves. Mostra as tuas mãos, os teus calcanhares, os teus dedos, a planta dos pés. Estás cheia de calos, não serves. Mostra o teu traseiro, o teu peito, o teu ventre. Apalpávamos. As tuas mamas são flácidas como esponjas. Já não és virgem. O teu traseiro não tem aquele tato duro, maduro, de uma donzela. Não és tão nova. E tu tens uma bela figura, sim, mas vamos à balança e à fita métrica. Tens cinquenta quilos, és seca. Tens setenta e cinco, és gorda, não serves. Tens um rosto belo, mas és gorda em cima e magra em baixo, não serves. A elegância africana tem a forma de pilão: cintura fina, gorda em baixo e uma ligeira magreza em cima. Agora ri, agora canta. Agora fala. Ris como uma bruxa, falas com voz de burra e quando cantas parece que zurras, não serves. Diz tudo o que sabes sobre cultura. Cultura geral, cultura de amor. Não sabes nada, não estás bem preparada, não serves. Algumas destas donzelas cheiram a sabão. Outras a sabonete. Muito poucas cheiram a perfume e a maioria cheira simplesmente a mulher.

As mães vinham em desfile, vender o encanto das filhas. Os olhares delas me encantavam, me comoviam, me inspiravam. No olhar daquelas mulheres o reflexo do mundo. Nós mandávamos despir as suas filhas e elas consentiam, aprovavam. É assim que as mulheres caminham na estrada do destino. Nuas. Vejam só como elas se despem, no concurso de misses. Vejam como elas desfilam sorridentes, como gado de corte, na hora de abate. Vejam como elas procuram a liberdade e a celebridade na nudez das *passerelles*. Vejam como elas balançam o traseiro perfeito e se entregam, voluntárias para serem apalpadas, avaliadas, provadas e aprovadas. O corpo da mulher bela é detergente para o homem lavar a sujeira dos olhos turvos, corpo de mulher bela é um bom naco para o bico de abutre.

Viajamos para o norte onde finalmente encontramos a mulher ideal. Será mesmo ideal? Para descobrir a mulher ideal é preciso ter espelho mágico e olhos de vidente. A sabedoria popular diz que toda a mulher bela é feiticeira. Se não é feiticeira é volúvel. Se não é volúvel é preguiçosa, mentirosa, inútil. Terá valido a pena todo este esforço?

42.

A minha sala acolhe a sessão mais especial do parlamento conjugal, por isso convidamos o Tony. Ele tarda a vir, mas virá. Os líderes nunca chegam à hora marcada. Enquanto aguardávamos falávamos, para quebrar a ansiedade. Hoje não falamos alto. Cochichamos nos ouvidos umas das outras como se não quiséssemos ferir o ar. Falamos dos casamentos modernos e dos casamentos antigos. Das correntes feministas que modificam a face da terra. Falamos dos divórcios que sobem em flecha. Falamos do nosso homem. Falamos de nós. Conversamos, lamentamos. Falta-nos a Lu para adoçar o ambiente. Para animar a conversa. Para nos oferecer a alegria de viver que sempre brota do seu íntimo.

O Tony chega e senta-se no seu canto preferido. Oferece-nos aquele olhar apaixonado. Sonhador. De homem realizado. Já estava conformado com a perda da Lu.

— Então, pombinhas, posso saber a razão deste encontro? — pergunta com a voz mais feliz de sempre.

Comecei a falar de pequenas coisas. De flores. Das nossas crianças. Não conseguia dizer nada de especial, nem ele desconfiava de nada. Ganho coragem e tento tocar na ferida. Sinto uma pedra obstruindo os sons da minha garganta. De repente paro, sinto que o ar me falta. Meu Deus, eu estou a sufocar. Já não há ar nesta sala. Já não há ar dentro do meu peito, vou desmaiar. Faço um esforço maior e digo:

— Bem, nós...

Gaguejo. Meu Deus, sinto que vou perder a fala. Entro em pânico. Apetece-me evaporar, sair daqui. Apetece-me um cadeado maconde para trancar a boca por uma temporada. Mas não tenho cadeado. Mesmo que o tivesse não tenho os lábios furados. Ah, as mulheres macondes sabem da vida. Prepararam a boca para forçar o silêncio porque sabem que uma pessoa nervosa e zangada diz inconveniências. Por isso fazem dois furos. Um, no lábio superior. Outro, no lábio inferior. Depois é só comprar o cadeado, trancar a boca e guardar a chave a quilómetros de distância.

— Esta reunião é o resultado de...

Ai, mas como me apetece sentir o silêncio da minha fala. Apetece-me uma gota de coragem que reside no fundo de um copo de vinho. Esforço-me. Sou a primeira esposa, sou a principal, tenho que exercer o meu direito à palavra e dar o exemplo. Primeiro saem os roncos. Ditongos. Sílabas mortas. Fecho os olhos. Quando os abro, as minhas palavras soam como rajadas maciças, demolidoras. É o princípio da tormenta.

— Oh, Tony — digo —, queremos que saibas o quanto te admiramos, e sem ti nada somos. Queremos preservar o lugar que te cabe, como homem.

O Tony olhava pela janela a tarde que ia caindo. A noite chegando. Não presta atenção nenhuma ao meu discurso. Claro. As mulheres nunca têm nada para dizer e quando abrem a boca só dizem asneiras. Dou à minha voz muito mais seriedade.

— Nos tempos antigos, as mulheres cuidavam da lavoura,

os filhos cuidavam do gado, enquanto o soberbo marido descansava no seu trono. Hoje também trabalhamos e nem sempre nos sobra tempo para cuidar de ti, o que não pode ser. Sempre foi assim. É a natureza.

O meu discurso cresce como vento em remoinho. Sinto-lhe as ondas concêntricas. Sinto-lhe o silvo. Está cheio de rodeios obscuros, que atraem a desgraça com a força de uma ventosa.

— O homem é a grande árvore que vive por séculos e séculos. E para manter-se precisa de seiva, de sangue novo. A mulher é apenas fruta, amadurece, apodrece e cai. Nós estamos velhas, Tony — diz a Mauá de cabeça baixa, sem muita convicção no seu discurso.

Vai ouvindo as nossas vozes uma atrás da outra. A surpresa parece boa, parece má. Cheira a conspiração. Enerva-se. Levanta-se e vai ao armário e serve uma dose de uísque. O álcool é um bom remédio contra as emoções. Ouve declarações maravilhosas, surpreendentes. A pouco e pouco o rosto calmo traja-se de preocupação.

— Cuidar de um homem é tarefa de muitas, compreendemos isso — completa a Saly. Desempenhamos o nosso papel, mas as nossas mãos são insuficientes. Andamos um pouco cansadas de tanto trabalho e tanto parto. Precisas de calor humano. Precisas de carinho novo. Amor novo.

Agora as palavras soam como o fechar de cadeados. Percebe que acaba de cair numa armadilha. Olha para nós uma a uma e começa a pesar cada uma das afirmações. A orquestra em sintonia. O nosso coro bem ensaiado. Éramos um exército em conspiração no golpe fatal.

— Ser esposa de um polígamo é responsabilidade imensa — falo com toda a autoridade. — Queremos ter a honra de mostrar ao mundo que somos adultas e sabemos partilhar. Que não temos ciúmes. Eu, em particular, quero usar o direito que a poligamia confere, como primeira esposa. Decidi que tens que casar com uma nova mulher. Expus o caso às esposas mais novas e todas concordámos por aclamação. Tens que ter uma nova mulher.

As palavras doces correm no ar. Cheira a ironia, cheira a hipocrisia que ataca mortalmente como pedradas de granizo. Ele fareja a ameaça e desfaz-se de medo. Nos cantos dos olhos ele pede clemência. Pela primeira vez ele fala baixinho.

— Deus me acuda, vocês me matam. Fui um homem ávido da vida, mas agora não sou. Estou muito cansado de tanto amar e de tanto sofrer. Por favor, vos imploro, não me deem esse castigo. Não posso viver emoções fortes, sabem disso. É a minha vida, é a minha saúde. Já amei muito nesta vida. Casei muito, agora basta.

— Os homens são fortes, Tony, aguentam com o peso do mundo, casa-te mais uma vez — assevero eu.

— Ah, não!

— Um rei não pode recusar nem trono nem vassalagem. Recusar a nossa decisão é repudiar-nos. Uma mulher a mais, no lar polígamo, é sempre bem-vinda — diz a Saly.

— Não estou preparado.

— Mas estamos nós. Já procurámos a mulher ideal, só falta preparar a cerimónia. Mauá, faça entrar a noiva — ordeno.

A Mauá vai ao quarto e volta. Traz pela mão uma joia, uma pérola, um diamante criado só para ser contemplado. É a noiva. Ela dá uns passos. Olhamo-la. Meu Deus, bonita como ela nunca se viu. Caminha como uma gazela. Dos seus gestos correm ondas, gaivotas, nuvens brancas, brisas, perfumes, que lhe ficam bem. Ela é a perfeição em movimento. Até os passos dos seus pés descalços lhe ficam bem. Até as ervas que ela pisa agradecem a graça de serem tocadas pelo seu perfume. Ela para e olha para o Tony. Até a sua pose, quando está de pé, lhe fica bem. Os seus olhos são diamantes de Vénus e quando pestaneja soltam-se pepitas de ouro da ponta de cada cílio, que lhe ficam bem. Daquele sorriso ela solta pombos, pássaros, flores, que lhe ficam bem. O traseiro dela se embrulha bem dentro da capulana azul aos quadradinhos, que lhe fica tão bem. A Mauá convida-a a sentar-se, meu Deus, como ela se senta! Coloca o traseiro na cadeira como uma ave aconchegando carinhosamente os ovos no ninho. Até o simples gesto de sentar-se no sofá de veludo lhe fica bem. A fragrância do seu corpo, o movimento do peito na respiração suave, lhe ficam bem. A blusinha de chita com que embrulha o peito recheado dá-lhe uma frescura que lhe fica bem.

O Tony ficou embasbacado. Toda a paixão começa com um simples gesto. A floresta imensa sucumbe com uma simples chama. Essa joia tem a força do fogo. Tem a cor do sol. Tem a cor da lua. Ela é lua e sol no mesmo astro.

— Tirem-me essa jovem dos meus olhos antes que eu me apaixone — fala com dificuldade. — Protejam-na das minhas garras antes que eu cometa o pecado original.

Entreolhamo-nos e caímos no silêncio. Um burro que recusa o pasto, se não perdeu os dentes está doente.

— Ela faz-me perder a lucidez. Ela me embriaga. Ela põe meu corpo em fervura — desabafa.

O Tony sofre. A paixão dá-lhe açoites na alma como pancadas de martelo. Morre de desejo, mas segura os freios do apetite com braços de Hércules. O amor ardente é poderoso e derruba todo o homem bravo. Vencido, declara a sua paixão.

— Menina, eu vou lobolar-te com todas as libras do mundo. Por ti darei toda a fortuna, toda a minha vida e o meu ser, menina, tu és tão bonita! Tu pareces o mar. Pareces luar. Tu és tudo, mar e céu.

A voz do Tony ouve-se com suavidade, porque a música do amor penetrou-lhe a alma. O amor é remédio e veneno. Salva e mata num só golpe.

— Vem para aqui, menina. Senta-te aqui perto de mim. Como te chamas?

— Saluá.

— Esse nome é bonito e te fica bem. De onde vens?

— Do Niassa, sou *nhanja*.

— Ah, vens da terra do lago do peixe bom. O que queres tu?

— Ser sua esposa.

— És ainda criança.

— Tenho dezoito anos. Donzelei aos quinze. Sei lavar a roupa e lavar a loiça. Não sei cozinhar bem, posso aprender, mas sei o mais importante: tenho escamas e tenho lulas. Aprendi como se faz amor, nos ritos de iniciação.

— Donzelar?

— Sim. Donzelar é celebrar os ritos de iniciação.

O Tony perde a cabeça, meu Deus, quando a Saluá abre a boca e deixa ver aqueles dentes mais brancos que os grãos de milho, mais brilhantes que as pérolas, produz-se um reflexo lunar, que lhe fica bem. Quando ela fala, o sopro que solta daquela flauta lhe fica bem. Aquela pele de caju maduro, aqueles olhos de gata mansa lhe ficam tão bem. O corpo suculento de tomate fresco fica bem para a boca semidesdentada de um polígamo de cinquenta e tantos anos. É a perdição no paraíso, esta Saluá. O papel de serpente no paraíso bantu lhe fica bem.

— Tony — explica a Saly —, conhecemos as tuas aspirações de abraçar o país inteiro em casamento, por isso fomos buscar esta nortenha do lado oeste. Ela fala português com acento *nhanja*, mas vamos corrigi-la no devido tempo.

Ele respira fundo, suspira. Ajoelha-se aos pés desta donzela e a venera como uma deusa. A sua voz torna-se doce, musicada. A boca enche-se de palavras de doçura e de paixão. Os olhos esgazeados de tanto desejo. O amor que sente por ela é fogo e tormento. Segura-lhe a mão suave como a seda. Larga-a.

— Ela é bonita, meu Deus. Ela é uma flor, eu tenho mãos de esterco, tenho medo de tocá-la para não manchá-la. Sinto-me velho e cansado de andar de toca em toca como um caranguejo. Acham vocês que devo desvirginar esta donzela, suportar-lhe a gravidez, o parto, a menstruação, fraldas, *biberons* e choros de bebé à noite? Não, não posso, não quero. Quando estava internado no hospital, vi homens acabados como fantasmas. Vi mulheres mirradas, esqueléticas. Pensei na vida. O mundo tem SIDA. O meu currículo sexual é abundante e invejável, faz-me imaginar verdades e fantasias. Não quero tocar nessa flor para não conspurcá-la, por favor, devolvam essa donzela à sua origem.

Ficamos desencantadas. Ele esconde o rosto. Chegou a hora de o caracol se abrigar na sua concha. Depena-se com o próprio bico como um papagaio velho. Demite-se do amor como um boi castrado e dobra as asas em pleno voo. É a mensagem do outono, o inverno está prestes a entrar.

— Tony, ainda és homem mesmo? O teu H ainda é maiúsculo? — desafia a Saly.

— Porquê?

— Ah, já não és homem, meu Tony. Estás quebrado — responde ela. — As tuas armas estão depostas. A tua seta ganhou as formas curvas de um espelho redondo, meu Tony, agora és um frouxo.

— Peço perdão se vos desiludi. Mas gosto do amor com sabor a conquista e não posso aceitar que coloquem uma mulher nos meus braços. Eu sou um lobo. Tubarão. Falcão. Gosto de debater-me com a presa no ato da caça. Sou macho, ainda.

— É a poligamia, Tony — ameaço. — Neste sistema as leis falam mais do que os teus desejos. Não tens escolha. Aceitas ou não?

Gera-se um momento de silêncio profundo como o incubar de uma tormenta. Que palavras usar para quebrar o gelo? Quem ganhará neste combate? Ele ou nós? Há um impasse no jogo. Nós dizemos que sim. Ele diz que não. Mas ele não pensa e nem imagina o que significa contrariar o desejo de quatro mulheres juntas.

— Não posso aceitar a oferta, não, não aceito.

— É a tua última palavra?

— É. E não se fala mais no assunto.

Meu Deus! O jogo está perdido. Só nos resta subir ao cume do monte e soltar a praga.

— Respeitamos a tua decisão — diz a Saly. — Ficarás então no teu canto. Terás de tudo: alimentos, cuidados e paz, menos a nossa companhia. A tua recusa é uma declaração de impotência sexual, e então vamos reunir o conselho de família, informar do que se passa e procurar assistentes conjugais. Este é um direito que a poligamia nos confere.

Uma tempestade de fogo explode na alma do Tony, que balança na dança da chama. Ele fareja a solidão no meio da multidão. Quando o amor é oferecido como esmola, o amante desconfia. Acaba de compreender que não se trata de amor, mas de vingança amorosa.

A Mauá baixa a cabeça e concentra-se. Abre a boca. Diz duas palavras. Três. Ganha coragem e diz tudo numa rajada.

— Eu tenho já um assistente conjugal que será meu marido dentro de quinze dias. Tony, terei muitas saudades tuas. Só me resta agradecer-te. Recolheste-me no monte de lixo e aproximaste-me da Rami, que me deu as lições da vida e me fez nascer outra vez.

O Tony abre a boca num suspiro de hipopótamo. As palavras ficam suspensas entre a dor e a surpresa. O assombro transforma-se num vento letal, mas não sopra, fá-lo dançar em remoinho. As nuvens escuras descem dos céus e lhe vendam os olhos. A atitude da Mauá era esperada. Erva tenra de mais para burro velho. Ela buscava um pai e não um marido e agora que ganha o seu pão procurou um amor de verdade. Chamam-lhe interesseira? Por acaso cometeu algum crime? Ela sabia que estava a ser usada, entrou no jogo e ganhou a partida.

A Ju abre a boca, vai dizer algo, esta Ju que nunca diz nada, sempre mergulhada na dor e no silêncio.

— Eu estou sempre calada, mas hoje quero falar. Preciso de falar. Tony, os teus filhos pretos têm um padrasto branco, subiram de categoria. O teu filho de dezanove anos cavalga um mercedes que o padrasto ofereceu no dia dos anos. Já não precisa de apontar o dedinho para o pai de carro azul correndo pela estrada fora. O meu novo marido é um português. Nós nos amamos, muito, muito, muito. É muito meiguinho, aquele meu velhinho. É viúvo, esse meu homem. E tem dinheiro. Muito dinheiro. Tem contas bancárias, lojas, casas, carros, propriedades. Tony, agora transpiro dinheiro. Tomo banho com dinheiro. Respiro dinheiro, muito dinheiro, no meu chão só piso dinheiro. Ele adotou os meus filhos como seus e dá-lhes muito carinho. Em breve vou-me casar com véu e tudo. Finalmente hei de subir ao altar vestida de branco, usar aliança, entrar na igreja em marcha nupcial com música e tudo.

As palavras são balas fatais e o cavaleiro cai do cavalo. A Ju derruba-nos e todos morremos de espanto. O coração do Tony transvaza em sangria lenta, como tição de turfa transformando-se em cinza. Tenta abrir o chão para se esconder, mas o chão o rejeita. Como a avestruz, esconde a cabeça na asa e deixa o rabo de fora. Erguemos os olhos para a Ju e contemplamos o fantástico milagre. A enganada que engana o enganador e ressurge das cinzas com uma vitória do tamanho do mundo.

— Estás a prostituir os meus filhos, Ju — suspira o Tony.

— Tens a certeza absoluta de que são teus?

— Desde quando tens esse homem?

— Há dois anos.

— Como?

— Um polígamo só tem dois olhos, não pode ver o que se passa nas suas costas. Só tem um nariz e não pode farejar o mundo inteiro.

O discurso da Ju é cáustico. Carboniza. Canceriza. O corpo do Tony se revolve na dança da morte. Há deboche na voz da Ju. Há vingança e festa na alma da Ju. Conseguiu o seu espaço e agora come os melhores nacos de bife, come moelas de galinha e cabeças de peixe à vontade e sossegada na sombra da bananeira. Como é feliz, a nossa Ju! Ah, meu Tony! Eram de areia os teus castelos no alto do monte. Era de barro o teu bico de abutre e se desgastava em cada bicada. Nasceste homem mas puseram-te asas de cera, voavas para os teus castelos, derreteu a cera, caíste em terra e quebraste o focinho como um ovo de galinha. Meu Tony, tudo o que começa acaba, como o vento que corre, como o sol que nasce e morre, como a primavera que vem e a primavera que vai. O polvo tem muitos tentáculos, mas não segura todas as águas dos oceanos. A fera mata apenas para saciar a fome e tu querias devorar o mundo inteiro com dentes de leite. As mulheres belas nascem todos os dias, em todos os quadrantes de todo o planeta. Não se pode dormir com todas as mulheres do mundo, mas por favor, meu Tony, tenta!

43.

As minhas rivais partem e levam Saluá, a rejeitada. Ficamos nós dois. Reencontramo-nos.

— Rami!

— Diz, meu Tony.

— Hoje queria dizer-te palavras de arrependimento. Mas um homem não se arrepende. Tudo o que faz é sempre bem-feito.

— Ainda bem.

— Gostaria de dizer-te que és uma grande mulher. Também não posso. As mulheres são sempre pequenas.

— Eu sei, meu Tony.

— Eu adoro-te. Quero adorar-te, mas não posso. Adorar é ajoelhar. Um homem com H maiúsculo não se curva, é ereto.

— Ai, sim?

— Queria também dizer que confio em ti, mas também não me é permitido. Os homens devem desconfiar sempre das mulheres, e as mulheres devem confiar sempre nos homens.

— Já sei.

— Hoje queria violar as normas e dizer que te admiro e de

ti tenho orgulho. Nem isso posso fazer. As mulheres é que devem sentir orgulho dos seus maridos e nunca o contrário. As mulheres é que devem admirar os seus homens e nunca o contrário.

— Que pena!

— Hoje eu quero chorar, Rami, deixa-me chorar. Nunca te dei nada senão a mágoa das minhas paixões que te feriam em cada dia. Amo-te como ninguém. Eu sou esse mar revolto, a mancha negra e fria que te cobriu a vida inteira. Sou aquele que fechou os ouvidos na noite para a tua canção de amor. Serei teu a vida inteira, porque sou o teu lamento, o teu sopro de fogo, a tua recordação amarga. Tatuei o teu corpo com espinhos de fogo. Quando a tua alma passeava, desolada, era a minha imagem que te surgia como um fantasma. Quando sentias a dor de abandono era por mim que suspiravas. Se um dia tiveres uma noite de amor verdadeiro, com outro alguém, é de mim que te vais recordar na elegia do tempo perdido.

Cruzo os braços. Olho. Escuto. Uma onda de sangue embate furiosa nos ramos mais profundos das minhas artérias. Tremo. Hoje parece que fala a verdade, mas não acredito. Como posso eu acreditar num homem que mentiu a vida inteira?

— Não compreendo o teu problema, Tony. Tanta tristeza por causa de uma nova mulher?

Ele não me responde. Olho para ele com piedade e ternura. Levanta-se, vai até ao quarto. Abre a porta do guarda-fato e escolhe umas roupas que coloca num saco de viagem. Anda de um canto para outro, para, funga, chora, delira: não, não pode ser, não é verdade, não, não, não... parecia estar a conversar com seres de outros planetas, de outros espaços, outras dimensões, que só ele podia alcançar. Ainda dizem que os homens são fortes, mas este chora com medo de casar uma nova mulher. Dá uns passos em direção à chuva. Coloca o chapéu na cabeça e mergulha na chuva.

Da minha mente correm histórias mágicas de gente desaparecendo no vapor de água, na noite de trovoada, na manhã de nevoeiro. Entro em pânico.

Grito desvairada e corro no seu encalço. Ele para uns instantes, olha-me e continua a marcha. Alcanço-o e barro-lhe a passagem. Meu Deus, os seus olhos estão mais rubros, como se tivesse uma fogueira acesa no peito consumindo-lhe o corpo inteiro. Estava a uns metros de distância, mas ouvia-lhe o batuque daquele coração derrotado. Vi muitos homens a descerem do alto dos pedestais, mas nunca tinha visto um a cair do chão para o fosso. Que triste! Julgava que só as mulheres choravam quando eram abandonadas. Mas para quê erguer pedestais se a terra é firme? Para quê complicar a existência quando a vida é simples? Para quê tramar conflitos terríveis, amores impossíveis, se na vida tudo é mortal e tudo acaba, como as árvores, o fogo, os diamantes? Para quê criar redes para aprisionar almas, pensamentos, sentimentos, se a vida é simples sopro, é liberdade como a água que corre, o vento que passa, voo de passarinho? Para quê maltratar mulheres, se elas são a existência, brilho, estrelas, luz, via láctea, paraíso?

— Tony, volta, vais apanhar uma gripe.

— Deixa-me partir para um mundo onde não há mulher nenhuma, sem tentações, nem amores, nem filhos. Um mundo só de homens. Mas sei que esse mundo não ultrapassa as fronteiras da minha imaginação. Por isso vou para a casa da única mulher do mundo com amor sem igual: a minha mãe.

— Tony, está frio.

— Eu quero sentir esta chuva, este vento, esta frescura. Quero que ela me entre na alma e me acalme esta fervura.

A chuva lava tudo: o céu, o chão, o horizonte, a natureza inteira. Apaga o fogo mas não a amargura. A tristeza é de pedra, só o tempo pode roer.

— Porquê tanta mágoa, meu Tony?

— Hoje, quando fecho os olhos vejo como a vida me estrangulou. Teci sobre mim um manto de espinhos. Sangro. Vivi a vida inteira com uma espada aguçada encostada no pescoço. Não a vi.

— Mas porquê?

Ele vasculha a memória como um cão roendo um osso antigo. O delírio sopra como partículas de ar escapando de uma janela quebrada. A sua voz silva como vento em remoinho arrastando folhas mortas, areia e pó.

— Fiz do amor um jogo suicida e os vossos choros me perseguem como fantasmas. Ter muitas mulheres não é ser macho, é ser pasto. Nem sei como esses filhos nasceram ou cresceram. Nunca acompanhei as mães à maternidade, nunca os peguei ao colo, são tantos que até lhes troco os nomes, nunca fui aos aniversários deles.

— Isso são tarefas de mulher, Tony.

— Vocês todas juntas são leoas soltas na arena. Derrubaram-me, Rami. Acabaram comigo.

— Ah, meu Tony, não podes sofrer assim. Tu és apenas um palco, onde o teatro da vida corre. És uma praça onde desfilam tradições, culturas, princípios, tiranias. A poligamia é um sistema com filosofia de harmonia. Uma mulher parte para o lar, sabendo que não será a única. Levaste-me ao altar e fizeste um falso juramento. Assinaste uma lei contrária aos teus desejos. Entraste neste sistema desconhecendo as normas, traindo-me a mim e a todas as outras.

— Foi por minha culpa que tudo isto aconteceu, eu sei, mas podiam perdoar-me, embora saiba que não mereço, errar é humano, esqueceram-se disso?

— O teu problema de momento é a solidão, meu Tony. Fica com a Saluá e serás feliz, vais ver.

Caminhamos até ao jardim público. No jardim não havia gente. Éramos só nós e as plantas naquele paraíso chuvoso, expondo o fogo dos corpos no frio do mundo. Ficámos abraçados um longo tempo, ouvindo a voz de Deus ordenando trovões, luzes, águas, no ato da criação. Éramos barro fundido num só monte, ele Adão e eu a serpente, à beira do pecado original. Tenta arrancar de mim uma gota de amor, uma palavra de reconciliação. A sua boca ressequida cola-se à minha num beijo divino. Ai, meu Deus, este beijo me enlouquece, me derrete, me transcende, nunca antes me dera um beijo assim. O abraço é forte e pressiona-me o ventre duro como uma pedra, palpitando de vida.

— Rami, é um filho?

Baixo o olhos. Chegou a minha vez de chorar.

— Mas como, se...

Não respondo, continuo no meu choro silencioso.

— Diz que é meu, diz e salva-me.

Ruínas de uma família. A Lu, a desejada, partiu para os braços de outro com véu e grinalda. A Ju, a enganada, está loucamente apaixonada por um velho português cheio de dinheiro. A Saly, a apetecida, enfeitiçou o padre italiano que até deixou a batina só por amor a ela. A Mauá, a amada, ama outro alguém. Só fiquei eu, a rainha, a principal, para lhe salvar a honra de macho. Todas elas vieram e pousaram no meu teto, uma a uma, como aves de rapina. Agora levantaram voo uma atrás da outra. Todas amaram o meu homem, sugaram-lhe todo o mel e partiram. Agora está à beira do abismo. Treme, pede socorro. Meu Deus, eu sou poderosa, eu sinto que posso salvá-lo desta queda. Tenho nas mãos a fórmula mágica. Dizer sim e resgatá-lo. Dizer não e perdê-lo. Mas eu o perdi muito antes de o encontrar. Ignorou-me muito antes de me conhecer.

— Não te posso salvar. Tento salvar-te mas não consigo, não tenho força, sou fraca, não existo, sou mulher. Os homens é que salvam as mulheres e não o contrário.

— Rami!

— O filho é do Levy!

Os seus braços caem como um fardo. As três trovoadas que um dia tentou encomendar contra o noivo da Lu hoje atacam-lhe o cérebro, o coração e o sexo e fazem dele um super-homem calcificado no éden da praça. Ele só vê o escuro e a chuva. Fica uns minutos intermináveis a contemplar o vazio. Era uma ilha de fogo no meio da água. Solto-o. Não cai, mas voa no abismo, em direção ao coração do deserto, ao inferno sem fim.

Glossário

Amahê: expressão idiomática.

Cacana: gramínea alimentícia, de folhas amargas.
Canho: fruta do canhoeiro.
Canhoeiro: árvore sagrada entre o povo ronga; nome científico — *Sclerocaria cafra*.
Capulana: pano.
Changana: etnia do Sul de Moçambique.
Chima: papas de farinha de milho.

Jambalau: fruta semelhante à uva.

Kutchinga: levirato.

Licaho: canivete mágico, de castidade. Feitiço de amor.
Lobolo: dote.
Lulas (polvos, tunas, bicos de peru): nomes por que algumas mulheres designam os seus órgãos genitais alongados.

Machamba: campo.
Machangana: uma das etnias tsonga.
Maconde: etnia da região Norte de Moçambique (Cabo Delgado).
Macua: uma das etnias do Norte de Moçambique (Nampula).
Makanga (*xithumwa, wasso-wasso*, em diferentes línguas moçambicanas): feitiço.
Massala: fruta esférica de casca dura.
Mbelele: cerimónia para atrair a chuva.
Mudjiwa: alma de outro mundo.
Musiro: raiz com que se produz uma máscara de beleza.
Muthiana orera: mulher bonita.

Naparamas: comandos suicidas "*invulneráveis às balas*" (Norte de Moçambique).
Nhangana: folhas verdes de feijoeiro.
Niketche: dança de amor (Zambézia e Nampula).
Nkosikazi: primeira esposa.
Ntchuva: jogo semelhante ao xadrez.

Onroa vayi?: onde vais?

Ronga: uma das etnias do Sul de Moçambique (Maputo); é tambem uma língua da mesma etnia.

Sena: etnia da região central de Moçambique (Sul da Zambézia).
Shona: etnia entre o Zimbabwe e Manica.
Soruma: cannabis.

Tchingar: praticar o levirato.
Tchova: carro de tração humana.
Timbila: marimba.
Tsonga: etnia do Sul de Moçambique.

Xamã: curandeiro.

Xi-changana: referente aos changanas.

Xi-maconde: referente aos macondes.

Xingondo: nome pejorativo com que os habitantes do Sul de Moçambique tratam os do Norte.

Xi-nyanja: referente à etnia nyanja.

Xi-ronga: referente à etnia ronga.

Xi-sena: referente à etnia sena.

Xitique: sistema tradicional de poupança.

1ª EDIÇÃO [2004] 2 reimpressões
2ª EDIÇÃO [2022] 2 reimpressões

ESTA OBRA FOI COMPOSTA EM ELECTRA PELO ESTÚDIO O.L.M./ FLAVIO PERALTA
E IMPRESSA EM OFSETE PELA GRÁFICA BARTIRA SOBRE PAPEL PÓLEN
DA SUZANO S.A. PARA A EDITORA SCHWARCZ EM ABRIL DE 2024

FSC
www.fsc.org
MISTO
Papel produzido
a partir de
fontes responsáveis
FSC® C105484

A marca FSC® é a garantia de que a madeira utilizada na fabricação do papel deste livro provém de florestas que foram gerenciadas de maneira ambientalmente correta, socialmente justa e economicamente viável, além de outras fontes de origem controlada.